新潮文庫

真夏の死

—自選短編集—

三島由紀夫著

新潮社版

1936

目次

真夏の死

煙^た^ば草^こ

あの慌《あわただ》しい少年時代が私にはたのしいもの美しいものとして思い返すことができぬ。「燦爛《さんらん》とここかしこ、陽《ひ》の光洩《も》れ落ちたれど」とボオドレエルは歌っている。「わが青春はおしなべて、晦闇《かいあん》の嵐《あらし》なりけり」。少年時代の思い出は不思議なくらい悲劇化されている。なぜ成長してゆくことが、そして成長そのものの思い出が、悲劇でなければならないのか。私には今もなお、それがわからない。誰にもわかるまい。老年の謐《しず》かな智恵《ちえ》が、あの秋の末によくある乾いた明るさを伴って、我々の上に落ちかかることがある日には、ふとした加減で、私にもわかるようになるかもしれない。だがわかっても、その時には、何の意味もなくなっているであろう。

毎日が未解決のまま過ぎてゆく。そんなつまらないことまでが少年時代には耐えがたい。たしかに少年は幼年期のずるさを喪《うしな》っており、それをいやに思っている。彼ははじめから出直す気でいる。だがこの出直しに、何という世間の冷淡さだろう。誰一人彼の出帆を気にとめてくれる人はいない。しょっちゅう彼を扱う扱い方をまちがえる。彼はあるいは大人として、時には子供として迎えられる。それは彼に確かなものが欠けているせいだろうか。否《いな》、おもうに少年期には他のどこにも求めがたい確かなものが在って、彼はそれに名を与えたいと悩んでいる。それが成長だ。彼はようよう名を与えた。成功が彼を安心させ、誇り高くさせる。が、名の与えられた時、刹那《せつな》にその確かなあるものは、名の与えられていない時と別なものに変ってしまう。しかもこのことにさえ彼は気がつかなくなる。即《すなわ》ち彼は成人したのだ。――幼年は固く封印を押された函《はこ》を大切に持っている。少年はそれを何とかして開けてみようとする。蓋《ふた》はあけられた。中には何もはいっていない。そこで彼は了解する。「宝の函というものはこんな風にいつでも空っぽなものなんだ」彼はそれから自分の立てた定理の方を大切にしはじめる。即ち彼は「大人に成った」のだ。だが函は果して空っぽであったのだろうか。蓋をあけた途端、何かみえない大事なものがにげ出して了《しま》ったのではなかろうか。

かくして大人になるということが私には一つの完成あるいは卒業だとは思えなかった。少年期は永劫《えいごう》につづくべきものであり、又現につづいているのではないだろうか。それだのに我々はどうしてそれを軽蔑《けいべつ》したりすることができよう。――少年になるとから、私はまず友情というものを信じかねた。友人という友人が莫迦《ばか》ばかりで我慢がならなかった。学校、この愚かな組織、我々は昼間の大部分をそこで暮すことを強い《し》られ、与えられた退屈な数十人の同級生の中から友達を選ぶように強いられる。この窄《せま》い塀《へい》の内部、同じような智恵を持った数十人の友達、毎年同じノオトで講義をし、教科書のある部分で毎年同じ洒落《しゃれ》を云《い》う先生たち。(私はB組の友達と諜《しめ》し合せて、ある化学の先生がその洒落を、授業がはじまって何分後に云うか測ってみた。私の組では二十五分後に云った。B組でも十一時三十五分、即ち二十五分後に云った。)この範囲から一体私に何を学べというのか。おまけにこの塀の中から「善いこと」ばかりを習って来るようにと大人たちは命令する。勢い私たちは錬金術師の世渡りを真似《まね》ることをおぼえる。最も巧みな錬金術師は優等生と呼ばれるようになる。彼は鉛からあやしげな金属を作りだして注文者に金だと信じこませ、おしまいには自分も金を作り出したと信じこむようになる。優等生はもっとも熟達した錬金術師だ。

私は友達という友達に愛想を尽かした。彼等のやることの反対を反対をとやって行った。中等科へ入るや否や誰しもはじめるスポーツというものを、私は憎悪《ぞうお》せずにはいられなかった。——上級生はそういう私を運動部へ入れるために暴力を使おうとする。私は彼らの徒《いたず》らに太い腕をぬすみ見ながら懸命に嘘《うそ》をついた。「僕……あの……肺門をわるくしているんです……それから……あの……心臓が弱いので時々倒れることがあるんです」「ふん」と学帽を横っちょにかぶり上着のホックを半分外している上級生は答えた。「そんな青い顔をしてると、長生き出来ないがいいか? 今死んだら面白いことを何も知らずに死ぬんだよ。面白いことをさ」私のまわりに真剣な顔をして並んでいる同級生たちは一せいに卑《いや》しい意味ありそうな笑い方をした。私は黙ったまま又しても上級生の太いまくり上げた腕をながめた。それから女というものを、朧《おぼ》ろげながら、大へん醜く聯想《れんそう》した。

華族学校のあの不思議な淫蕩《いんとう》的な気分——人には伝えがたい奇体な雰囲気《ふんいき》にことごとに反抗しながら、しかもその奥に漂うものを私は大そう愛していた。私の友達は、常人の間に置くと異様な大仰さとある陰翳《いんえい》とで目立つような顔立の人が多く、本なぞは殆《ほと》ど読まないで、その無智なことと云ったら気高く見える程であった。彼等は悲劇には心を惹《ひ》かれぬ風《ふう》だった。彼等は幼くして、苦悩とか激情とか、振幅の大きな感情をよけて通るのが巧みであった。余儀なく苦悩の中へ置かれることがあっても、彼等の無為は間もなくそれを負かして了って、それと無関心にくらしはじめることはわけもあるまい。彼等はあの人たちの子孫なのである。威嚇《いかく》や暴力を以《もっ》てでなく強い麻痺《まひ》力を持った無為で以て、多くの人を服従させて来た人たちの。

私は学校を囲む起伏の多い広い森のなかを散歩するのを好んでいた。校舎は主に丘の頂きにあり、丘の斜面が皆森だった。幾本かの剣呑《けんのん》な辷《すべ》りやすい径《みち》が羊腸《ようちょう》と通うていた。沈鬱《ちんうつ》な沼地が森のなかに散在していた。それは恰《あた》かも森の下水《したみず》が青空に憧《あこが》れてここに集まり、また暗い地下へと還《かえ》ってゆくための憩《いこ》いの場所のようで、重い灰色の水は少しも動かぬようにみえながら、ひっそりと輪廻《りんね》しているのが窺《うかが》われた。沼水のこのひそかな営みは時折私を魅した。朽ちた沼べりの木の根に腰をおろし、落葉が夢みるように徐々《しずしず》と漂うてゆく水の面《おもて》を私はみつめた。森の奥で木《き》を伐る音が丁々ときこえる。秋の落着きのない空がその時ふと湖のような美しい晴間を見せ、荘厳にかがやいている雲の縁《へり》から、数条の光りを落して来たが、丁々という斧《おの》の音はその光りの音かときこえた。不透明な沼水は光線のさし入る部分だけ金いろに暈《ぼか》された透明さを得た。そのなかを美しい一枚の落葉がきらめきながら、動きの緩《のろ》い沼の生き物のように、ゆっくりと飜《ひるがえ》りながら沈んでゆくのを見たときに、私はそれを見戍《みまも》っていた刹那々々を、理由もなく幸福に感じた。それはしじゅう自分が合一したく思っていて、多くの事が妨げずには措《お》かなかったあの大きな静謐《せいひつ》、私自身の前生《さきしょう》から流れてくるらしい懐《なつか》しい静謐と、一つになりえたと感じる刹那だった。

私はそれから沼づたいに森の奥の古墳に似た円丘へと径を辿《たど》った。ふと木の間に熊《くま》笹《ざさ》のすれあう音がした。森のなかの小さな草地にねころがっていた学生が身を起してこちらを見ていた。かれら二人はわたしの知らない上級生だった。かれらは明らかに、禁ぜられている煙草《たばこ》を先生からかくれて喫《の》むためにそこにいるのであった。一人はじろりと私を見ると掌《てのひら》に隠していた煙草をすぐ口にもって行ったが、一人は「チェッ」と舌打して、背中へまわしていた手に目を走らせた。「どうしたい。消しちゃったのかい？　だらしがないなあ」ともう一人の方は殊更《ことさら》に私を問題にしていないと云った豪傑笑いをしながらからかいかけたが、笑ったので、彼は馴《な》れない煙草にむせて了わねばならなかった。笑われた上級生は、耳のあたりを一寸《ちょっと》赤くして吸いかけたばかりの吸殻《すいがら》をわざともみくちゃにしていたが、不意に目を挙げて、私を見て「君！」と云った。私は伏目になり、行き過ぎればよいものを、そこに兎《うさぎ》のように立ち竦《すく》んでいたのだ。「一寸ここへ来いよ」「エ？」私はその返事をあまりに子供っぽく感じて赤くなった。そして熊笹をまたいで彼等の傍《そば》へ立った。「まあ坐《すわ》れ」「はい」そういう内に彼は新しい煙草をくわえてそれに火をつけた。そして坐った私へ煙草の函をすすめた。私は吃驚《びっくり》して押しかえした。「いいから吸って見ろよ。お菓子より美味《うま》いんだぞ」「だって……」彼は自分で更に一本煙草へ火をつけるとむりやりに私の手に持たせ、「吸わないと火が消えてしまう」と云った。私はそれを吸った。さっきの沼の匂《にお》いに似たそれと香《かぐ》わしい火の匂いとがまざり合い一瞬大きな燃えている熱帯樹の幻を見た。……私ははげしく咳《せ》き込んだ。二人の上級生は顔を見合せて楽しげに笑った。ふと目頭ににじんで来た涙が私に彼らの楽しそうな笑いと少しもちがわない幸福を感じさせた。なぜか？　私はきまりわるそうに笑って仰向けに寝ころがった。間服《あいふく》の背を固い草の葉が刺した。はじめて喫んだ煙草を高く掲げて、目は半ば閉じ、私は午後のくすんだ空の青へ煙が流れてゆくのを見飽かなかった。いかにも優雅に煙は昇った。澱《よど》んで、あるかなきかに立ち迷うた。それは恰かも覚めぎわの夢のようで、結ぼおれかかっては甲斐《かい》なく解《ほど》けてゆくのであった。……

　こうした麻酔にかけられた時間を破って、やさしい熱い声を私は耳許《みみもと》にきいた。「君名前は何ていうの」煙草をくれた人がそう言っている。私はわが耳を疑った。それはいつからともなく私が待ちこがれていた声ではなかったか。「長崎です」「一年かい」「ええ」「部はどこ」「まだどこへも……」「どこへ入るんだい」私は躊躇《ちゅうちょ》した。やがて私の冷淡が彼の心におもねる贋《にせ》の答を打消した。「文芸部——」「文芸部！」彼は悲痛に近い叫び声を私の答えにかぶせた。「あんな部へ入るのかい。仕様がないなあ。あそこは肺病の行く部だよ。よせよせ、あんな部へ入るの」私はしかし曖昧《あいまい》な笑い方をして、彼の莫迦らしい驚きの表情を眺《なが》めた。立上る勇気をそれが与えた。私は立上って時計を見た。眉根《まゆね》を寄せ目を近づけ、まるで近眼であるかのように。……「僕一寸用がありますから」するとさっきから寝ていたもう一人の人が起上って、「おい先生に吩附《いいつ》けに行くんじゃないだろうな」「大丈夫です」と私は事務的な看護婦のように答えた。「万年筆屋へ行くんです。……じゃさよなら」——私は背後で「あいつ怒って行っちまいやがった」と云われる声をかすかに聞きながら、すこし急いで円丘を下りはじめた。それは煙草をくれた人の明るくきびきびと乾いた声であった。私はなぜかその若々しい声の方をもう一度ふりむきたいと思った。その時ゆくての木立のかげに大へん美しい紅《あか》いものが見えたので、私はそれに惹かれ、今しがたの望みもわすれてしまった。しかし他事《よそごと》を考えて歩いていたのにちがいない。気が附くと私はあの美しい紅いものを通りすぎてしまっていた。私はふりかえった。それは若木の一《ひ》ト本《もと》の桜が下枝《しずえ》まですっかり紅葉しているのだった。木洩れ日がその紅《くれな》いを透かして人工的なもろい美しさを際立《きわだ》たせていた。その周囲では秋の恣《ほしいまま》な光りも息をひそめ、丁度磨《みが》き立てた玻璃《はり》をとおして見るかのようだった。振向いて又、私は歩き出した。

……

——家へかえってから私を悔恨が苦しめだした。というよりは罪の怖《おそ》ろしさが。私はまだ自分の指が煙草をもっていないかと思い慄然《りつぜん》とした。しかし椅子《いす》におちついて勉強をはじめようとすると、又別な不安が私を急《せ》き立てた。指先の煙草の匂いはあのアラビヤンナイトの、妻に指を切られる男の肉汁《ジルバヤ》の匂いのように、拭《ぬぐ》っても拭っても消えなかった。この匂いのためにこれから私は苦しまねばならぬであろう。繃帯《ほうたい》をし手袋をして、自分では隠し了《おお》せたつもりでいても、電車のなかで自分の周囲の人たちがはやくもそれを嗅《か》ぎつけ、私を罪人をでも見るような目附でじろじろ見るので、その匂いが身体《からだ》中を犯していてかくしても隠せないほど強烈になっていると気が附くときの辛《つら》さはどうだろう。その日の夕食の折、私は父の顔をまともに見ることが出来なかった。「それ啓ちゃんお汁《つゆ》がこぼれますよ」という祖母が食事毎《ごと》にくりかえす注意も、私ははっとして聞いた。少女のころ召使の盗癖を見抜いたという祖母は、きっと私が煙草を喫んだのを知っているにちがいない。この考えはとても自分一人で持っていられないほど怖ろしいものだったから、私は祖母にどうか父に告げ口をしないでくれるように頼むために、食事が済むと祖母の部屋をたずねた。「おや啓ちゃん、めずらしいお出《いで》だね」と祖母は私に話す隙《すき》もあたえず、森八のお菓子を出したりお茶をいれたりしはじめた。そしてとうとう「橋弁慶《はしべんけい》」の「夕波の気色はそれか夜嵐の」というところを習わされてしまった。私にはますます祖母が疑わしく思えてならなかった。

明る日、学校へ出て見ると、私は今までとちがった目で凡《すべ》てを見ているような気がした。何が齎《もたら》した変化であろう。どうもあの一本の煙草しか私には思い当らない。上級生の仲間入りをして女の話をしている運動家の同級生たちへの私の日頃《ひごろ》の軽蔑が負け惜しみに過なかったことがわかって来た。なぜなら、彼らへの無関心が、だんだん対抗心にかわって行くらしかったから。もし彼等が、「何だい長崎はえらそうな歌(彼らは詩という言葉を知らないので詩でも俳句でも何でも歌だと云っていた)を書いてるけど、煙草のんだことがあるかい」と言ったら、もう今までみたいに気まずそうに黙ってしまわないで、「煙草ぐらいのんだことがありますよだ」と云ってやろう。——しかしそれにしてもゆうべの怖ろしい罪の思いも、こうした気の強さと矛盾しないで、ますます裏からそれを強めてゆくように思えるのはどうしたことであろう。私は何とはなしに快活になっていた。理科教室の席のとりあい(これは最前列の席のとりあいでなく最後列のそれなのだが)でも、いつもなら後《あと》からゆっくり行って空いている席に坐る私が、きょうは朝礼が済んで真先に駈《か》けだすTを見るや、彼を追って誰よりもはやく駈け出していた。いつも二番目によい席(居眠りをしてもわからない席)に坐るKは、もうそこに坐っている私を見て、「あれ、長崎ひでえ、——そこの席は一番当る席なんだよ、きょうはよっぽど勉強してきやがったな、ちぇっ、ガチな奴《やつ》はちがうよ」と口惜《くや》しがった。そして皆に「何とか言ってら、ガスマスク」と上級生につけられたあだ名を言いはやされて、Kは怒って、最前列の先生と真向いの席にすわってしまった。その時間にはKが散々先生からしぼられたので、皆は大喜びをした。

私は昼休みにもついぞやったことのないバスケット・ボールにはいってみたりした。しかしあまり下手なので、忽《たちま》ち補欠にされてしまった。私は皆の友情におもねっているような自分を感じた。バスケットの人たちをはなれて、私はまた校舎の裏の花壇の方へあるき出した。多くの花はおわりを告げていた。残っているのは夥《おびただ》しい菊だけだった。その菊の葉もあらかた薄黄が射《さ》して、花ばかりが造ったように生々《なまなま》しく咲いていた。その不必要に精緻《せいち》な一輪に見入っていると、繊細な縦縞《たてじま》をもった黄いろい細い花弁全体が、途方もなく大きくみえてきて、目の前に大きな菊が立ちはだかるようだった。あたりには昼の虫がしらけた声でないていた。あんまりうつむいていたので身を起すとすこしふらふらした。そしてこんなにも夢中で菊を見ていた自分が恥かしく思われた。森の中の好きな散歩の間でさえそれほど一つ物に心を奪われることはめずらしかったし、殊にあの菊に見入っていた時の気持には、ほかの大きな景色をながめている時とちがって、何か気はずかしいものがあったにちがいない。私は少しいそいで校舎のほうへかえって来るとき、疎《まば》らな雑木林のあいだから、またあの、しずかな秋の日にかがやいている沼を、はるか下の方に見た。私は丁々という斧の音を――雲のきらめく縁《ふち》から放たれてくる光りの箭《や》を思い出した。それと一緒に、私はあの人の明るくきびきびと乾いた声を思い出した。この時非常に烈《はげ》しい、しかし身動《みじろ》ぎもできぬほど大きな謐《しず》けさをもった感動が私の胸をおさえつけた。それは明るい声のせいであるかはわからなかった。沼のほとりで雲間を洩《も》れる光りを仰いだあとの、前生《さきしょう》から流れてくるような懐しい静謐と一つになりえたと感じた気持に、みわけのつかぬほどそれは似ていた。

しかし私は日と共に身に着《つ》かない図々《ずうずう》しさと悔恨と恐怖とからはなれて行った。ただ忘れられないのは煙草の匂いばかりだった。馴れると思ったその匂いは前よりも却《かえ》って鮮やかに私を苦しめ、父が葉巻を喫むそばにいる時などは、ある快さと表裏しておそろしい嘔気《はきけ》さえもよおした。かなり急な速度で、私は謐かな動かぬものへの愛着から、今まで軽蔑していた騒がしいものギラギラしたものへと傾いてゆくような気がした。

祖母や父母と一緒に、ある晩、街中《まちなか》の賑《にぎ》やかなレストランへ行ったかえり、あまり歩けない祖母のために車に少しまわり道をさせて、晩秋の明るい街を車の中から見物することになった。祖母と父母はうしろに掛け、私は補助椅子に坐って外をながめていたが、今宵《こよい》ほど見馴れた夜の街が美しく思われたことはなかった。毒々しくふるえているさまざまな赤いネオン・サイン、明るきにすぎて何の趣きもない窓々、それらの一つ一つは美しいものではなかったが、集まり合ってふしぎな均整を得てくると、それは消えないでふと暗い夜空に懸ったまま、永遠に微妙にふるえている大きな幻の花火のようだった。私は学校で習った「幻の巷《ちまた》」という文句を思い出した。それは幻にすぎない。そこに住む人も知らぬうちにたえず街は別のものに変ってゆくのではなかろうか。今の街は明日《あす》の街ではない。明日の街は明後日《あさって》の街ではないのだ。……その時私は汽船の形をした美しい建物を発見した。それは他の建物のようなきらびやかな照明のかわりに、煙るような暗い青一ト色の照明のなかに浮んでいる真白な建物であった。私がそれを見た時、しずかな影が上って来て、まるで水に浮んだもののように、その建物がゆらゆらと揺れた。私はおどろいて目を窓硝子《まどガラス》に一そう近づけた。

「啓ちゃんはいやに銀座がお気に入りなのね」と黙っていた母が急に高い声で笑った。

「あまり銀座が好きになると困りものだね」祖母も笑ってそんなことを言ったようだった。父は葉巻をくわえたまま「ふふ」と笑ったらしかった。私は返事もせずに、一寸固くなって、むきになりなおも窓から燈火の連鎖を見つめた。と、車は右へ大きく折れた。そこは意外なほど暗い町並だった。私は別離の切なさに、乞《こ》うような眼差《まなざし》を暗い屋根のかなたへ投げた。高い建築がかざしている冠のような照明はまだ見えていた。それが消えてゆく月のように、屋根のかなたに没し去ると、朝焼けのような色に煙った空がいつまでもみえた。

冬が来ようとしていた。ある日、学校が退《ひ》けて後、国語の自由研究の宿題のために調べることがあったので、委員から鍵《かぎ》を借り、私は埃《ほこり》のつもるにまかせた文芸部の部室へ入った。そこの本箱には精細な文学大辞典があって、その重い本を膝《ひざ》にのせて読んでいると、つい蔵《しま》うのが面倒になり、要らないところまで次々とよんで了《しま》う。気がついた時は暮れやすい日ざしが、水明りほどに薄れていた。私はいそいで本をしまって部室を出た。すると喧噪《けんそう》な笑い声と足音がまじって、廊下を勢よく折れてくる人たちがあった。逆光ではっきりみえなかったが、それはラグビー部の上級生たちだった。私は敬礼した。するとそのなかの一人がぶつかるようにして強い手で私の肩を叩《たた》いて、「長崎じゃないか」と言った。それはまぎれもないあの若々しいきびきびと乾いた声だった！　私は感動で泣きそうになって彼を見上げた。

「ええそうです」――すると、「おっ、お稚児《ちご》さんか」「いいぞいいぞ」「伊村、一体何人目だ」などと皆がわいわい騒ぎ出した。その人伊村は囃《はや》されてわざと「長崎、部室へ一緒に来いな」と私の肩を抱きかかえるようにしてラグビー部の部室の方へ引張って行った。上級生たちはますます騒ぎ立てて、私と伊村を押すようにしながら部室へ行った。部室は足の踏み場もない乱雑さだった。そして一番先にある強烈な、なまめかしいともいえる複雑な匂いが鼻を打った。柔道部の匂いともちがった、もっとメランコリックな匂い、遣瀬《やるせ》ないともいえる匂い、非常に烈しくしかもどこか儚《はかな》い匂い、――煙草をのんだあとでいつまでも私が悩まされた、煙草の本来のそれではなくむしろ仮想のあの匂いにそっくりであった。私は壊れかけたテーブルのわきの壊れかけた椅子に坐らされた。伊村は私のとなりに腰かけた。その人の椅子は私のよりずっと岩《がん》乗《じょう》そうだったが、彼が一寸身動きするたびに気持のよいギシギシという音を立てた。それを聞いていると、その重量感がじかにこちらへ伝わるような気がした。伊村はもう寒いのに膝をあらわにしたユニフォームのままで顔や胸にはまだきえやらぬ汗が光っていた。皆はしばらく私と伊村のことを話題にした。その人は煙草を吹かしながら皆の揶揄《やゆ》を面白そうにきいていた。その彼の態度にはもう私がいないのではないかとさえ思われた。煙草をのんでいる人は他に一人いるきりだった。私は時々伊村の太い腕に目をやりながら努めて皆の前で穉《おさ》ならしく振舞おうとしていた。私は自分が思いがけない高い声で笑うのにひやりとした。

皆がひととおりからかって飽きて了うと、伊村はあの乾いた声で今日の練習の注意をはじめた。皆はまた少年らしい真剣な顔附に戻っていた。私は目をつぶって伊村の声をきいた。目をあいてその太い指先に短くなってゆく煙草を見た。私は急に息苦しくなって来た。

「伊村さん」私が呼びかけたので皆は一せいに私を見た。私は一生懸命だった。「たばこ一本下さい」――上級生たちはどっと笑った。彼らの中にもまだ喫まずにいる人の方が多かったのだ。「すげえすげえ」「頼母《たのも》しいや此奴《こいつ》。伊村のお稚児さんだけあるぞ」伊村の色濃く流線をえがいている眉がこの時少し歪《ゆが》んだようだった。しかし快活にケースから一本とり出すと、「本当に吸えるのか」と言って私にわたした。はっきりとそれを言いあらわすことは困難だったが、今私が伊村に望んでいた答は全く別のものであり、その唯《ただ》一つの正しい答に私は凡てを賭《か》けていた筈《はず》だった。私の異様な決心も、その決心を促して来た異様な胸苦しさも、そうした期待の下《もと》にのみ生れえた筈だった。しかし更に大きな意味は、ただその答でもって、私のこれからの生き方をさえ逸速《いちはや》く決定してしまいたいと希《ねが》う不可解な焦躁《あせり》のなかに、在ったのではなかろうか。そこまでふりかえる気力がもう私にはなかった。言葉が通じないので最大の悲しみを訴えるために飼主の目をじっとみつめる術《すべ》しかしらない羊のように、私はぼんやりと伊村を見ていた。――何もかもいやになった。

しかし今更吸わないわけにはゆかなかった。果して私はひっきりなしに噎《む》せた。涙に目をしばたたきながら、迫ってくる嘔気に逆らってまで吸いつづけた。後脳が冷たいものでしめつけられるように感ぜられ、涙をとおして見る室内が異様にきらめき、笑っている上級生たちの顔はゴヤの奇怪な版画の人物のようにみえた。その人たちの笑いにはさっきの明るさはなかった。笑いの漣《さざなみ》が収まると、澱んでいる痛ましい感情がはっきりとその底に見えてきて、彼等を脅《おび》やかすようだった。冬の夜水という水のおもてにピリピリと薄氷が張りだす時のように、私のまわりに、人々が自分にかえってもう別の眼差で私を見ようとする気配が感じられた。うしろの方で「よせよせ」と低声《こごえ》で云《い》う人があった。はじめて私は涙の中から、横にいる伊村をみつめた。

伊村はわざと私に目を向けずにいた。彼は不安定な恰好《かっこう》で卓に肱《ひじ》を突き、浅く椅子に腰掛けていた。彼は無理な薄笑いをうかべ、卓の一部分をじっと見ていた。私はその姿を目に映すや、痛ましい喜びが自分に湧《わ》くのを感じた。彼は傷ついている。私の喜びはそれ故《ゆえ》であろうか。それともこんな風に悲劇的に、逆説的に叶《かな》えられてしまった、そして叶えられた刹那《せつな》に空《むな》しいものとなってしまう不思議な共感の喜びであったのか。

急に伊村がふりむいた。彼は凍りついたように笑っていた。その動作を何気なくみせようとするひたむきさがあらわれて、手をのばすより速く、私の指から吸いかけの煙草を奪い去った。「よせよせ、無理するなよ」——強い指で、ナイフのギザギザな跡がある机のへりにそれを押しつけながら、「暗くなるぞ。帰らなくていいのか」

——皆は立上る私をみると、「一人で帰れるかい。おい、伊村、送ってやれよ」など言ったが、それは明らかに伊村へのおつきあいの言葉だった。私は見当ちがいな方向へお辞儀をして部室を出た。薄暗い電燈《でんとう》のついた廊下を歩きながら、私は家までの路《みち》のりを、はじめての長い旅路のように感じた。

その夜眠れない床の中で、私はこの年齢で考えられる限りのことを考えた。誇り高い私はどこへ行った？　今まで私は自分以外のものでありたくないと頑《かたく》なに希ったのではなかったか。今や私は自分以外のものであることを切に望みはじめたのではなかろうか。漠然《ばくぜん》と醜く感じていたものが、忽ち美しさへと変身するように思われた。子供であることをこれほど呪《のろ》わしく感じたことはなかった。

——その夜晩《おそ》く、たしか遠くに火事があったと覚えている。眠れずにいるうちに、蒸気ポンプの音が大へん近くきこえたので、私は起上り走りよって鎧扉《よろいど》をあけた。しかし火事は町のはるか彼方《かなた》だった。蒸気ポンプの鐘の音《ね》はまだ苛立《いらだ》たしくきこえていたが、火の粉が優雅に舞上る遠い火事の眺《なが》めは奇妙に謐かであった。焔《ほのお》が次第に寄り添うようにして募った。私はそれを見ると俄《にわ》かに眠たさが思い出され、鎧扉をぞんざいに閉めるなり、床へかえって眠りに落ちた。……

だが、この記憶はいかにも不確かなので、事によるとそれはその夜の私の夢にあらわれた火事の情景であったのかもしれない。

（昭和二十一年六月『人間』）

春子

メリッタ　これこの薔薇《ばら》でございますね
サフォー　その花はさだめしお前の唇《くちびる》に燃えていることだろうね

グリルパルツァー「サフォー」

I

佐々木春子という名を人は憶《おぼ》えていはすまいか。どこかできいた名だとおもうであろう。定かにはおもい出さないが何か華やかさといたましさの入りまじったもの、閉《は》ねたあとの劇場前のどよめき、と謂《い》った印象をうけるにちがいない。そうだ、一時代前の女の名前というものはみんなそういう印象をあたえるものだ。

私はあの事件のとき九つか十だった。家の者は新聞をかくして私に読ませないようにした。だから私もとうに行方をくらました若い叔母の名前としておぼろげに記憶しているだけであったが、四五年のちある機会に事件のゆくたてを知ってから、私の少年時代にとって、春子という名はいわば象徴的な、たとえばむかし理科教室の洋書の図版で見て、いつも思い出してはわすれてしまうくせに、うるさい蛾《が》のように記憶の上をとびまわることをやめない一つの華麗な花の名のようになった。しだいにその名は私のなかで凝結してきた。そして彫金の薔薇《ばら》のように、しっかりと金属の中に彫り込まれていて、あとはただ彩色を待つだけになっていた。

しかもその名は私のあらゆる恥かしい記憶と好んでむすびつく傾きがあった。狂おしい好奇心や、色欲へのいわれのない尊敬の念とも。かくしてその名は私にとって何かしら、タブウか呪文《じゅもん》かのようなものになった。

春子の事件というのは、その当時ありふれた駈落《かけおち》事件にすぎなかった。仁丹《じんたん》や化粧品の広告が一頁《ページ》を占めていたころの新聞に、「伯爵《はくしゃく》令嬢、お抱え運転手と駈落ちす」という大見出しと、彼女の大きく引きのばされた卒業写真が載っていた筈《はず》である。その新聞を私は見たことがないが、それは当然事件より二年も前のおとなしい少女の写真なのだ。しかし写真の少女はどうしたわけか、眉《まゆ》を固くして不きげんな顔をしているそうである。校庭の芝生の反射をまぶしがっている表情にすぎないのかもしれない。ただ卒業写真がはからずも駈落ちの記事に使われたのに、妙な暗合を私は感じるだけだ。卒業式の夜、祝い酒を振舞われたお抱えの老運転手が脳溢血《のういっけつ》で死んでしまったのである。財産もないのに正月毎《ごと》に書き更《か》えていたその遺言で、彼の信頼がもっとも厚かった若い見習が主家へ推薦され、運転中に脳溢血なんか起されるより少しくらい乱暴でも若い方がいいと言うので、若者は佐々木家の運転手に昇格した。

春子は私の母の妹にあたるのだが、いわゆる異母妹であり、今の祖母——春子の母——は祖父の後妻である。祖母は粋筋《いきすじ》の出というのに、歳月と共に何もかも洗いながして美しい木目《もくめ》が浮き出たような洒落《しゃらく》な人柄《ひとがら》だった。

春子は子供の時桃太郎のようにふとっていたので、モモちゃんとよばれた。少女になるとその肉がしまって、やせ形でありながら稔《みの》りのある輪廓《りんかく》の、快い量感をそなえた体になった。彼女は誰にも愛された。男の友達とも仲が好《よ》かった。それにもまして女の友達とも仲が好かった。もう誰とでも仲が好かった。彼女の前へ出ると誰でも彼女を愛さなければ済まないような気がするほどであった。彼女もまた、自分を愛さない人がいるなんて思ってもみないらしかった。

しかし女学校時代から春子は、市井《しせい》の男をふしぎにきらった。庭師とか商人とか街で見かける与太者《よたもの》とか労働者とか。そんな人たちばかりではない、友達が自分の若い家庭教師の自慢をしても眉をひそめた。街を友達とあるいていて、店員風の若者が自転車をよろめかせてまで振向いたりすると、春子の顔にはほとんど苦痛にちかい蔑《さげす》みの表情がうかんだ。いきおい彼女は同じ階級の上っすべりな貴公子面《づら》が好きなのだと思われていた。おかしなことに、その貴公子面とも一応の交際だけで、接吻《せっぷん》さえゆるさないという噂《うわさ》だった。

その春子が突然運転手と駈落してしまったのである。級友たちは興奮して泣いたり笑ったりして二三日は自分が駈落したようにそわそわしていた。今は彼女の良人《おっと》である若い運転手の黒く光った帽子のひさしに青空が映り、ひさしのかげで白い歯が笑うのをよいとある級友に言われたときに、春子が唇《くちびる》のはしを心もち曲げて、気むずかしい顔をして返事もしなかったのが思いだされた。

——そんな話はどうでもよいのだが、ともかく彼女は運転手と同棲《どうせい》した。家族はまだ八つの運転手の末の妹だけだという話だった。こちらの一族との交際は絶えてしまったが、祖父はひそかに仕送りをつづけているということだった。

もとより私の夢みたものはそういうオペレッタじみた事件そのものではなかった。その後の彼女であり、彼女のながい謎《なぞ》めいた生活であった。自分の平板な生活に苦しみを感じるとき、いつも私は叔母の無軌道な、しかし女軽業師《かるわざし》のような寂しい危険な生涯《しょうがい》を夢みた。

「新聞種になった女」はどんな成行《なりゆき》に委《ゆだ》ねられるものであろうか。彼女はやがて忘れられる。すると自分が過去の自分から忘れ去られたような気がするのだ。なぜならあの時の自分は人々の記憶と共にうつろうてゆくが、今の自分は今なお執拗《しつよう》に新聞記事の記憶に追いかけられていて、自分が人前へ出ると、人は今の春子をでなく過去の春子を思いおこす。しかも今の彼女はこんなに過去の彼女を見つめているのに、過去の彼女はもう今の自分を見ようとしないのだ。

ひとたび彼女について囁《ささや》いた大ぜいの口、彼女にむかって傾けられた無数の耳、彼女の写真をむさぼり見た多くの目は、春子の生涯に何らかの暗示を投げかけずにはおかない。彼女はもはやかれらの望んだように生きるか、かれらの失望するように生きるかの他はない。彼女自身の生き方はなくなってしまった。

――しかし彼女にもう一つの他の生き方はできないだろうか。予想どおりでも意外でもない生き方。何か別誂《べつあつら》えのはげしい生き方。いわば私はそういうものを彼女に夢み、憧《あこが》れたのだ。

すべては徒労であった。私の空想のうちなる春子は、もはや叔母の名の春子ではないと知りつつあった。春子がかえって来たのである。良人が戦死したので、彼の妹をつれて祖父の家へ。

昔から偏屈できこえ、電話ぎらいでいまだに頑《がん》として電話を引かせないような佐々木の祖父は、半身不随の何年かのあいだに、毎朝起きると一つずつ我儘《わがまま》を言い出す習慣がついていた。十年まえに暇をやった召使が呼びにやられたり、一九〇二年に伯林《ベルリン》で買ったマドロス・パイプが蔵から三日がかりで探し出されたり、十五年前に絶交した友達と仲直りしてヴラマンクの絵を惜しげもなく贈呈したり、あなごが喰《た》べたいと言い出して配給店のほか何もない東京中を探しまわらせたり、まるで憑《つ》きものがしているようであった。ある朝、春子を呼び戻せ、と御託宣が下った。私の家を除いて多くの親戚《しんせき》は反対したが、祖父は昔から親戚が反対すると嬉《うれ》しがって手がつけられなくなるのである。どこから聞き伝えたのか九州の大伯父から、「ハルコノケンゼッタイハンタイ」という電報が来たので、祖父は喜んで枕《まくら》の下にはさんで、来る人ごとにそれを見せた。すっかりニコニコして、こんな時だけ好々爺《こうこうや》らしくみえるからおかしい、と祖母は笑っていた。

昭和十九年の夏のはじめに私たちは春子に会うために、大阪に定住している父を除いて母と私と弟とで佐々木家を訪れた。祖父は戦争がはじまって間もなく住居を郊外に移したのであった。——その前の晩、私はほとんど眠れなかった。ふしぎと空想をえがくのに馴《な》れた春子の面影《おもかげ》はうかんで来ず、曾《そう》祖父の寵愛《ちょうあい》する腰元の体じゅうにお灸《きゅう》をすえて半殺しにしたという残酷な曾祖母についての噂話や、震災で焼けた昔の佐々木家にあったというお仕置石という怪談などばかりが思いだされた。不義をした若侍がお仕置をうけてその血しぶきが庭石にかかって以来、夜毎にすすり泣いたというあやしい大石。……

門の前に春子は立っていた。革手袋をはめた右手で独逸《ドイツ》産の名犬の直仔《じかご》だというシャルク号というシェパードの鎖をもって。――幅びろのグレイの女ズボンに、派手なチェックのジャケットを着、木か何かを白く塗った玉をつらねたわざと粗い感じの首飾をかけていた。シェパードの黒い毛並がジャケットの派手なスコッチ縞《じま》と粋な対照を見せていた。そして彼女は三十にしては十分若かった。そしてそれだけだった。

「あら、おいであそばせ」――春子は私の母に言った。二人とも無感動だった。

「息子を紹介しようと思って来たのよ」

「ほんとに大きくなったこと。宏《ひろ》ちゃんはもう学習院御卒業？」

私は失望をかくすために、はにかんでいるようにみせかけた。

「いいえ、さ来年《らいねん》」

「この方《かた》わたしを他人のように見てるわ。そんな目をすると後で思い知らせてやるから。……じゃ、お姉さま中で待っていらしてね。一寸《ちょっと》この駄犬《だけん》を散歩させて来ますから」

シャルク号が急に歩きだした。引かれた鎖に革手袋がきしんだ。私はなぜだか、ふと自分の心臓がきしむような気がした。春子はあッともあらとも言わないでそのまま犬に引かれて歩き出し、道の角でふりむいて笑ってみせた。親しげな笑い方というのではなかった。乾いた美しさで、光沢《つや》のないような無気力な笑い方だった。

「なぜ十年ぶりに会った僕や晃《あき》ちゃんにあんなに無関心なんでしょう」

「いくら妹だって女は化物だ」――私の問にはこたえずに、母はそんなはしたないことを口のなかで言いながら門をくぐった。

すべては失望であった。

家庭的な一事件を戦争のどさくさの中にうまく納め込んでしまおうとする祖母や母の、わざと何事もなげな顔附はそれでよかった。しかし私の考える春子はそうあってはならなかった。彼女は「事件」でなければならなかった。(私もまたしらずしらずあの新聞の読者の見方をまなんでいたのでもあろうか)。彼女は凶事であり凶変であり、私をおびやかししかも私を魅するような新らしい生き方でなければならなかった。春子が死んだ良人のことを口に出したこともないという噂も、私を失望させたものの一つだった。周囲の無感動なふりに巻きこまれて、無感動の勝負なら負けないぞと云《い》うかのような叔母の身の処し方は、私が夢みた傷つきやすい生き方から程遠かった。

母は春子を家へ招きたがらず、それから夏の間、私は友達と旅行に出かけたりして、春子とは大した交渉がなくてすぎた。

　実を言うと春子への失望とうらはらに夏のあいだ私が考えつづけていたのは、春子にはじめて会った日に識《し》り合った路子《みちこ》という義理の妹の上なのであった。徴用のがれのために春子のたのみで私の父の会社に籍だけ入れてやった彼女だったが、運転手の妹だからというわけでもあるまいが、母は女中に対するように少女を扱った。私がそれを見ていて覚えた母へのはげしい憎しみを、私はおやと思った。小ざっぱりとした装《なり》をしていたが、どこか野暮ったいところのあるのが却《かえ》って初々《ういうい》しかった。静かな眉をしていた。笑い声は静かな賑《にぎ》わいを帯びていた。彼女は別棟に住んでいる子供のない家職の夫妻のもとに預けられ、ゆくゆくは養女になるような噂だった。

　なぜかしら私には忘れられなかった。稚《おさ》なげな顔立のわりに成熟している体を私は見抜いた。言葉つきにも態度にもどこか舌足らずの歯がゆい感じがあって、いったいに無口だったが、この歯がゆさが却って挑発《ちょうはつ》的だと思われた。

　識り合ったと言っても祖父の家に行くたびに会えるわけではなく、無口だし、二人きりで話す折もないままに夏がおわりかけた。

　ある夜彼女が病気だという考えが私の目をさまさせた。夢なのか起きて考えていたのかよくわからなかった。私は莫迦莫迦《ばか》しいことだと思い、あくる日祖父の家へ行ってみることもしなかった。ところが、その日悪夢をたしかめに行かなかったということがいろんな蹉跌《さてつ》の形で私にあらわれてきた。茶碗《ちゃわん》を落して割り、山手線に乗るのをまちがえて京浜線に乗り、友達の家へ忘れ物をし、蟇口《がまぐち》を落し、鉛筆を削っても削っても芯《しん》がポキポキ折れた。とうとう我《が》を折って路子を訪ねてみると、彼女は私のひそかな心労もしらぬげにせっせと働いていて他人行儀なお辞儀をしただけだった。私は怒った顔をしてせい一ぱい幸福に家へかえってきた。そしてふと鏡を見て、明かに誰かを恋している人間の莫迦面《づら》を見出《みい》だした。

やがて学校工場の勤労作業をぬけられぬ私をおいて、秋早々、臆病《おくびょう》な母は弟と一緒にＹ県の山奥の知人の家へ疎開《そかい》することになった。大層な疎開の荷物も共に向うへ引移る一週間前、母は弟と泊りがけで下検分に旅立った。

II

……夏は終った。しかし日ざしは夏の穏やかな幾日かよりももっとはげしかった。それと気づかぬあいだに、燕《つばめ》のめくるめくような飛翔《ひしょう》は目にうつる折がすくなくなった。

私は学校の帰途、省線電車を待っているプラット・フォームから、今年の名残に相違ない二羽の燕を見た。線路をへだてた道をへだてた石屋の軒に、その燕は巣を営んでいるらしかった。二羽はときどき活潑《かっぱつ》にすれちがいながら、サーカスのように危険で明快な道行《みちゆき》をえがいてみせた。ぱっちりと翼をひらいたりとざしたりしてかけまわっているかれらは、空にも地にも頓着《とんじゃく》しないようであった。燕の単純で明るい魂が私の胸にまでそのままくっきりと影をおとして来そうな気がした。

私は十九だ。彼女はまだ十八ではないか。年のことを考えると私は誰かに悪事を見られたようにきまりがわるくて顔をあからめるのが常だった。こんなみっともない年齢をぶらさげて歩くのが、まるで箒《ほうき》をお尻《しり》に結《ゆわ》えつけられて街を歩かされているようでやりきれなかった。私が何を待っているのか、私自身かなりはっきりと気附いていた。しかしそれを私自身に与える手引の役をつとめるのがやはり同い年の私では自信がなかった。私は自分の尻尾《しっぽ》を追っかける猫《ねこ》のように堂々めぐりばかりしていた。しかし燕がなにか軽快な教訓を与えてくれたらしかった。私はもし私に睫毛《まつげ》のない少女の眼《め》が賦与《あた》えられていたとしたらそれでもう一度燕の行方を見戍《みまも》りたいと念《ねが》った。燕は私には教訓の半分だけをちらつかせてくれたにすぎないのであった。

家にはめずらしい来客があった。たまたま今日《きょう》家中の留守に来て帰りを待っている叔母の春子だった。――しかし叔母の姿は婢《おんな》がいると言った場所にはみえなかった。外光の反射に明るむ縁先の籐椅子《とういす》には、繊《こま》かな影を帯びたやりかけの青い編物が放り出されていた。

明日にもはこび出される疎開の荷物で、部屋という部屋はごったがえしていた。その荷物の暗い堆積《たいせき》のむこうに離れの明るい出窓が見える。ききなれぬ女の笑い声がそこから響いてきた。心なしか男の声もまじってひびいた。

私はおもわず離れに通ずる畳廊下を行きかけたが、煙草《たばこ》を片手に出窓によりかかっている幅びろのズボンをはいた女が鋭くこちらをふりむいたので立止ってしまった。戸外の緑の反映があるにしても、その青がべったりとなすりつけたようにみえるほど、輝くように塗り立てた鮮麗な女の顔である。それを叔母の春子だと気がつくまえに、私の聯想《れんそう》はなぜか咄嗟《とっさ》に、きょう作業休みに友だちが言った、「船員の奥さんって必ず厚化粧をしているものだってね」という異様な言葉へ走って行った。その言葉をきいたとき、私は魚油のようになまぐさい淫《みだ》らな想像をうかべたのであった。――私はうろたえて今はじめて見るかのように春子の顔を目を細めてまじまじとながめた。そうして自分をおちつかせた。

「あら、おかえりなさい」と春子はいつもの上《うわ》の空《そら》で言っているような言い方をした。

私はこの厚化粧の女をけっして春子だとおもうまい、ただの「叔母」として見ようと決心した。そうすれば私の子供っぽさを見破られるおそれもない。なぜなら「叔母さん」という人種は、文句なしに、いつも年相応に見てくれるものだからである。

母や弟が疎開先へ下検分に行っていて今日の夕刻には大丈夫かえるだろうと私がくどくど述べ立てていると、叔母は出窓に腰を下ろして、ずいぶん大きな防空壕《ごう》ね、と別なことを言った。

「ああ、人の入る奴《やつ》は別にあるんですよ。あれはいざと言うとき荷物をほうりこむ奴なんですって。あんなもの効果があるのかしら」

明るい外光のなかから私をみとめて会釈《えしゃく》したのは父の会社の東京支社の二人の給仕だった。離れに面した茶庭風の荒れた小庭を崩して、方形の大ざっぱな壕をつくる仕事なのだが、なまけ癖のついている給仕たちは飛石を一つ動かしては一時間休み雨がぱらついて来たと云ってはかえってしまうのだった。

私が前から好かないのは、ランニング・シャツ一枚で殊勝気にはたらいている十九のくせにいやに世故《せこ》に長《た》けた背の高いほうの給仕であった。彼が婢に私のことを初心《うぶ》だと蔭口《かげぐち》をきいたとわかってから、私はしつこく彼を憎んだ。私の年ごろで初心だと言われるくらいおそろしい侮辱はないからである。だからその男が出窓の櫺子《れんじ》へ近づいて来て、私には目もくれずに、「奥さん、五十センチ掘ったからもう一本ください」と馴れ馴れしく呼びかけるのをきくと、私は息がつまりそうな気持になった。しかし私をもっとおどろかしたのは叔母の仕打で、春子は出窓に膝《ひざ》をついて櫺子に片手でつかまりながら、

「よくって? 上げるけど今度は吸いかけで我慢するのよ。前とおんなじに、口で受けるんだよ」

「あ奥さんひどいや、火のついたままだなんて……」

給仕はそう言いつつ、なにか奇体な情欲で肉づきのよいくびれた胴をふるわせはじめ、降《ふ》ってくる火のついた煙草を待って、犬のように一心不乱な表情になった。私は瞬間、なにかまばゆいものを見たと思った。そう思いながらふしぎな厭《いと》わしさで目をそむけたが、「さあ、いい? よくって」とあたり憚《はばか》らぬ春子の、くちなしの匂《にお》いを思わせるねっとりと練り上げた声からは、耳をふさいだってのがれられるものではなかった。

――私が自分の部屋へ逃げてゆき、三十分ほど考え込んでまた下りて来たときは、春子は前にそうしていたであろうように、縁先の籐椅子で気がなさそうに編物をいじ

くっていた。私が三十分間考え込んだことというのは、いわば又叔母に会いに階下へ下りてゆくための、自分自身への口実をみつけ出す思案にすぎなかった。私の年頃《としごろ》は一体にそうなのだが、しじゅう自省に追っかけられているようでいて、その実自分をみつめるのが女の顔をみつめるくらい生理的に怖いのである。自分のなかに「自省している自分」の後姿をみつけ出すと、ようやく安心して悩みはじめるという寸法だ。それはともかく徐々に私をしめつけてくるものはある快い苦痛であった。叔母のいかにも気のなさそうな身振口振の奥に、ふたたび私は何かを探しあぐねているのであった。それがふと探しあてられたような気がする。するとそれは、たとえば今しがた見た情景が私からさそい出す或《あ》る種の醜い共感のようなものになっているのだ。そうだ、もしかしたらあの事件の当時春子の級友たちの興奮の原因がそれであったように、私もまた春子の名において、ある「生粋《きっすい》の野卑」と謂《い》ったもの、日ざかりの野を走る獣《けだもの》の、熱い舌のあえぎのような、ある未知の熱情を夢みていたのかもしれないのだ。

この考えがふと私に、自分の年齢を見すかされた時にも似て、持ち前の咎《とが》め立てするような目つきで叔母をぬすみ見させた。それと同時に、「そんな目つきをすると思い知らせてやる」と言ったあの時の春子の言葉がへんになまなましく思い出された。

「戦争がこの秋にすむという話がありますよ。小磯《こいそ》は和平内閣だなんて言っている友達もあるんです。降参でも何でも早くしちまった方がいいや」

「そう、あなた戦争おきらい？」

私は叔母が戦死した良人《おっと》のことを今言い出すなと思った。自分の目がかがやき出すのを私は感じた。しかしこんな空想的な期待に自分から気後《きおく》れがして、私はなぜか春子が良人のことを言い出すのが怖くなって、少しどきどきしながらこんな風に急いで答えた。

「ええ、僕たちはもうみんなやけですからね」その実私はやけになっているわけでも何でもなかった。ただ春子の前へ出ると、なにか自分の堕落を見つけ出してそれを誇りたいという甘い衝動にかられるのだった。

こうして話していて私は一度も路子のことを叔母に訊《き》かなかった。訊くことをいさぎよしとしなかった。どうしてだか叔母も一度も路子のことに触れなかった。

路子の名前一つ口に出して言えないのは恋の証拠だと私の中の別な私が私をからかった。しかし私は下手な詩をやっつけられるのが怖さに人に示さない少年のように、路子自身によりもむしろその他の凡《すべ》ての他人に自分の恋を知られるのが怖いのであった。この虚栄心が、路子の名前一つ言っただけで感附かれるかもしれないという迷信をあおるのであった。故《こと》さらに路子のことに触れないのが却って怪しまれる原因《もと》になるとは知らずに。

庭が暮れだした。母や弟はまだ帰らなかった。婢《おんな》がお風呂《ふろ》が立ったとしらせて来た。春子がすすめられて先に入りに行った。

するとと突然私は湯殿の方角が気になりだしてどうしていいかわからなくなった。湯気がしとどな露を結んでいる硝子戸《ガラスど》の湿った重みまでがしきりに思われた。簀子《すのこ》はまだ乾いている。女の蹠《あしのうら》は檜《ひのき》のなめらかな足ざわりから今日の秋を感じるであろう。湯殿の暗い灯の下に、女のからだは、まるで悲哀や物思いに満ちているかのように、影に満ちて立っている。湯槽《ゆぶね》の蓋《ふた》をあける音と、最初の湯を流す音がひびきわたる。ひざまずいて肩から湯を浴びたので、暗いかがやきがひっきりなしに彼女の肩や乳房のあいだからしたたりおち、いちばん影の濃いところへとなだれおちる。……

耳もとの蚊のうなりが私を我にかえらせた。坐《すわ》っている籐椅子の肘掛《ひじか》けに、なにかぶるぶる震えている気配がする。見ると白い羽根に緑と朱の斑点《はんてん》がある巨《おお》きな蛾《が》がとまっていた。くさった花のような病的な匂いがするような気がした。追い払おうとして叔母がおいて行った銀いろのピカピカ光った編棒へ手をのばすや否《いな》や、蛾はあわてふためいて私の顔にぶつかりながら飛び去った。私の手の中には銀いろの鋭い編棒が残された。

私は美しい女が編物をしているのを見、巧みにあやつられている美しい編物を見ると、いつも妙な感じを味わうのだった。なんだか間接にもやもやした念入りな愛撫《あいぶ》をうけているような気がするのだった。

私の掌《てのひら》は編棒の冷たさを快く暗記した。そして今しがたそのやさしい兇器《きょうき》を手にとったのは、それで蛾の胴体をするりと刺してやろうとおもう隠された企図であったことに気づいた。

「まだお母さまがおかえりにならないの?」

廊下の角をまがって来ながら私によびかける、叔母の湯上りらしい潤《うるお》いのある声がした。私はあわてて編棒を卓に置いて、ふりむいた。婢が揃《そろ》えたままに着たのであろう、春子は母の浴衣《ゆかた》を着ていた。それを見たとたんに私はぞっとした。もう浴衣の季節ではない筈《はず》なのに、寝間着のつもりなら今夜は泊ることにしたのだろうが、ぞっとしたのは勿論《もちろん》そんな思惑《おもわく》からではなかった。ただ単に、母の浴衣を着ているということが、私の怖気《おぞけ》をふるわせたのだった。いわば道徳的な嘔気《はきけ》ともいうべきもの、子供が夢のなかで感じるようなあの途方もない生真面目《きまじめ》な苦痛であった。

それと知らない春子は、花時《はなどき》の樹《き》が午後の日ざしに蒸れて放つような湯上りの匂いであたりをいっぱいにして、前の椅子に腰を下ろすと、蚊いぶしの火口《ほくち》から煙草に火をうつしはじめたが、目のなかにゆらめくちいさな火影が長い睫毛の美しさをみせた。私は目《ま》ばたきもせずにそれを見つめた。——周囲を包んでいる深い闇《やみ》が、すこしずつ今しがたまでのあの甘い幸福感をよみがえらした。そして突然、笑い出したいような急激な安堵《あんど》が落ちて来た。

その安堵というのも、おかしなことに、数十秒まえにあんなにもはげしい苦痛をもたらした同じ浴衣のおかげなのであった。今度は浴衣が私の心の惑乱を救って、もう大丈夫、どんなことをしたって自分の感情が道をあやまる心配はないと思わせた。先程の苦痛が浴衣をとおして心のいちばん平常なゆるぎのない部分をめざめさせてくれたのだとすれば、それは今汽車に揺られているかもしれない母の無言の加護ではなかったろうか。

燈火《とうか》管制の暗幕を下ろした食堂で二人きりで夜の食事をとるあいだも、食後の時間も、ふたたび私はこだわらない無邪気な気持で春子に対していられた。十時をすぎたというのに母と弟は帰らなかった。叔母は階下《した》の客間で寝《やす》んだ。

二階の自分の部屋へ上って来て、ベッドに張られた白い蚊帳《かや》をかかげて入ると、私はすぐには横にならずに、いつものくせでベッドに腰かけて蚊帳を透かして暗い室内をつまらなそうにしばらく眺《なが》めていた。丁度屋根の真上あたりで哨戒機《しょうかいき》の爆音がひびいている。そこらあたりがいかにも月の明るい空だという気がする。私は口の裂けそうな欠伸《あくび》に襲われた。

一日がはっきり完結せずに何かあり気なまま終りに近づくとき屢々《しばしば》私たちがわれからその中へ身を投げるあの動物めいたぬくぬくとした無気力のおかげで、その夜の私の眠りは深く、軽くまわすノッブの音くらいでさめる眠りではない筈だった。それにもかかわらず私は目をさました。まるで待っていたかのように。——月はすでに沈んでおり、部屋のなかは大そう暗かった。

「誰？」——私は声をかけた。

返事はなかった。

枕許《まくらもと》の管制用電球をつけたスタンドを灯《とも》してみても、おぼろに白いものが扉口に見えるだけだった。

「誰？　お母さま？　どうしたの」

それは近づいたので、はっきり母の浴衣がみえた。

「お母様でしょう……、どうしたの」

思わぬ近くで笑いをこらえる咽《のど》の鳴りがきこえたかと思うと、蚊帳が強く引かれて、もうベッドとすれすれに蚊帳の内部に誰かが立っていた。私は辛《かろ》うじてスタンドの明りをかかげた。すると船員の妻のあの輝くように塗り立てた顔があらわれた。

「臆病ね、お母さまお母さまなんて、宏《ひろ》ちゃんは幾つなの」

私はわかったと思った。わかったと思いながら一瞬他人事《ひとごと》のようにぼんやりしていた。すると突然体をつきぬけるような甘い戦慄《せんりつ》が走った。

春子はもう半分ベッドに乗りかかっていた。ベッドの饐《す》えるような匂いと入りまじってなにか白粉《おしろい》を塗りたくった家畜の立てるような匂いがしてきた。じっとうかがうように薄明りのなかにうかんでいる唇《くちびる》からは、かすかにきらめく歯が洩《も》れてみえた。一つ一つの歯のうっとりとしたあらわな表情が漂っていた。

私は又もや背筋をつたわってくる戦慄と動悸《どうき》のためにほとんどスタンドを支えていることができなかった。おまけにスタンドを支えた手の小指だけが、ぴくぴくと地虫のようにふるえ出して、他の指にぶつかって音を立てはしまいかと思われた。

しかし私のそんな興奮も、叔母が着ている母の浴衣を見ると、同じ強さの嫌悪《けんお》に代った。それがまた耐えられないような猛烈な嫌悪だった。——すると又あやしい興奮がかえって来た。――また嫌悪が胸をしめつけた。

ほとんど息を切らして、私は心弱りさえして来ていた。かすれた声でようやくそれを言ったのはおぼえていても、そう言うまでにどれだけ時間がたったかおぼえている由《よし》もない。

「いけない。お母様の浴衣じゃいけない。その浴衣じゃいけない……」

「ぬげばいいんでしょ、ね、ぬげばいいんでしょ」

と言いきかせる調子で、ふしぎに質実な声がこたえた。女の智恵《ちえ》の好もしさが潤うわすれがたい声であった。少しもみだりがわしさのない声だった。

言ったかと思うと（いつ帯は解かれていたのか）、体をゆすぶるようにして、春子がその円みを帯びた肩から母の浴衣をずりおとすのが見られた。

III

あくる朝、登校の道すがら見た街の印象を私は思い出す。それは何か空《むな》しい晴れがましさの印象であり、孤独の印象であった。街路樹は朝の日にかがやいていた。木立や建物の影の秋らしい清潔さは、強制疎開《そかい》で半ば壊されたぶざまな家屋の影にさえ見られた。朝っぱらから防空演習をやっている駅のちかくで、笑いさざめいて、ゆたかな澄んだ水をこぼしながらバケツ送りをしている女たち。ラジオ屋の声高《こわだか》な朝のラジオ。——官能の翳《かげ》はどこにもなかった。小学校の教科書のように平明でのびやかな景色だった。そういえば子供のころは、よくこんな底抜けの明るいさわやかな頭で目をさましたものだった。学校へゆく道の印象は、毎朝まるでよく片づけられた明るい小部屋のような小学生の頭に、濁りなく映ったものだった。公園の樹々がやさしく風に枝葉を鳴らしていた。そして私は空気銃の店のきれいに磨《みが》かれた飾窓の前でいつも立止らずにはいられなかった。……

——冗《くど》くもいうように、それは孤独の印象であった。つまりまた、感謝をうける人のしたりげな謙遜《けんそん》の微笑なしに、気兼ねなく感謝することのできるのびやかさであった。感謝は、あくまで私自身へのそれであり、叔母へのそれではなかった。

こうは言っても、母たちが疎開した数日後ふたたび春子が訪れて泊って行った夜は、最初の夜よりも、もっと艶冶《えんや》だった。

しかし「路ちゃん」と遠くから呼ぶ声で私はよびさまされた。その声の暗示が私に、私自身を路子だと感じさせた。しかもそれが良人の名を——今は亡《な》い恋しい人を呼ぶのではなくて、路子の名を呼んでいるということが、私におこさせた或る後ろめたい感情は何と説明したらよいのか。ともあれその気ぜわしい呼びかけに、路子である私は涙ぐましい思いで答えようとするのだった。それは何か寂しい夜の野を駈《か》けぬけて来たような呼び声であった。古い本地物《ほんじもの》のお伽草子《とぎぞうし》に幽界から愛人の呼ぶ声をたびたび耳にする物語があったように思われた。なにかそんな風《ふう》の動物めいた生の哀憐《あいれん》をさそう響があった。私は「げッ」という水鳥のような嗚咽《おえつ》が胸の奥からほとばしり出るのを感じた。それから又、路子の静かな賑《にぎ》わいを帯びた笑いが、幻のように私の口もとにただようのが感じられた。

私はまだ目をさましていなかったのだなと思った。それでもなお私がたしかに路子でないとは信じられなかった。しかし、路子である私がなぜそんなにまであの悲しい呼び声にこたえたがるのかもうわからなかった。――私は明りをかざした。

「路ちゃん、ああ、路ちゃん」

すすり泣くような声は叔母なのであった。明りは、見てはならないと思われるようなものを照らし出した。それは快楽にとって必要不可欠な『罪』という感じ、快楽のために決して見てはならぬものとして蔵《しま》ってあるものが露《あら》わになった感じの、春子の顔であった。歯をゆがめてくいしばり、女仏のような半眼になり、額にはめりめりと音のしそうな静脈が盛り上ってみえた。目のふちから涙が糸を引いて髪を濡《ぬ》らしていた。

「どうしたの」——それ以上見ていられなくなってゆりおこすと、醜いものが流れおちたように美しい寝覚めの顔が強《し》いて頬笑《ほほえ》んでみせた。

「うなされたのよ。怖い夢を見たの」

それはもう、誰しも夢のことを話すときになるような、寂しい声の調子にすぎなかった——私は路子の名をよんだ彼女の寝言について何も言わなかった。しかし嫉妬《しっと》しようとすれば路子になった私自身を嫉妬する他はないような、さりとて嫉妬しまいと思えば自分が路子を愛して春子をもはや愛していないと思われてくるような、ふしぎに錯雑した気持を味わった。

ゆうべの寝言がしばらく忘れていた路子のことを思い出させた。日曜だったので私は春子とゆっくり朝食を摂《と》った。ちょうど春子のほうへ朝陽《あさひ》があたっていた。私はその顔から、人目につかぬほどかすかな額のしわ、目尻《めじり》のしわ、口もとのしわ、頸筋《くびすじ》のしわなどをしつこく探し出そうとしている自分を見出《みい》だした。自分が何か大へん大人びた残酷な目つきをしているということに快感があった。しわはどうしても目に映って来なかった。兇暴な怒りがわいて来た。一つでもしわが見つかったら私は春子を恕《ゆる》すだろうに、と思われた。何を恕すとも思いつかずに。

「どうしてそんなにわたくしの顔を見るの」と春子は蝿《はえ》でも追い払うような手つきをした。

「ふふ、何でもないのさ」——私はこんな自嘲《じちょう》めいた薄笑いをうかべている自分がまだ十九なのだと考えた。すると自堕落なよろこびがむらむらとこみ上げた。

三度目の逢瀬《おうせ》はもうだめだった。「これではない、この体ではない」と私は娘の寝床に入るつもりをまちがえて母親の寝床へ入ったあのデカメロンの青年のように戸惑いした。いつも後《あと》に来るべき動物的な悲しみが先に来た。きっと私は慈善家のように蒼《あお》ざめた悲しげな顔をしていたにちがいない。

何かを予感したのであろう、春子は下品な調子で私をからかった。私はかっとして、この間の寝言のことを思わず言ってやるところだった。いつも約束する次の機会も私ははっきり告げずに帰した。一人で門を出てゆく叔母のうしろ姿をしみじみと見た。前庭には白湯《さゆ》のような秋の日が潤うていた。春子を愛していないのではない。ふたたび私はあの「春子」を愛しはじめたのではなかろうか。こうして私の門から追いやるようにして、あの女軽業師《かるわざし》のような寂しい危険な生涯《しょうがい》へと彼女を解き放ってやろうとしているのであろうか。——それとも、快楽が人に教えるあの船乗りのような眼差《まなざし》を得て、私は快楽という港に碇泊《ていはく》したことがわかるとすぐ、それからのがれ出たい誘惑でわくわくしはじめるのであったろうか。

——おのずと春子は頼む側《がわ》になり、私は命令する側に立った。頼まれることよりも、命令することが私にとってどんなに耐えがたいことであるかが、春子にわからないのが歯がゆかった。十も年上の女に命令する立場に立つことが私にとってけっして誇りでも喜びでもなく、むしろ命令することによって私自身が侮辱されたような気持になっているのが、春子にはどうしてもわからないらしかった。

「ではどうすればいいの」——はじめて会ったときの彼女のように彼女は無気力な蔑《さげす》むような笑い方をした。今ではそれが彼女のいちばん美しい表情に見えた。

路子に会わせてくれれば、と私は言った。

「会わせてあげるわ。何でもないわ」——春子の応じ方もあまりに虚心で、まるで予想していたことに応ずるような落ちつきがあった。「あさってあの人のお友だちの結婚祝の買物について行ってやる約束なのよ。その時一緒にいらしたらいいわ」

いわばそれは男の最初の夜を奪って行った女にだけゆるされるたぐいのやさしさであった。言いかえれば、どんな敵意や憎しみの代用をもつとめるやさしさであった。

その日は朝から初夏にでもありそうな明るい雨が降っていた。女の傘《かさ》の軽い絹のときめきが思われるような朝だった。

美しい女と二人きりで歩いている男は頼もしげにみえるのだが、女二人にはさまれて歩いている男は道化じみる。むしろ二人が私の姉妹に見えることをのぞんだ私は、わざと制服制帽で出かけた。ゲートルを穿《は》かないでそとをあるくのがその頃《ころ》の私のひそかな誇りであった。

S駅で待っていると間もなく郊外電車の乗場のほうから明るい杏子《あんず》いろの傘が近づいて来た。相合傘《あいあいがさ》と言っても、(向うは片隅《かたすみ》にいる私にまだ気づかぬらしく)、大した雨でもないのにほとんど頬《ほお》も触れんばかりにくっつき合っているのだった。髪の毛がどちらの髪の毛だかわからないくらいだった。

嫉妬どころか、そんな情景はむしろ私が路子とのはじめてのあいびきを待っている身であることも忘れるまでに私を魅した。それは何か端的に快楽の印象に近かった。

そんなにくっついていながらやはり一つの傘では無理なので、近づくにつれて私は瑪瑙色《めのういろ》の柄《え》をもっている春子の手が白くつややかに雨に濡れて、なにか冷たい媚《なま》めかしさを漂わせているのを見た。傘の下で、傘の明るい杏子いろに照らされて、二人の美しい女の顔があふれるようにひしめきあっているさまは、まるで豊かな果物籠《かご》のような感じであった。

私に気づくと二人は微笑をうかべた。二つの微笑の相似に私は愕《おどろ》かされた。しかし挨拶《あいさつ》するとき内気な少女なら頬を染めるべきところを、いったいに貧血質の路子の頬には血の気がのぼらないのが、二つの微笑を見わける目じるしであろうか。今日の春子は船員の妻めく厚化粧もしていないのに、見ちがえるように若々しく美しかったが、路子は路子で冬薔薇《ばら》ほどに目立たぬ化粧をしていて、それが貧血質のやや脆《もろ》い美を十分豊かに見せてはいた。しかしやはり春子の傍《かたわ》らにおくと、その美しさは春子の美におもねっていないでもない類《たぐ》いの美だった。

恋の証拠であるあの急《せ》かれるような寂しさで私は路子と並んで市内電車の座席に腰かけていた。指のあいだから砂のおちてゆくようなもどかしさだ。すると少女がのんびりと歯がゆい口調で話し出した。やはりその歯がゆい感じはなつかしかった。

「あの、お友達というのは、茅《ち》ヶ崎《さき》に疎開していらっしゃるお金持のお嬢さんなんですの。その方《かた》、気がへんなくらい陽気な方なんですの。許婚《いいなずけ》が朝早く訪ねていらしたら、パジャマのまま一緒に浜へとび出して角力《すもう》をおとりになったんですって。そんなところがとても許婚に気に入られていらっしゃるんですって。もう一週間ほどで式をおあげになるの」

　私は彼女の結婚式や許婚などというものに対するごくあたり前の少女らしい関心をよろこんだ。しかしどう考えても私への面当《つらあて》としかおもえないさっきの相合傘が気になったので、かえりは私の傘の方が大きいからこれに入らないかとたずねると、まあどこへかえるんですのと少女は問いかえした。「僕のところへまだ遊びに来ないじゃありませんか。かえりにぜひいらっしゃいよ」「お姉さまと一緒なら行きますわ」——それは決して切口上ではなく、当然のことを当然のこととしていう調子だった。——銀座へ下りてこの雨の日に物めずらしそうに買物をして歩いているのは、私たちのほかには、まず田舎者らしい赤い頬をした兵隊さんたちぐらいのものだった。兵隊さんは相合傘の姉妹を、初年兵をいじめる時のような好色的な眼付《めつき》でじろじろと見ておった。

　建物疎開が捗《はかど》りかけていた昭和十九年秋の銀座通りは、場所ふさげのつもりで飾窓にならべ出した豪華な花瓶《かびん》にいつしか街全体が占領されて、ふしぎな非情の雰囲気《ふんいき》をただよわせはじめていたのである。空襲を前にしたその空しい最後の豪奢《ごうしゃ》は、高名な時計店や七宝《しっぽう》店や古物商や陶器会社の出店や百貨店の売場などによってくりひろげられ、店という店の磨き立てた硝子棚《ガラスだな》のなかに、どのみち売れるあてのない巨大な花瓶が燦然《さんぜん》とかがやいていた。爆弾でも落ちたら一トたまりもない、こんな壊れやすい持ちはこびに不便な、こんな徒《いたず》らに華麗なものが、しかもこわれやすい硝子ケースや飾窓の奥に納まりかえっているありさまは、どうやら人間わざでない妖《あや》しい風情《ふぜい》をかもしていた。どっしりしたはかなさ、ふてぶてしく華麗な虚無、わけても巨《おお》きい豪華な花瓶をめぐってそんな雰囲気が揺曳《ようえい》している。

雨が上って向うのビルディングの伊達《だて》な爆風よけの紙テープを貼《は》りつめた窓がかがやきだした。私は二人の女が花瓶のむこうに立ったり、横をとおりすぎたり、花瓶を見上げたり、花瓶の方へうつむいたりしている姿に見飽かなかった。それもまた、なにか直截《ちょくせつ》な快楽の印象に近かったのだ。一人ではいけない。二人の女がよりそうて歩いていなければならなかった。少女の着ている空いろのジャケットや叔母の着ているくすんだ海老茶《えびちゃ》のジャケットが、硝子をとおして白く澄んだ陶器のおもてに映った。若い美しい女が二人寄るとなんとはなしに漂わすあのあからさまな無恥な甘さに、人もなげなというより神もおそれぬ過剰な優しさに、白磁の花瓶が魅せられてしまったようだ。

「丁度いいのが却々《なかなか》ないのね。もう少しあてずっぽうに歩いてみましょう」春子の言葉で私はよびさまされた。きょうは何をしに来たのだ。銀座へ下りてから私はまだ一

《ト》言も路子に話しかけていないではないか。私は路子を見、彼女に近づき、彼女と話すのをあんなに待ちこがれていたのではなかったか。——夢の中の夢からよびさまされたあとで本当の夢からさめるように、姉妹が裏通りでうすいトキ色の何ともいえぬ少女趣味の花瓶を二つ買ったのを見たとき、私はもう一度よびさまされた。

「何だって同じものを二つ買うんです」

「でも対《つい》にするものよ」と春子がこたえた。

家へさそえばどうせあの坂道は私が荷物をもってやることになる。それならいっそ、私は豪華な手に負えないような重い花瓶を買ってくれることを空想していたのだ。私には路子から持たされる荷物が、少しでも豪華で少しでも重たい方がよかったのだ。

店を出ると又ぱらつきだした。雲の晴間が扇のようにとざされて行った。二人は私の家へ遊びに来ることに同意した。花瓶を見てまわるうちに私の心境は変化して、(あるいはそれが春子の術策だったかもしれないのだが)、もはや春子なしに路子を見ることができないようになっているのだった。——しかし駅を下りると春子の女傘では女二人がびしょぬれになってしまうほどふりこめていたために、私はまんまと私の男傘に路子を入れてやることができたが、雨に難儀な家の前の急坂で、辷《すべ》り下りて来た自転車を避けた拍子に路子がつまずいてころんだ時、左手に花瓶の包み、右手に傘をもった私は、咄嗟《とっさ》に彼女を助けおこすことができかねた。いやむしろ、ふわっと坐《すわ》ったような様子だったので、自転車が走りすぎたあとでは、一瞬何のことやらわからなかったが、そのまま立上って膝《ひざ》を押えて水鳥のようにうなだれて立っているのを見ると、おどろいた私は後から来る叔母を呼んだ。

――それからどんな風にして彼女を湯殿へつれて行ったか私にははっきりした記憶がない。ただ憶《おぼ》えているのはたのしい多忙な感情であり、なにか荒々しい歓《よろこ》びであった。

私は左手にかかえた荷物を咄嗟に叔母の手へ託《かず》けたであろう。それからわけもなく先きを越されまいという苛立《いらだ》たしさで、路子が跛を引くのにもかまわず、その腕をとって家の方へぐんぐん歩いた。彼女の泥《どろ》だらけの下半身に目をやると、たしか、私を生き生きとさせた或《あ》る種の感情があったようだ。家へ着くなり追いすがった春子を、こんなことを言いながら応接間へとじこめてしまったのであろう。

「ここで待ってて下さい。薬も繃帯《ほうたい》も僕がよく知ってますから」

路子は湯殿の簀子《すのこ》に立っておどおどしていた。喧嘩《けんか》をして泥だらけになって来た子供をそのままだった。私が薬や繃帯をとってかえって来るまで何もせずにそうしていたのだ。

「傷はどこなの？　早く洗わないと黴菌《ばいきん》が入ってしまうじゃないか」

するとは黙りこくったまま、なにか眠たくてたまらない動作で、顔も赤らめずにスカートをまくりあげた。男の穿くような毛の半靴下《くつした》を膝の下まではいているのが泥だらけになって、膝のあたりの泥のなかにかすり傷があるらしいのだが、そのためにまっ白な腿《もも》がまるで夢のような白さにみえた。水道の蛇口《じゃぐち》の下へ膝をあてがうと、きれいな水がはげしくぶつかって、見る見る薔薇いろの引きしまった膝がしらがあらわれた。そこはさもなくて、すぐ横のやわらかな皮膚にかなり大きなかすり傷が、水に洗われてはっきりして来た。水がぶつかっている間はかすかなういういしい桃いろをしていたのが、水の方向がわきへ外《そ》れると、目のさめるように美しい血がいちめんにしっとりと滲《にじ》み出た。

「きれいだ、——血が出てくる」

私は新鮮な感動で胸がふるえた。薬も繃帯もそこへほうり出してしまいたかった。春子を相手のあのもやもやした幾週間の澱《よど》んだ気分が、なにか新鮮なものでぴしりと叩《たた》かれて立直った気がする。その血の色から私は私の見失っていたものをふたたび見《み》出《い》だしたのだと考えた。

IV

祖父の家では大声一つ立てられないというので、それからしばらくは私の家に集まったり外へ出掛けたりして逢《あ》った。あらわに言えば、私に求める代償として私に路子を引合わせた筈《はず》の春子が、ふしぎなことにその日以来私に求めなくなったのである。いつも路子と二人で来て、子供っぽく遊んだあげく、二人でかえってゆくだけであった。女中まかせの食事のおかげで痩《や》せたようにみえる私を肥《ふと》らせねばならぬと、姉妹がかわるがわる甘いお菓子や御馳走《ごちそう》をはこんでくれたりする。私はなぜか十九という自分の年が好もしく感じられるほど、子供が寝床へ促される時刻が近づくのを予感して狂おしく遊ぶようにはしゃぎまわった。遊戯のルールは厳格に守られた。姉妹がけっして過去の生活について話さないのを強《し》いて聞きたがらぬこともルールの一つだったが、事実春子にとって、あの駈落《かけおち》事件は彼女の生涯のなかで思ったよりわずかな意味をしか持っていないらしく、その他の意味ありげな過去は、手なずけやすい猫《ねこ》のようなものになっていて、いつも女主人の手の下でうつらうつらしているが、やることと云《い》ったら、時々目をうっすらあけて女主人の掌《てのひら》をやわらかく舐《な》めたりするだけなのだ。

このあたりから私の記憶は俄《にわ》かに錯乱の色を帯びてくる。私がそれに陥っていると知るなりすぐそれから逃げ出さずにいられないあの「快楽」、私が第三者の立場で見ればそれほど私を魅するものとてないあの「快楽」、それが一番私に納得のゆく筋道で私を犯しはじめたのだ。私には気味のわるいほど納得のゆく筋道なのに、解きほごして伝えようと思うとわからなくなってしまう。

それはこんな風にしてはじめられたのであった。三人で麻雀《マージャン》をやっているうちに風《ふ》呂《ろ》が沸いたので、いつかのように私は春子に、お先にどうぞ、とすすめたのである。

「ええ……」――春子は何かためらっていた。

庭には夕日がさして枯れた菜園が鬱金《うこん》いろの花園のように照り映えていた。路子は麻雀の牌《パイ》を手でおもちゃにしながら顔だけその何もない庭へ向けていた。一度立上ったまま、春子は部屋を出てゆくこともしないで、違い棚の置物の雌雄《しゆう》の鹿《しか》を今さらしくめずらしそうにながめていた。

私にこの時実に奇体な感情が生れた。春子を風呂へやり、たしかに私は路子と二人きりになりたがっているのだが、それがおそろしく危険で不安定なものに思われる。しかもどうやらその不安が、誰かに見られていたいという異様な欲望から来ているらしいのだ。

私は手をのばして路子の肩をつっついた。むせるような弾力が私の指に応《こた》えた。瞬間、私はこの少女がはたして純潔なのだろうかと疑ったのだ。

「何をぼんやりしているのさ。入って来たまえよ。叔母さまと一緒に」——私はつとめて恬淡《てんたん》になろうとして、今まで自分のねがっていたことの反対を言った。

「そうしようかな」——少女はむこうを向いたまま歯がゆいだるそうな口調でこたえたが、その時何の気なしに叔母の方を見た私は、春子の目に放肆《ほうし》なかがやきがあり、その顔に歪《ゆが》んだような歓喜の表情がほとばしっているのを見て、『しまった』と思った。

——この時ほど、部屋を春子と共に出てゆく路子を引きとめたいと切に念《おも》ったことはない。しかも引きとめることを自分に禁ずる苦痛の甘さに、この時ほど心おきなく酔いしれたことはない。

私は卓によりかかって、麻雀のために敷きつめた毛氈《もうせん》に、低くさし入る夕日の影が、一本一本の繊《こま》かな毛を金いろに光らせ、一本一本にかわいらしい影を添えているのを、ぼんやりながめた。春子がはじめて家へ来たとき、私は純潔さがゆるすあのみだらな好奇の心で湯殿の春子を恣《ほしいまま》に空想したのであったが、今の私にはもはやあのみだらな清潔さは失われていた。姉妹を湯殿へ追いやった気持のなかに、ともすると私は再びかえらぬ純潔へのはげしい憧《あこが》れを読みもしたのだ。しかし、私の空想力はもうかえって来ない。湯殿のなかで何が行われているかまるで想像もつかないのだ。湯殿はただまっ暗な、何もないところのような気がする。湯を切ってしずかに立上る白い肩もうかんでこない。……

呆《あき》れるほど長い風呂だったが、その間に湯殿の前をとおったとき啜《すす》り泣きのような含み笑いのような妙な物声が湯殿からきこえたのが気にかかっていると、廊下に突然乱れた足音がした。私はあわただしく立って襖《ふすま》をあけた。むっと湯上りの匂《にお》いが鼻を搏《う》った。春子はわけのわからない微笑で私に目じらせしたが、傍《そば》に立っている路子の腕に春子の腕がしっかりからみ合っているのを見ると私はどきりとした。それよりも、いたいたしく頬笑《ほほえ》んでいる路子の、麻のように血の気のない顔に気附いて戦慄《せんりつ》した。

「脳貧血よ、軽い。一寸《ちょっと》そこへ座蒲団《ざぶとん》をならべて頂戴《ちょうだい》。寝ている方がいいから」

――私が葡萄酒《ぶどうしゅ》をもってくると、春子は私にきいて離れへ毛布をとりに行った。

離れへ行った春子が押入をあけ、毛布をさがしてかえって来るまで永くはかかるまい。しかし今にも春子がかえって来るという惧《おそ》れが、この刻々に、今までわすれていたかのような路子への愛着をどぎつくかき立ててくるのである。春子に見られたいのだ。春子の来ないうちにという心逸《こころはや》りは、春子が早く来るようにというふしぎな願いを含んでいるのだ。私は路子の頬に頬を近寄せた。陶器のような冷たい頬の気配がした。死が魅するような仕方でそれが私を魅した。つまりそれに身を委《ゆだ》ねた途端に、私が私でなくなるような。

春子が毛布をかかえてそそくさと入って来た。

「もうお酒飲ましたの？」

「いいのよ、もう大丈夫よ」

興ざめのするほどはっきりした声で答えたのは路子だった。私はおどろいてその顔を見戍《みまも》った。嘘《うそ》のように頬に紅味《あかみ》がさして、ひらかれた目が私の方へ笑いをふくんだ視線を辷らせながら叔母を見上げて、

「わたし、もう起きるわ。ねえ、起して」

路子は毛布で包んだ肩を姉によりかからせて食卓についた。さすがに何も喰《た》べなかったが、葡萄酒を少しずつ舐めていた。顔はふだんよりも明るんで、歯並びの美しい白さがはじめて目立った。ときどき春子の肩に顔をもたせかけてじっと目をつぶっていることがある。すると春子も酔うような顔つきになる。路子は又ふいに目をあけて、その栗《くり》のふくませを頂戴などと言った。

些細《ささい》な椿事《ちんじ》がゆるす異様なやさしさ、地震のあとで一家にただよう和やかさ、それがみんなを盲にする。ただの友情が愛情にみえたり、愛情が友情にみえたりする。みんながもう一度一人一人の勿体《もったい》らしい仮面をとりかえすまでに、悪魔は仮面の肩や口もとを少しずつ誰にもわからないように描き直しておく。——私が目の前に危なっかしく箸《はし》にはさんだ栗のふくませを路子の口へと運ぶ春子の手を見ても、嫉妬《しっと》などまるでおぼえずに、春子の酔うような表情を美しいと思ったりしているのは、やはり悪魔が描きなおした仮面のしわざでもあるのだろう。その美しいと思うのも、路子が酔わせているから美しいので、他の男が酔わせている春子であったら私の目に美しく映る筈がないと思うのだが、その『他の男』が私だったら、とまで考えると又わからなくなる。

「さっきお風呂場の前をとおったら泣き声がきこえたよ。誰が泣いてたの」——私は唐突に切り出した。顔を寄せていた姉妹は、目をみひらいて、顔を寄せたまま私の方を見た。それがあの雨の日の相合傘《あいあいがさ》を思い出させた。

「誰も泣きはしないわ」

「お姉さま白ばっくれてもだめよ。宏さんね、お姉様はお風呂へ入るときっと死んだお兄様のことを思い出して泣くのよ。裸かで泣いていらっしゃるの赤ん坊みたいよ」

路子が死んだ兄のことをもちだしたのははじめてだったが、嘘にしろ本当にしろ、あのルールを守るように馴致《じゅんち》されていた私はそれをつつくのが怖い気がして、いつかの路子の茅ヶ崎の友達の話から聯想《れんそう》した冗談にまぎらして、

「なんだそうなのか。僕はまた二人が角力《すもう》でもとって、どこかをすりむいて泣いていたのかと思ったんだよ」

すると姉妹はぽっと灯《ひと》もしたように赤くなって顔を見合わせた。そして罪を犯した女にだけ似つかわしい実に艶冶《えんや》なゆらぐような微笑を口もとにうかべた。

――その夜も十時すぎに春子と路子がかえったあと、いつにもまして甘い蒸れるような情緒が私を乱した。その晩、私は彼女たちが角力をとる夢を見た。姉妹はやさしく四股《しこ》をふみながら犬のように立上るのだった。二人とも女軽業師《かるわざし》の衣裳《いしょう》をつけていた。

こうしてどこかにまやかしのひそんでいそうな、それでも結構たのしい秋の毎日がすぎて行った。私は出征する友達を東京駅へ送りに行った。肥って健康そうなよく笑う許婚《いいなずけ》が送りに来ていた。婚約者を載せた列車がうごき出すときも、くすくす笑ってばかりいた。私もよく笑う許婚をほしいと思った。二人で朝になったと言っては笑い、

丸ビルから人がとび下りたといっては笑っていたかった。

あたかもその明る日、偶然が私の希望を叶《かな》えてくれそうな素振りを見せた。いつも必ず春子と一緒に来る路子が、その夕刻に限って一人で来たのである。庭づたいに入って来て、客間のテラスで本をよんでいる私を見ると、

「あら、お姉様は？」ときいた。

「知らないよ」「来ていらっしゃるんでしょう。あなたの顔でわかるわ」「家探《やさが》しでもしてごらん」「あら、どうしたんだろう。いつもすっぽかしたことなんかないんだのに」

その言い方がすこし変だった。いつもすっぽかさないということは、いつも待ち合わせて来ていたことだが、祖父の家にいる二人にその必要があるだろうか。私に不審がられて、いや駅で待ち合わせて来るのは今日だけでそれは春子がよそへ寄る用事があったからだが、路子も拠所《よんどころ》ない用で三十分ほどおくれて着いたので、もう春子は先に来ているかと思ったと言うのだが、今日のことだけは本当らしかった。しかしだんだん問いつめられると、路子は今までも最後のどたん場で何度となく用いた妖精《ようせい》めく目ばたきをして、じゃあ本当のことを言うわと言った。

あの花瓶《かびん》を買いに行った数日後から、路子はかねて窮屈さ、居辛《いづら》さをかこっていた

佐々木家を出て、春子のさがしてくれたアパートの一室に引越していたのであった。春子はそのまま佐々木家にいるのだが、さびしがる路子のために週に四日はかならずアパートに泊ってくれる。ただ佐々木家の人たちが世間体をかまって追究してくるとうるさいので、佐々木の一族である私はおろか、実母である私の祖母にさえアパートの在処《ありか》を教えていない春子だが、もう大丈夫となれば私にだけは、折を見て春子の口から知らせるだろう、と、いわば春子の全権にあやつられている口ぶりであった。

私もその住所については路子が一寸やそっとでは口を割るまいと見当をつけて、今にも後からあらわれる叔母のおかげでこの二人きりの機会が失われることの方を、もっと重大事だと考えだした。

「二階へ来ない」というと、何度か本を借りに登った私の部屋へ路子は黙ってついて来た。春子が今にも来はしまいかという惧れでそわそわしている間は、路子の体に不安定な漲《みなぎ》るような危機の媚《なま》めかしさが見られるのだが、話らしい話もせずに小一時間たってしまうと、今度は路子がそわそわしだすのに引代えて、私には路子の着ている見馴《みな》れたスーツが味気なく見えてくるばかりだった。春子に見られる気遣いがなくなると、きまって私の路子への欲望が衰えてくるのである。

開け放った窓にひろがる夕映えの只中《ただなか》を、ここの高台の麓《ふもと》の街のどよめきが、さびしい、暗い、愉《たの》しい無数の音の微粒子になって飛び交わしていた。その微粒子のなかには、近くの聯隊の喇叭《らっぱ》の音《ね》の、やや大きい、滑らかな輝く粒子もまじっていた。──私は居たたまれなくなって書棚《しょだな》の前へ行って本を手あたり次第に引出しては頁《ページ》をめくった。路子は私の机に向って何かいたずら書きをしているらしかった。こうしてお互の顔が見えないことが、いつか常のごとく私たちを快活にしているのだった。

「あら、鳩《はと》がぐるぐるまわって飛んでいるわ」「毎日夕方になると屋上で旗を振っている人がみえるんだよ」──路子の返事はなかった。軽いためいきと、紙を破く音がきこえた。それから独言《ひとりごと》めいて、「早く来ないかなあ。お姉さまは……」

即座に私を傷つけるべき嫉妬がなかったことで逆に傷つけられて、私は黙ってしまった。あるのはへんに感傷的な共感ばかりだ。いつか寝覚めによばれた「路子」という声にこたえようとした涙ぐましい共感に似て、今まで私と一緒に春子を待ちあぐねていたのは、路子ではなくて、私だったという気もしてくる。路子の気持があんまりありありと目に映りすぎる。こんな男の部屋にとじこめられて、薄暮のにじんだ空を見上げて、春子を心に呼びもとめている路子が、まるで他人事《ひとごと》でない気がする。しかもこれはけっして恋人の直感というような性《しょう》のしれたものでないことだけはたしかである。

――私はつとめてこの莫迦《ばか》らしい感情を押し殺そうとねがったが、押し殺してどうなるものでもなかった。卒倒する時のような素速い暮色が来ていた。今夜の一人寝の寝床の、たまらない寂しさと暗さをおもうと私はじっとしていられなかった。――うしろから来る足音に、路子は椅子《いす》に埋ったまま、柱時計を見上げるような無表情な顔で私を見上げた。目の白いところが水あさぎに見えた。私は肩に手をかけた。それでも肩がふるえているのが感じられた。唇《くちびる》をつけると唇はなにか可愛《かわい》らしい力で応えた。

部屋の中はいつか夜だった。怯《おび》えたように帰り仕度をはじめる路子を私は引止めもせず駅まで送っても行かなかった。

――それにしてもそれは喜びのない接吻《せっぷん》であった。それがただ今夜の一人寝の寂しさのためにのみ路子に与えられたものだからであろうか。「これではない、この唇の味ではない」私の唇は不満げにそう呟《つぶや》いていた。するとふいに、あの春子とのいたましい三度目の夜が思い出された。「これではない、この体ではない」こんないまわしい聯想はどこから来るのか。今しがたの路子との最初の接吻に、路子の唇には春子の味がしたというのであろうか。これは正気の人間にはちょっと耐えられない考えであった。

あくる日路子と一緒にたずねて来た春子は路子がどこかへ立ったすきに、あの無気力なしかし典雅な微笑をうかべたまま、それとちぐはぐながさがさした調子で、「きいたわよ、宏ちゃん、昨日あなた路子にキッスしたでしょう」と正面から言った。私は真赤になって暫《しばら》くもじもじしていたが、その最初の狼狽《ろうばい》がすぎると、それにつづいた感情は全く予想を裏切って、(勿論《もちろん》私は嘔気《はきけ》のするような不快と怒りとがあとにつづくと思っていたのだが)、急になまなましくこみあげてくる昨日の接吻の追想であった。春子に見られていた接吻としてそれが反芻《はんすう》されたのである。するとそれは忽ち《たちま》なやましい最初の接吻の、何日となくつづく酩酊《めいてい》の記憶になり、次の欲望へのみたされない苦しみになったのである。——それから私は路子の住居をかくしたことで春子を詰《なじ》った。今に教えてあげるわよ、路子がうんというまでお待ちなさいと春子は言った。

この時から、『路子のアパートの住所を教えろ。遊びに行くから』ということは、顔を赤らめる要求の同義語になったわけだった。その意外に早い成功を促したのは、いうまでもなく、秋のおわりの一番美しい日に鳴りひびいた最初の空襲警報のサイレンであった。「明日かならず教えてあげるわ、私のアパートを」と少女は言った。つまり路子は承諾したのだ。それもおそらく、何を考えているのかわからない春子の不可解な許しの下《もと》に。

私にとって学校工場へ出るということは一々意味がついているのだった。その日も午後まで家で待ちくらすことの耐えがたさに、工場へ出て莫迦々々しく精を出して働らいた。できれば昨夜から徹夜で働らいていたかったのだ。午後一時ごろ脱《ぬ》け出して家へかえってみると、さきほどおいでになりまして、あらどこへいらしたのか、と婢《おんな》は言った。居間に地味な絹のモンペが脱いで畳んであった。きょうは奥さまはお召物で、モンペをお脱ぎになると目のさめるような古代紫の、などと婢は洒落《しやれ》た言葉を知っていた。お庭の方でございましょうか。ああいいから、僕が探すから、と私はデッキ・シューズを穿《は》いて庭へ下りた。

菜園の緑はもうあらかた失われていた。枯れた雑草におおわれながら、芝生はあのあたたかい雌黄《しおう》いろに枯れていた。すべてのものに秋のおわりの、絃《いと》を絶たれた琴のような静寂があった。落葉が鶏頭《けいとう》の黒ずんだ花にひっかかっていた。離れの前の防空壕《ごう》のわきをとおり、厨《くりや》や湯殿にのぞむ裏庭の前で左へ下りてゆくと、その裏庭から木立に隔てられて、百坪ほどの小ぢんまりした一劃《いっかく》があった。父が東京にいたころはここ一面が犬の飼育場になっていて、毎朝犬ボーイが洗面器に一ぱいの鶏の首を降る日も照る日もここへ運んで犬どもに喰《く》わせたものだった。父が大阪へゆき、犬の檻《おり》が取り除かれて花壇になると糞《ふん》で地が肥えているのか着きのわるい花もめきめきと育った。今は菜園になっていて裏の家作に住んでいる古い下男の夫婦の受持になっている。花園の名残は一隅《いちぐう》にある大きな荒れはてた温室だけで、硝子《ガラス》はほとんど割れていないので、冬になると日なたぼっこに使われた。私はよくそこの壊れたなつかしい椅子で冒険譚《たん》に読みふけったものだった。何故《なぜ》か姉妹はそこに居そうに思われるのであった。おどかしてやろうと思って私は足音を忍ばせた。肥《ふと》った蟋蟀《こおろぎ》が膝《ひざ》にとびかかった。戸口はぴったり閉められていたが、なお隙間《すきま》から気づかれずにのぞくことができる破れ戸だった。春子は硝子屋根の方を向いて藁《わら》のはみ出た椅子に腰かけて何か雑誌を読んでいるらしいのだが、小菊を散らした紫の着物にくすんだ織物の帯を〆《し》めていていつもの春子とはおもえない姿だった。路子はいつものスーツで、椅子のうしろに立ち姉の肩に両手をまわしてよりかかって一緒に雑誌を読んでいる様子だが、隈《くま》ない日ざしのためでもあるまいが、何かぐったりして溺死人《できしにん》が負《おぶ》われているような恰好《かっこう》に見える。ふと路子は体をそらして、手はやはり姉の首にまわしたまま、すこし遠くから春子の白い豊かな衿足《えりあし》をじっとみつめた。そのみつめている間がずいぶん長かった。そのうちに頰《ほお》から耳へながれるように紅潮して来たかと思うと、がくりと顔を姉の衿足の上へおとした。そして小犬が寝藁の中へもぐりこむように、頭を重たげに痙攣《けいれん》的にゆすぶりながら、額で春子の髪をこすり、白い衿足へ頰をすりつけたり頤《あご》をすりつけたりしていたが、いままでうすくあいていた睫毛《まつげ》の美しい眼《め》の眼尻《めじり》に幸福そうな微笑を刻んだかとおもうと、その眼をきゅっと閉じて唇をきつく衿もとの皮膚に押しつけた。春子はまるでそうされているのを知らないようにじっとしていた。そして同じような長い睫毛を伏せてうなだれていた。三十秒ほど二人はそのまま動かなかった。ただ少女の細い指がかるく爪《つめ》を立てて、微妙にふるえながら春子の肩を撫《な》ぜているだけであった。——こうして三十秒ほども経《た》ったとき、春子はぐっと寝起きの時のように目をつぶったまま頭をのけぞらせて、あげた両手で路子の頸《くび》をさぐりあてると荒々しくその顔を自分の顔の前へもって来た。路子は体をねじまげて左手を春子の膝のあいだにつよく突いた。それからその左手がはげしい動きで姉の裾《すそ》をかき立てた。……

——そこまで見ると私は気違いのようになって、どこをどう駈《か》けたか自分でもわからずに家の中へ馳《は》せかえった。二階の書斎に入ると、何ヶ月も下ろさなかった鍵《かぎ》を下ろして、ベッドへうつむきにころげ込みながらしばらく息を弾ませていた。そして誰が戸を叩《たた》こうと明る朝まで、物も食べずに部屋にこもっていた。

姉妹はその間にかえって行ったようであったが、それから永く音沙汰《おとさた》がなかった。

V

しかしそれで私の気持に解決がついたわけではなかった。路子の体をまだ私は知らないのだ。「これではない、この体ではない」もう一度私をしてそう叫ばせるような体をば路子もまた持っているのではないかという不安と危惧《きぐ》は今もなお私の手に残されている。その不安と危惧への好奇心、むしろ破滅へのはげしい好奇心は依然として私のものである。それはそれとして、あの温室のなかの春子と路子はどんなに美しくやさしかったことだろう。何度も何度もそれは私の夜をおびやかした。

結論は決っていたのだ。三週間の無音《ぶいん》をほとんど死ぬばかりの忍耐で耐えたあげく、私は佐々木家を訪れた。朝から警報が二度も鳴って、どんよりと曇った肌寒《はださむ》い日であった。しかし郊外電車にゆられて祖父の家についたころは薄氷《うすらひ》がとけるように日ざしが明るみ小春日和《びより》の名残のようなあたたかさになった。――春子は今犬の散歩からかえったところだということだった。彼女は縁先に坐《すわ》って編物をしていた。シャルク号は散歩のあとの興奮がさめきれぬように、ひろって来た木片を嚙《か》んだり、それを放り出して遠くから唸《うな》ってそれに挑《いど》みかかったりして、運動選手のようなしなやかな腰で動きまわっていた。

「あら、めずらしい人が来た」——春子は顔を赤らめるでもなかった。そして編物のやりかけのところを二本の指で手早く編目をかぞえてしまうと、座蒲団《ざぶとん》をずって来て足を縁先からぶらつかせながら、私にも絞りの座蒲団をすすめた。シャルク号が春子の靴下《くつした》の指をふざけてそっと噛んだりしている。幾月かの間に近づいたこのシェパードの心と春子の心が、この家の人々の間で一人の女と一匹の犬の歩いてきた時間の孤独さをまざまざとみせる。犬は孤独な人にしか本当になつかないものだ。——私は又もや感傷的な優柔な気持に陥った。春子に何かたのみそうな気がする。そればかりか春子に今夜泊りに来てくれと言い出しそうな気さえするのだ。

春子は何かを察したように思われた。そして彼女の眉《まゆ》のあいだに何かを耐えるときのような険しさがあらわれた。しかし忽ちそれも無気力な乾いた微笑に移って、「今晩あなた路子のところへ行ってやるといいわ。あたし八時にゆく約束なのよ。あたしの代りに行って頂戴《ちょうだい》」と事もなげに言った。私ははじめて彼女の目のなかに過去のあやしいかがやきを見たと思った。彼女の過去がまるで私の過去であるかのように私に命じているのだった。彼女はそうして、今こそ他ならぬ「新聞種の女」になろうとしているのではなかったか。彼女自身が果した一事件の意味を、もう一度なぞって彼女の生の意味にまで変えるのだ。——私の手帖《てちょう》を借りて春子が路子の住居の地図を書いているあいだ、私はぼんやりとそんな考えを追っていた。そして自分はほんとうに今夜路子のところへ行きたいのかと心に問うた。心は意地悪そうな眼附で私をみつめながら答えなかった。

暗い電車のなかに暗い顔がまばらに乗っていた。くねくねと二度ほど都電をのりかえて橋のほとりで下りると、初冬らしい鋭《とが》った水がながれているような川音がした。まだ夜間空襲というものはなかったから燦然《さんぜん》とした星空は他意なく美しく眺《なが》められた。しかし川ぞいの家並に沿うたせまい露地へ入ると、片側の神社らしい森影のために、所きらわず掘られた防空壕の盛土が、歩くのに覚束《おぼつか》なかった。やがて仄青《ほのあお》い大谷石を市松に積んだそのアパートの塀《へい》がみえた。

それは川に面した二階の一室だった。建てつけのわるいベニヤ板のドアをノックするかせぬかに、ぱっととびつくような力がドアをあけるもどかしさが、おそろしい軋《きし》り音を立てた。入ると中にも厚い遮光《しゃこう》幕が垂れていて、お互の顔は暗くてほとんど見えなかった。

「宏さんね」——闇《やみ》のなかから意外に落着いた声がこたえた。「ええ」「お姉さまが行けと仰言《おっしゃ》ったの」「ええ」「そう、それならいいわ」今まで路子に「ええ」などという返事をしたことのない私だが、この応酬はあまりに神秘なものと思われたので、他の返事のしようがなかった。私は彼女のなすがままに任せた。路子はそっと私のうしろへまわって合外套《あいがいとう》を脱がせた。その手馴れた脱がせ方から、私はふと同じ手順で多くの知らない男たちがこの部屋で彼女から外套を脱がしてもらうのではないかと想像したのだ。

遮光幕をわけて入ると、よほど完全な遮光が施されているとみえて、六畳の室内は異様な明るさであった。彼女は虹《にじ》のような不分明な模様の、やや丈の短かい銘仙《めいせん》の着物とおそろいの羽織を着て、鄙《ひな》びた黄いろいしごきを締めていた。

ふしぎな部屋であった。何もかも対《つい》でおそろいだった。箪笥《たんす》までが。そして色彩の均衡を破ったようなある厭《いと》わしさがあらゆる調度や装飾品や座蒲団の上にあった。意識しない悪趣味ならば無邪気さにおいて救われようが、ここにあるものは強《し》いられた悪趣味、十分鑑賞眼のある人がわざと自分の好尚《こうしょう》にそむいたものばかりを集めたような偏執的な悪趣味に充《み》ちていた。美でなくて何かを目ざしている。美ではない何か新らしい誘惑の基準に照らして選ばれたもののようだ。そして白粉《おしろい》の香とも厩《うまや》のそれともつかない、朱肉のような悪徳の匂《にお》いが立ちこめていた。路子は無感動に茶をわかしたり、干柿《ほしがき》を出したりしながらしきりに小まめに働らいていたが、動作は静かで何かの儀式のようであった。出てくる茶碗《ちゃわん》、皿、どれも安手なけばけばしい花模様で、五つ揃《ぞろ》いものではなく対で買ったものとしか思えなかった。二人はまだほとんど対話らしい対話もしていないのだった。路子はあいかわらず声もなく働らいていて、洗った食器の水を切る音がきこえたかと思うと、その次には押入をあけて蒲団をゆっくり一枚一枚出して私の傍《かたわ》らに敷きはじめた。掻巻《かいまき》はぞっとするような原色を使ったまがいの友禅《ゆうぜん》であった。「なんだ、お床《とこ》は一つかい」「いつも一つよ。お姉様と一緒に寝るのよ」と彼女は小鳥のように厚顔だった。

寝巻をもって彼女が遮光幕の向うにかくれるとすぐその一枚を投げてよこした。「お着かえなさいよ」——それはへなへなしたガーゼの白い生地《きじ》に藤模様を染めぬいた女浴衣《ゆかた》だ。手にとると手から逃げ出しそうな辷《すべ》っこい感触と、人肌めいた生温かさがこもっている。私は路子の前で着換えるのがいやだったので素速く裸になってそのぬめぬめしたものを身にまとった。遮光幕のかげから又出てきた路子もおそろいの藤模様の浴衣であった。それを着ると俄《にわ》かに快活になった彼女は、ウイスキーを運んで来て茶袱台《ちゃぶだい》の上において両肱《りょうひじ》をついた。

「私何でも知っているのよ。あなたとお姉様のことだってみんな知っているわ。あの」と鴨居《かもい》にかけた死んだ兄の写真を指さして、「お兄さんのやったことだって何から何まで知っているわ。ただ私、お姉様の云《い》うことを決してそむいたことはないのよ。お姉様がやれというなら何でもして来たわ。これからだってお姉様のやれということは何でもするわ。あなたのことだって、あなたを好きになれってお姉様が命令したのよ」私は返事のしようがなかった。「あ、窓の外でへんな音がするね」「川の音よ。川の中をいろんなものが流れてゆくのよ」

私は同じ模様の女浴衣を着て路子と向いあっているうちに、あの神もおそれぬ女の無恥な優しさが身内にこもって来るような気がした。――路子が姿見の鹿《か》の子《こ》絞りの覆《おお》いをあげた。その前に坐ってこまごましたいろんな壺《つぼ》や小罎《こびん》の蓋《ふた》をあけながら、「私、夜寝る前にお化粧をするの大好き。電気の明りの方があたしきれいに見えるんだもの。いつも寝る前にお姉様と二人でお化粧ごっこをするのよ。あなた来ない。お化粧ごっこをしましょうよ」「よし行くよ」

私は立上った。裾がしなだれてつまずきそうになった。

姿見の前に一対の花瓶《かびん》があった。それはいつぞや銀座で買ったトキ色の対の花瓶なのだが、鮮やかな緋《ひ》のいろで春子の名が書き散らされているのは、つれづれに路子が口紅で書いたものにちがいなかった。しかし路子はそれについては何も言わず、ふと思いついたように、「紅《べに》つけてあげる」

「僕にかい？」

「あら、あなたの他に誰もいないじゃないの」——そうだ。私のほかに誰もいない。しかし果して誰もいないだろうか。

私は小姓《こしよう》のように膝まずいて、目をとじた顔を仰向けて待っていた。路子が坐り直す気配がした。そしてどこかでかぎなれた薫りのする熱い腕がしずかに私の首に巻きついて来た。両膝を立てている彼女の体の不安定な、かすかなかすかな揺れが感じられる。その右手が口紅をかざしているのがわかる。彼女の息づかいが私の息づかいと一つのものとなるほどに、燃えている顔が大きな見えない薔薇《ばら》のように私の前に在った。

するとふいに痛いような気がした。痛いとおもったのは錯覚であろう。だるいような重みが唇《くちびる》に伝わったのだ。それがきつく、生温かく引かれている。私の唇のしわが片寄り、私の唇は麻痺《まひ》しながら、険しい表情で、おそらく神も面《おもて》をそむけるだろう夢を見はじめた。

こうして何か別の唇が私の唇に乗り憑《うつ》ったのが感じられた。

（昭和二十二年十二月『人間』）

サーカス

椅子《いす》にもたれて片手には葉巻をくゆらし、団長は、片手の鞭《むち》のさきで空《くう》に丸や三角や四角をえがきながら黙っていた。

こんな時は彼の怒っている時である。彼は酷薄な人と、また、残忍な人といわれた。彼の残忍のなかをつよく生きぬいてゆく人々を彼がいかに烈《はげ》しく愛するか、知る者はすくなかった。彼が死ねと云《い》えば彼の団員は誰でもたちどころに死ぬのだった。サーカスの天幕の高いところでは赤い髑髏《どくろ》をえがいた彼の旗がはためいていた。

彼はむかし大興安嶺《だいこうあんれい》に派遣された探偵《たんてい》の手下であった。R人の女間諜《かんちょう》の家へ三人の若い探偵が踏み入った。地雷が爆発してその三人の若者と女間諜は爆死した。が、女間諜のスカートの切れ端と、一人の若者の帽子とが、一丁ほどはなれた罌粟《けし》の花畑に見出《みい》だされた。死んだ若者を、当時十八歳の団長は「先生」と呼んでいたものだ。形見の帽子をかぶって泣く泣く日本へかえってきた。

やさしい心根をもつゆえに、人の冷たい仕打にも誠実であろうとする。誠実は練磨《れんま》された。ほとんど虚偽と見まがうばかりに。

人間の心に投機することによって彼は富み偉大になった。心の相場師だ。曲馬団長にふさわしい彼ほどの男はみつかるまい。

——二ヶ月まえ、彼は地元の親分に仁義を切りに行って夜おそくかえった。自分の天幕をあけてはいると、少年と少女があいびきをしていた。団長は物も言わず二人の腕をねじ上げた。顔をよく見た。見覚えはなかったのだ。

口笛にこたえてＰがあらわれ、二人を団長から引取った。

「どこのどいつだ」

「団長、大道具係でさ」

「不敵な奴《やつ》だ」

団長は嬉《うれ》しそうにあくびをした。

「一寸《ちょっと》待て」とＰを引きとめた。

少年の掌《てのひら》をとらえてつくづく見た。

「貴様は馬に乗ったことがあるな」

「ヘエ」

「何をやっていた」

「馬丁をやってました、帝国乗馬で」

「フムフム……。おい、Ｐ公。阿魔《あま》には酢を三升呑《の》ませろ。小僧は一日中クレイタ号に縛《くく》りつけろ」

悍馬《かんば》クレイタ号をあやつる者はかつてなかった。きのうは一人の女騎手が頸《くび》を折った。棚《たな》からおちた陶器の人形のように。

日々の興行がはねると、腹心のPはきまって団長のところへ飲みに来た。あの小僧と阿魔っちょは物になりそうですと彼は告げた。綱渡りの少女が足をふみ外す。あたかも馬の背に立って馬を御しつつその下まで来た少年が少女の体を抱きとめて舞台を一ト《ト》まわりする。大当りは確実だ。少年のやや品位ある顔だちのため彼を「王子」と仇名《あだな》して喝采《かっさい》を得ようとPは申し出た。団長はうなずいて、大きなうつくしい金貨をPの手に落した。

半月《はんつき》で二人は舞台へ出た。

一ト《ト》月で二人は人気者になった。

団体の仏蘭西《フランス》語学校の小学生たちは興奮して二人にキャラメルを投げかけた。彼らのちいさいポケットのなかで溶けていたキャラメルは少女の髪に果実のようにぶらさがった。そのため髪は獅子《しし》のように重たく、アマゾンの女兵のようなたけだけしい美しさを加えた。

団長は二人をこよなく心に愛していた。しかし新参者としてあたえらるべき折檻《せっかん》をゆるめさせることはなかった。その折檻がはげしければはげしいほど彼等の生き方には、サーカスの人らしい危機と其日暮《そのひぐら》しと自暴自棄の見事な陰翳《いんえい》がそなわるであろうと思われた。

——観客への挨拶《あいさつ》をすませて退場すると、団長は幕のかげから舞台を見ているのを常とした。

煙草《たばこ》のけむりと人いきれとで、場内は金いろの靄《もや》にとざされていた。数千の観衆は荘厳に見えた。すべての上に汚れた暗い広大な空間があった。そこはサーカスの人々の宇宙であり、かれらはその空間のどこにでも、即座に身を以《もっ》て煌《きら》めく星座を架けるのだった。天幕から入る風のために、その空間ははためき黒々とふくらみ遊動していた。深海魚のように、銀紙と色ブリキで装うた男女が時々この空間高く訪れた。そのとき深海のおぼろげな群集からは、人の耳にいたましい歓喜のどよめきがのぼって来た。

この高い場所では奇蹟《きせき》はふしぎな節度と礼譲を以て行われた。装うた半裸の男や女は、一瞬神のように美しくもつれ合った。そうして後《あと》には、暗い長大なブランコが、その高みの澱《よど》んだ時間を怠惰に運びながらゆれていた。——いつまでも。

天幕の最も高いところにある破れから海が見える筈《はず》だが、見た者はなかった。見た者はなかったが、月の夜は海のおもてが鯖《さば》のように青く光るといわれた。その破れから月影は時折さし入った。日曜の夜興行の折など、高く飛来した女の莫大小《メリヤス》の胸もとはほのかに白く透《す》くのであった。

楽隊が急に甲高い喇叭《らっぱ》の音《ね》を立てた。

今や少年少女は舞台へ出た。

少女は、花やかな縫取のある紗《しゃ》のスカートを何枚もかさねていた。素足のさきには銀いろの靴《くつ》が危険な美しさを以て煌めきつづけた。少年は王子の装いをし、星型の小鏡をちりばめた紫天鵞絨《ビロード》のマントを羽織っていた。甲冑《かっちゅう》とみせた銀糸の軽装に、胸には紋章の緋《ひ》の百合《ゆり》を示していた。

二人は手をつないで走り出ると、ミイムの身振りで、かわいらしく挨拶した。

観客はきちがいじみた嗚咽《おえつ》をあげて喝采した。観客たちの瞳《ひとみ》が人間のやさしさの涙で濡《ぬ》れているのを団長は見た。

Pは黄と黒の横縞《よこじま》のジャケツの肩をそびやかして、得意そうに団長の背中をつついた。

団長は答えなかった。彼もまたお客とそっくりの放心した表情をうかべ、口をなかばあけていたからだ。彼の瞳は人間が人間を見るときのやさしさで潤《うる》んでいた。

二人の出奔を聞いたとき、団長の心は悲しみの矢に箆深《のぶか》く射られた。心ひそかに彼がねがった光景、——いつかあの綱渡りの綱が切れ、少女は床に顚落《てんらく》し、とらえそこねた少年は落馬してクレイタ号の蹄《ひづめ》にかけられる有様——、団長の至大な愛がえがいていた幻影は叶《かな》えられなかった。団長は椅子にもたれて不幸や運命や愛について考えた。彼の唇《くちびる》は怒りにふるえて来た。

彼は葉巻を捨てた。鞭も捨てた。

彼が天幕を出ると近東風の月が、荒涼たる空地と散在する芥《あくた》の山と暗い天幕の聚落《しゅうらく》の間からのぼって来た。獅子の昂《たか》ぶった咆哮《ほうこう》が、夜空に揚る松明《たいまつ》のように森々《しんしん》とひびき、東には港の海が、月を浴びた濃密な照り返しを星空へと投げかけていた。サーカスの大天幕は、轟《とどろ》く夜にみちあふれて傾斜しているようにみえた。

すると門をとおって三人の人影が団長のほうへ歩いて来た。まんなかの背の高い男はPだった。彼は両腕に少年と少女の手をしっかりとって逃げないようにして歩いていた。

「駈落者《かけおちもの》をふんづかまえて来ましたよ」

「御苦労だった——。御苦労だった」

「こいつら、港のそばの木賃宿で宿賃の催促に音《ね》を上げていたんでさ。どこへずらかろうにも汽車賃ひとつもっていないのを、あっしはこの目でちゃんと睨《にら》んでおいたんでさ」

「フム、御苦労だった。御苦労だった」

団長はいおうようない憎しみの眼差《まなざし》で、この年少の裏切者を、卑怯《ひきょう》者を、日向《ひなた》の犬のような怠惰な幸福にあこがれた脱走者の顔をのぞき込んだ。しかし彼は上目づかいの卑屈な表情をそこに見出ださなかった。その代りに彼は見出だした。まぎれもない流竄《るざん》の王子の面影《おもかげ》を。

頰紅《ほおべに》の跡のある頰、荒れた唇、乾草《ほしくさ》のような髪、古手拭《ふるてぬぐい》のような色あせたネクタイが、ふしぎに沈静な美しい額を際立《きわだ》たせた。彼の目は団長のかつて知らない、――それもその筈サーカスの団長は逃亡することなど出来はしない――、さまざまな逃亡の記憶にかがやいていた。逃亡というものが未知のいかにも高貴な行為のように団長には思われる。嫉《ねた》ましさから暗鬱《あんうつ》な低声《こごえ》になった。

「今度だけはかんべんしてやろう。しかし今度逃げようとしたら命はないものと思え。P公、こいつらには罰に七つ八つ鞭を喰《く》らわせてやれ。ああそれからP公、話があるから あとで俺《おれ》の天幕にやって来てくれ」

たった二日の休演で、また人気者は舞台に出た。サーカスは大入りだった。天幕を支える十二本の大鉄柱がグラグラ檣《ほばしら》のように揺れはじめたほど。

かれらは冥府《めいふ》から訪れた群集のように身動《みじろ》ぎすらしなかった。声一つ立てなかった。しかし一つの演技がおわると、呪縛《じゅばく》が解けたようにざわめき立った。

王子と少女はいつものとおりミイムの身振りで挨拶して、左右にわかれた。少女は縄梯子《なわばしご》をのぼって行った。少年はクレイタ号にとび乗った。

クレイタ号が、焔《ほのお》のようにいきり立っているのを人々はみとめた。そのために今日の曲芸に常にまさる活気が加わるだろうと期待した。

事件というものは見事な秩序をもっているものである。日常生活よりもはるかに見事な。

クレイタ号の狂奔にも人々はそういう秩序の或《あ》る強度のあらわれをしか見なかった。

少女が綱を渡りはじめた。

綱の真下に来て少年はいつものように馬の背に立ったまま突然手綱を引いて馬を止めた。そのときクレイタ号はあらぬ方を向いていた。だしぬけに手綱を引かれて鬣《たてがみ》を逆立てた。荒々しい息吹《いぶき》と共に躍り上った。

その一瞬の、後足で立った奔馬の姿勢に、人々は運命のまわりに必ずあるあの装飾的な華麗な静けさを見出だした。それはどんな酸鼻な事件をも見戍《みまも》っている鏡の周辺に、巧みな工人の手で飾られた古いヴェニスの浮彫《レリーフ》のような静けさだ。

王子は砂の上に横たわっていた。頸骨《けいこつ》を折って。

楽隊が突然止《や》んだ。

観客は総立ちになって舞台へなだれ込んだ。

誰一人見ていなかった。大天幕の高みの、ゆれている綱の上の綱渡りの少女を。

彼女は知っていた。彼女はこの暗い、星一つないぼろぼろの天空から、煙草と人いきれの靄を透かして凡《すべ》ての生起を克明に眺《なが》めていた。眺めていたというより知っていたと謂《い》う方が正確だ。下を見たら最後、彼女は足をふみ外さないわけにはゆかなかったから。彼女のちいさな銀の靴の危険な煌めきが、あとわずか振幅を増せばよかった。彼女はらくらくとこの危険な作業からのがれられる筈であった。彼女は少年の体の上に折重なって落ちかかる筈であった。

しかし少女は短かい紗のスカートを微妙にふるわせながら、なおしばしこの苦しい生の均衡に耐えていた。

彼女はとうとう渡りおわった。しかもそれははじめて渡り了《おわ》られた綱渡りであった。叫びあい押しあっている群衆は、彼女のこの最初の、見事な完成された曲技を見ていはしなかった。ただ団長一人が幕のかげから、彼を団長と気づかない人の奔流に小突かれながら、少女の完全無欠な綱渡りをまじまじと見上げていたのだが。

少女は綱の一端の足場に立って、今渡ってきた綱が暗い動揺を以てゆれやまないのを見た。そのとき下方の群衆がつくっている輪の真央《まんなか》に、少年の胸の見馴《みな》れた緋の百合が、一瞬まぶしくきらめいて彼女の目を射た。

少女は足場からちいさな銀の靴の片足を、丁度プールへ入るときそうするように、この暗いどよめいている空間へさし出した。それからその足にそろえようとするかのように、もう片足も。

——何も知らない群衆の頭上に、一つの大きな花束が落ちて来た。

サーカス全体が祭のような悲劇的な興奮の中にあった一夜が明けると、Pはしたり気《げ》な顔をして団長の天幕を訪れた。団長は顔を洗っているところだった。Pはその濡れている耳に口をおしつけて早口に言った。

「警察のほうはうまくごまかしましたぜ。『王子』の靴の裏へ油を塗っておいたことと、クレイタ号に興奮剤を注射しておいたことと」

——団長は上機嫌《じょうきげん》をかくせない苦い顔で、Pの掌が支えきれないほどの金貨を袋から落してやった。

空になった袋をはたきながら、

「貴様は全く見下げ果てた奴だ。こんな立派な仕事をしておいて金をもらって、その仕事を卑《いや》しいものにしてしまうのだからな」

Pは卑屈な笑い方をした。そんな卑屈な笑い方に対して、団長が、まだ見たこともない苦渋に充《み》ちた共感の表情をうかべたのをPは気づかなかった。

「ともあれサーカスは終ったんだ」と団長は言ったのである。「俺もサーカスから逃げ出すことができるんだ。『王子』が死んでしまった今では」

——そのとき天幕の外に蹄の音がきこえてきた。

Pが窓をあけた。

朝の光りのなかを一頭の縞馬が荷車を引いてとおる。荷車には粗末な柩《ひつぎ》が二つ積まれ、王子と少女の名が不細工に書かれてあった。そのあとからぞろぞろと女猛獣使やピエロやブランコ乗りの行列がつづいた。

団長はポケットにつと手を入れて細い黒いリボンで結《ゆわ》えた菫《すみれ》の花束をとりだすと、

かつて熱狂した小学生たちが少女の髪にあの溶けたキャラメルを投げつけたように、手で勢いをつけて、それを二人の柩の上へ投《ほう》った。

（昭和二十三年一月『進路』）

翼

――ゴーティエ風の物語――

二人はお祖母《ばあ》様の隠居所でよく会った。お祖母様のところへ毎週一回、葉子《ようこ》は手製のお菓子や御馳走《ごちそう》を届けにお使いにゆく習慣があり、また、お祖母様という方は、毎日四時間もお午寝《ひるね》をなさる習慣があったからである。

お祖母様のところには、ぼけた女中のお鉄がいるだけである。お鉄は莫迦《ばか》だものだから、お祖母様はときどきふざけて、莫迦や、お茶をもっておいで、莫迦子さんや、お客さまがおかえりだよ、という風にお呼びになる。

葉子は土曜日になると、一度いそいで家へかえってから、お母様が作っておいて下さるお菓子か御馳走をもって、お目ざめの時間より一時間早めに、赤頭巾《あかずきん》のように隠居所を訪問する。

隠居所は多摩川を見おろす高台の中腹にある。家は五間《いつま》しかないが、庭が甚《はなは》だ広い。庭の一角の築山《つきやま》の上に涼亭《ちん》があって、そこから一方の径《みち》は庭の泉水の石橋のほうへ、一方の径は庭のはずれの潜《くぐ》り門へ通っている。川の眺望《ちょうぼう》が妨げられないように、築山は庭の一方へ片寄せられている。これを包む木叢《こむら》のために、母屋《おもや》からは、冬枯れの時節でもない限り、涼亭はわずかにその屋根だけが眺《なが》められる。

葉子は晴れた日には持って来たものをお鉄にわたすと、庭へ出て、涼亭へ昇って、また降りて潜り門をあけて待った。杉男は学校のかえりに時間を見はからってそこへやって来た。それから二人で多摩川へ散歩に行ったり、涼亭のところまで杉男も入って来て話をしたりする。二人は涼亭を愛した。眺めもよく、家人に見つかりはしないかという危険の快さもあり、しようと思えば、接吻《せっぷん》もできたからである。

杉男は葉子の伯父の息子である。すなわち従兄《いとこ》である。云《い》いかえれば、彼は恋人と兄とを生れながらに兼ねそなえることのできる位置にあった。

二人はいろんな点がよく似ていたので、本当の兄妹とまちがえられることがたびたびあった。相似というものは一種甘美なものだ。ただ似ているというだけで、その相似たもののあいだには、無言の諒解《りょうかい》や、口に出さなくても通う思いや、静かな信頼が存在しているように思われる。なかんずく似ているのは澄んだ目である。その目は、濁った不純な水をかならず濾過《ろか》して、清浄な飲料水に変えてしまう濾過機のように、そこに影を落して来る現世の汚濁を浄化してやまない目であった。それればかりではない。この濾過機は外側へむかっても、たえず浄化された水を供給しているように思われた。この二人の目から流れ出た水が世界を霑《うる》おす日には、この世の汚濁はことごとく潔《きよ》められているにちがいない。

ある朝、杉男と葉子は混《こ》んだ電車のなかで背中合せになっていた自分たちを見出《みい》だした。登校の途上である。ふだんなら会う筈《はず》はないのであったが、杉男が別の親戚《しんせき》の家に泊って、そこからまっすぐに登校したために、二人はそれと知らずにおなじ電車に乗った。秋であった。空気には菊の匂《にお》いが漂っていた。

杉男も葉子も、お互いの背中が感じている温か味を、何故《なぜ》かしら人間の肉の温か味のようには感じなかった。二人は自分の背中に日光が当っているのかしらんと思った。遠いところから来る一条の清浄な光線の温かみのように思われたのである。そこでお互いに相手の顔をのぞこうという気はなかった。しかし葉子は相手の背が黒サージの制服の広い背中であり、杉男は相手の背がセーラア服の柔らかな小さな背中であることを感じていた。そうしているうちに、二人は混んだ電車の乗客が押しあいへしあいする力と一緒に、おのおのの肩のあたりで或《あ》る潑溂《はつらつ》たる別の力が動いているような心地がした。翼ではあるまいかと二人は思った。隠され畳み込まれた翼が、じっと息をひそめている気配がある。というのは、時折強く触れあう背中に、敏感すぎる甚だしい羞恥《しゅうち》が感じられたからである。翼を隠しているのだとすれば、こうした羞《は》じらいは理に叶《かな》っていた。今時そんな崇高な代物《しろもの》を隠し持っていることは、われわれをはにかませるに足る理由である。

二人はくすぐったそうな微笑をうかべた。翼が背中をくすぐるような気がしたのである。はじめて身を転じて、顔を見合わせた。葉ちゃんだったの、と杉男は目を丸くして叫んだ。ずいぶん久しぶりね、と葉子は言った。

従兄妹《いとこ》同士はその日学校へ行くのが大そう億劫《おっくう》に思われて二人で活動写真でも見に行くべきかを相談した。しかしこの邂逅《かいこう》に何か真面目《まじめ》な味わいを残したかったので、杉男は結局学校へ行くほうへ傾き、葉子もそれに従った。乗りかえの駅で杉男が下りると、葉子はその駅で大そう空《す》いて来た電車のドアの前まで行き、ドアのしまる寸前に、すぐ絶ち切られることのわかっている慌《あわただ》しい握手をした。

この日葉子は、英語の時間に面白い一章にぶつかった。ウイリアム・ブレイクの簡単な評伝である。その冒頭にあった次のような一節が、たまたま葉子の心琴に触れたのである。

「幼時、ブレイクは一人野に出て遊んだ。すると、とある大樹の梢《こずえ》に、大ぜいの天使が群がって翼をうごかしているのを見た。彼は家に走りかえって、このことを母に告げた。母は信じなかった。却《かえ》って幼ないブレイクの迂愚《うぐ》をなじって、彼を打擲《ちょうちゃく》した」

葉子は教師の訳読をききながら、何度もこの冒頭の部分ばかり読み返した。少女にまじめな推理が生れた。

『天使を見たことについては子供のブレイクだって半信半疑だったにちがいないわ』と彼女は考えた。『ブレイクがそれを本当に信じるようになったのは、お母さんに打《ぶ》たれた時からにちがいない。お母さんに打たれることが、罰せられることが、それを信じるためには必要な手続だったのにちがいない。先生のようにただブレイクのお母さんを嗤《わら》うのはまちがっているわ。お母さんはその場合、御自分の役割に忠実だっただけだ』

この推理には不測のエロティックな影があった。少女がのぞんでいたのはいかなる罰であろうか。

同じころ、杉男は教室で、講義は耳に入らず、何年ぶりかで会った成長した従妹《いとこ》のことばかり考えていた。その考えは葉子の翼に集中し、彼女が翼をもっているのではなかろうかという由《よし》ない疑問のまわりをめぐった。その翼を見たいというねがいが、それ以後、杉男の念頭を離れなかった。結果において、それは葉子の裸を見ることであるが、杉男は翼を見たいとねがっているのであって、裸を見たいとねがっているわけではない。

『彼女にはきっと翼があるにちがいない』と彼は考えた。『それは年と共に生えてきたので、家族の人たちも知らないのだ。都合のよいことに、彼女がひとりでお風呂《ふろ》へ入る年ごろになってから、ようやく、翼が目につくほどに育ってきたのだ。きっとそうにちがいない。そうでなければ、こうした秘密は隠そうとしても隠し了《おお》せぬものだから、すでに口さがない親戚の一人から、僕がその噂《うわさ》をつたえきいていない筈はない』

杉男はややもすると葉子の翼の夢を見るようになった。裸の少女が薄明のなかで、むこうを向いて窓にもたれている。白い翼がその肩から背を外套《がいとう》のように覆《おお》うている。杉男が近づくと、少女はあちらを向いたままであるのに、翼が大きくひろがって彼を抱き寄せ、羽交い締めにする。杉男は苦しさに声をあげて、夢からさめた。しかも彼の背中にも翼があることを、葉子が心ひそかに信じているとは、夢にも知らない。

来年の夏になれば、葉子と一緒に海水浴をする機会があるであろう。翼の芽生えのようなものでもあるかないかを、彼女の裸の肩に探すことができるであろう。それに手を触れることもできるであろう。しかしまだ秋である。当分そのひそかな願いは叶えられそうにもない。杉男にもう一つの危惧《きぐ》があったが、それはもし葉子に翼の片鱗《へんりん》も見られなかったときに、失望の結果もはや彼女を愛さなくなりはしないだろうかという惧《おそ》れであった。

こうして二人は、しばしば逢《あ》うようになったその後《のち》も、自分たちの子供らしい空想や願望や危惧については打ち明けずにいた。相手にたしかに翼があるということこの奇妙な確信を打明ければ、笑殺か軽蔑《けいべつ》を買うことは必定だった。それよりもそんな夢想の理由を、どうして相手に納得させることができよう。自分でさえ明白な理由は呑《の》み込めないのに。……従兄妹同士はおずおずと相手の目のなかをのぞき込んだ。お互いのまことに澄み切った美しい瞳《ひとみ》の中には、無限の野の彼方《かなた》へ没してゆく一条の微細な径がつづいているように思われた。

……葉子は潜り戸をあけて路傍に立った。昭和十八年の初夏のことである。このあたりは都心よりも空襲に対する危険がよほど少なかったので、建物の疎開《そかい》も行われず、住人たちも疎開をいそいではいなかった。防空壕《ごう》は面白半分に掘られていた。葉子のお祖母様の家の、築山の側面に掘られた堅固な横穴壕は、隣り近所で羨望《せんぼう》と嘲笑《ちょうしょう》の種《た》子《ね》にされた。というのは、そういう安全な壕を見ると却って不安をそそられたからである。御隠居様が納骨堂を作ったよ、と悪《あ》しざまに云う人は、もっとも不安にかられていた人である。

葉子は潜り門の前に立っている。半袖《はんそで》のセーラア服に、ズボンをきらって、折目正しいスカートをつけている。胸もとの白いリボンは、風を孕《はら》みかけては羞らっていたが、その白絹の光沢と見まがうばかりに、彼女のあらわな腕は白い。夏が来てもその腕は残雪のように白かった。

やがて作業服の上着を腕に、ゲートルを巻いたズボンと白いワイシャツの杉男が坂道を駈《か》け下りてきた。二人は快く汗ばんでいる掌《てのひら》で握手をした。

涼亭は折から満開の躑躅《つつじ》に囲まれていた。白がある。洋紅がある。絞り模様がある。物音のたえた涼亭の石畳には躑躅の低い硬質の影が映り、蜂《はち》の羽音だけが、眠っている午後の時の寝息のようにきこえている。そこにいると到底戦争の最中とは思われない。

二人は舟板の長椅子《ながいす》に並んで掛け、五月の午後の光に白い、遠方の河原を眺めた。釣糸《つりいと》が空気のなかに一瞬ひるがえって光って消えた。

「いま魚が見えたかい？」

と杉男がきいた。

「見えなかったわ」

「僕にも見えなかった。あの虻《あぶ》みたいにみえたのは泛子《うき》だな、きっと」

それから二人は釣りそこねた釣師の顔つきを想像して大そう笑った。笑いのあとには毀《こわ》れやすい硝子《ガラス》のような沈黙が残った。二人はこの沈黙が何であるかを知っていた。

雲はひろい眺望のかなたに、鳶尾《いちはつ》の花のように巻いてはほぐれていた。対岸の緑をぬきん出て、空中遊覧車の黄いろい椅子が、何か天から降りて来て坐《すわ》る人を待ちあぐねているように、ふしぎな様子で空中に懸っている。戦争がはげしくなるにつれ、この遊園地のさまざまな機械は電力制限のために運転を罷《や》めたのである。まことによく晴れた日で、空の青さは限りもなかった。東京の空がそれほど青く、星空があれほど澄明《ちょうめい》であったのは、生産不振によって都会の煤煙《ばいえん》が減少を見たからであるが、そればかりではなく、戦争末期の自然の美しさには、死者の精霊たちの見えざる助力がはたらいているのではないかと思われるふしがあった。自然は死の肥料によって美しさを増す。戦争末期の空があれほど青く澄んでいたのは、墓地の緑があれほどにあざやかなのと同断の理由によるのではなかろうか？

二人の見る風景には、たしかに死の耀《かが》やかしさが籠《こも》っていた。河原の石のひとつひとつの影にもそれがあった。こうしてうら若い従兄妹同士は、翼を寄せておたがいの鼓動に耳を澄ました。それは相手の胸からひびいてくるものにしては、あまりに同一の調べを持ち、あまりに符節を合していた。まるで二人のあいだにこの地上でただ一つの生き物が脈搏《みゃくう》っているように思われた。

このとき二人の考えていたことも同じ一つのことであったが、それはとうとう口に出されずに終ったので、二人ながら知るすべもない。杉男はこう考えていた。『この人はきっと翼をもっている。今飛び翔《た》とうとしている。それが僕にはありありとわかる』――葉子はこう考えていた。『この人はきっと翼をもっている。今この人がふとうしろをふりかえったとき、それは人が来るのを見咎《みとが》める目ではなかった。小学生がよく背中のランドセルへ目をやるように、いつも見馴《みな》れた背中の翼の在処《ありか》へ、ふと目が行ったという様子だった。私はそれを見のがさなかった』

こういう考えを自分の中にたしかめることは、半ばはうれしく、半ばは悲しかった。というのは、愛の自在な力に鼓舞されて、見わたすかぎりの風景のいずこへでも、――ここからあの遠い対岸の河原までも――、二人して即座に飛んでゆくこともできそうに思われるとき、翼の有ることはその空想に却って現実の色を添えたが、お互いに相手の上にだけ翼の存在を信じている二人は、自分を残して飛び去ってゆくであろう恋人に、いいしれぬ果敢《はか》なさを感じたのである。いつの日か愛する者が自分の傍《かたわ》らから飛び去ってゆくことは、殆《ほとん》ど確実なことに思われた。

「僕は来週から東京にいなくなるよ」

と杉男が言った。

「どうして？」

「勤労動員でM市へ行くんだ」

「工場なの？」

「飛行機を作るんだよ」

葉子は彼が沢山の翼を作っているところを想像した。彼は工員たちに製品見本を示す必要に迫られるだろう。そうしたら、自分の肩の巨《おお》きな真白なきらきら光る翼を示せばよい。その次には性能の実験を迫られるだろう。そうしたら、彼はほんのすこし飛んでみせるだろう。空中に止《と》まってみせるだろう。設計図が作られるだろう。洋服の寸法をとるように、彼の翼の寸法がとられるだろう。しかしこの天然の翼のように完全な翼は誰にも作れない。彼は嫉視《しっし》に会うだろう。もう一度飛んでみるように迫られるだろう。飛ぶ。すると銃口が彼の翼を狙《ねら》う。翼は血に濡《ぬ》れそぼち、彼の体はまっすぐに地上に落ち、射られた鳥のように、しばらく狂おしく羽搏《はばた》いて地上をころげまわるだろう。彼は死ぬだろう。……死んだ小鳥の、動かない生《き》まじめな目つきをしたまま。

葉子は不安にかられて杉男を止めたが、止められるものではないことを知っていた。この次はいつ会えるのかと心細げにたずねた。すると杉男は、月に一回の休日には、ほんの短いあいだではあるが会うことができようと答えて彼女を力づけた。

実は当初からの希《のぞ》みを果せないでいる杉男の心残りも、別離の悲しみに劣るものではなかった。夏はまだ来ない。この戦局では、夏の一日の海水浴さえ覚束《おぼつか》ない。さりとて躊躇《ためらい》にみちた二人の間柄《あいだがら》では、杉男が葉子の翼の在処を検《あらた》め見るような機会は訪れなかった。

杉男が何か言い出しかねてためらっている風情《ふぜい》を見ると、葉子は曲解した。ほかの女のことを言おうとしているか、そうでなければ、思うさえ恥かしいことを葉子に切り出そうとしているか、どちらかに相違ない。どちらの予測もこの無垢《むく》な少女には愉快でなかった。少女は怒ったふりをして頑《かたく》なに黙った。

杉男が言い出したのは意外なことである。

靴尖《くつさき》で石を蹴《け》りながら話すような、いつものすずろな調子で言った。

「きょうはお祖母《ばあ》さんに会って行こうかな。いつもは何だか照れくさくて会わないで帰っちゃったけれどね。当分お祖母さんにも会えないと思うからさ」

「それがいいわ」と少女は機嫌《きげん》を直して言った。「途中であなたに偶然会って、一しょにうかがったことにすればいいわ。きっとおよろこびになってよ」

二人が家のほうをかえりみると、たまたま煙突が煙をあげていた。お鉄が風呂を沸かしているのである。一日おきにお祖母様は午睡からさめると、風呂へ入られる習慣があった。杉男があんな提言をしたのが、青空にうすく上っているこの煙と、何かの関《かか》わりがあったかどうか、それは知らない。

お祖母様はちょうど午寝《ひるね》からお目ざめになった。枕許《まくらもと》には初版本の鏡花の小説が伏せてある。木版の芙蓉《ふよう》の大輪の美しい装幀《そうてい》である。藍微塵《あいみじん》の半纏《はんてん》を羽織って、お床《とこ》の上に坐ったまま二人にお会いになった。そばの経机の上に鉄兜《てつかぶと》と防空頭巾《ずきん》が置いてある。警戒警報でも夜中に鳴ろうものなら、すぐ防空頭巾の上に鉄兜をかぶって、またお床にもぐりながらラジオをおききになるのだった。

「杉男ちゃんはずいぶん御無沙汰《ごぶさた》だね。しばらく見ないうちに好《い》い男になったね。好い男と云《い》ったって、亡《な》くなったお祖父《じい》様には敵《かな》やしないがね。あんたはまあまあってところですよ。葉子とおんなじで、十人並よりちょっと上というところで、いい塩梅《あんばい》だよ。おみくじでも大吉はかえっていけないんだからね。二人とも吉という顔をしているよ。つまりキ印の顔ですよ」

とのっけから冗談を言ってお笑わせになった。

二人は顔を見合わせたが、このとき、杉男と葉子の目のかがやきを見たお祖母様は、すぐ察してこう仰言《おっしゃ》った。

「おやおや、あんた方はおばあさんに隠して大分仲が好いね。従兄妹同士なんてお手軽でつまらないじゃないか、およしなさい。杉男もこんなのが好きになるなんて、目を疑うよ。このおばあさんのような別嬪《べっぴん》を探さなくちゃいけないよ。尤《もっと》も日本中に二人といるまいがね」

さんざんからかわれた杉男は逃げ腰になったが、葉子のもってきたパウンド・ケーキを切ってお引止めになったので、帰りかねているところへ、お鉄がお風呂の沸いたことを報《し》らせてきた。

先にお祖母様が入られた。次に杉男が入った。次に葉子が入った。葉子ははじめ入らないつもりでいたが、杉男が入るというので、その真似《まね》をしたのである。少女はこういう咄嗟《とっさ》の場合にも好きな人の模倣を忘れない。模倣が少女の愛の形式であり、これが中年女の愛し方ともっとも差異の顕著な点である。

葉子と杉男はぎこちなく湯殿の入口ですれちがった。杉男は湯殿の前の小座敷の縁先に腰かけると、徐々に暮れかかる夕空を仰ぎ見た。偵察機《ていさつき》の小編隊が帰来の爆音をひびかせている。

今、葉子はあの半袖のセーラアを脱ぎすて、その白い腕よりもさらに白いあたりを鏡面にさらしているに相違ない。今こそ翼は湯気に濡れ、つややかな白瀝青《ペンキ》を塗ったように見えるであろう。恥らわしげに翼をすくめて、彼女は檜《ひのき》の簀子《すのこ》の上に跪《ひざまず》いているにちがいない。もしそこへ杉男があらわれたら、羞《はじ》らいはその翼のさきまでを曙《あけぼの》いろに染めてしまうに決っている。

杉男は葉子の翼を見るのは、一生のうちで今が最後の機会ではないかという気がしてならない。彼は焦《あせ》った。立上って湯殿の前まで行く。そこで若者は又しばらくためらうと、廊下を行きつ来つして自分の勇気の皆無を嘆いた。

磨硝子《すりガラス》の戸は湯気のために徐々に乳いろに明るみだした。その色はいわば朝の湖の色である。岸を舐《な》める漣《さざなみ》のような湯の音がその奥にきこえた。少女はやがて湯槽《ゆぶね》から上って来た。半透明の戸が自分の金いろに暈《ぼ》かされた裸の輪廓《りんかく》をうかばせているともしらずに、彼女は快活に体をうごかして肌《はだ》を拭《ふ》いた。その小さな肩のうごきを杉男は見戍《みまも》った。おぼろげな湯気は輪廓を定かに見せない。白い霧のようなもの、幻の翼のようなものが、その稚《おさ》ない肩のあたりに懸っている。杉男は翼を見たと信じた。

*
**

……それから一年ちかく、杉男は葉子の翼を見る機会に恵まれなかった。会う機会もそうたんとはない。しかし愛し合っている二人は、ひっきりなしに手紙をやりとりした。従兄妹《いとこ》同士は愛を誓い、未来を誓った。正直のところ、かれらは誓ってばかりいたのである。この不安な世界と時間のひろがりを、二人の無垢な誓いの言葉で埋めてしまえば、煉瓦《れんが》を一つ一つ漆喰《しっくい》で固めるように、いつか住むにたのしい堅固な家が築かれるような気がしたのである。二人にはほかに力とてなかったので、あらゆる不安にむかって言葉を投げつけた。滅ぼされてゆく蛮人たちが呪文《じゅもん》を投げつけるように、この甲斐《かい》ない誓いの呪力を信じようとしたのである。

翌年の三月の空襲で、葉子は死んだ。彼女の学校は軍関係の事務を手伝うために都心のビルへ生徒たちを通わせていたが、その通勤の道すがら、爆弾のために殺されたのである。

友人三人と、葉子一人はいつもの折目正しいスカートと半袖のセーラア服で、都心にちかい駅を出て来たとき、たまたま匆卒《そうそつ》の警報が鳴った。友人三人はすぐさま近くの壕《ごう》へとびこんだ。葉子は何故《なぜ》か遅れて迷っていた。友だちは壕にひびく爆音のなかから葉子の名を呼んだ。ようやく姿をあらわした彼女が、もう誰一人のこっていない明るい閑散な街路を横切って、まっすぐに壕へとびこもうとしたとき、あと二十米《メートル》ばかりのところで爆弾の衝撃をうしろからうけた。

葉子の首は喪《うしな》われていた。首のない少女は地にひざまずいたまま、ふしぎな力に支えられて倒れなかった。ただ双の白い腕を、何度か翼のようにはげしく上下に羽搏《はば》たかせた。……

これをきいた杉男の悲嘆は甚《はなは》だしかった。彼は戦争が自分を殺してくれるのを待った。しかしみんなが生きているように、今も彼は生きている。大学は卒業した。今では或《あ》る堅実な商事会社の社員である。

杉男は自分の肩にも翼があると葉子が信じていたことは夢にも知らない。葉子の翼は彼がたしかに信じた。葉子の死がそれを立証した。

或る朝、家の前の急坂を下って、小春日の中を電車がゆきききしている大通りをめざして歩いてゆく道すがら、杉男は自分の肩に手をかけるものがあるのを感じた。ふりむいた。誰もいない。肩にさわってみる。何も触れない。そのときから、しかし肩に異様な重みがかかったのである。彼は不審気に首をふり、肩をゆすりながら、又歩き出した。

彼の翼がはじめて彼自身に気づかれたのはこれが最初である。とはいえ翼だとは気がつかない。まして多忙な他人は気がつかない。そこでこの忠実な勤め人の黙りがちな青年は、異様な肩凝りに悩まされながら、何の役にも立たない巨きな翼を背負って勤め先へ通った。徒《いたず》らな労働である。彼は彼自身それと知らずに、毎朝会社へその翼をぶらさげてゆき、又ぶらさげて帰った。まるきりブラシをかけるでもないので、翼は剥製《はくせい》の羽毛のように灰いろに汚れている。

もってゆき、もってかえる。　杉男は彼にこうも無駄《むだ》なものほしげな努力を強《し》いる何ものかの姿を見ない。この翼さえなかったら彼の人生は、少くとも七割方は軽やかになったかもしれないのに。翼は地上を歩くのには適していない。

春が来た。きのう彼は外套《がいとう》を脱いだ。

とはいえ外套を脱いでも肩に沈澱《ちんでん》している凝《こ》りは癒《い》やされない。

事実、怒れる不可視の翼は彼の肩に、鷹《たか》のように止って彼の横顔を荘厳にみつめている。

——それが出世の無言の妨げになっているとも知らない杉男に、誰か翼を脱ぐすべを教えてやる者はないのか？

（昭和二十六年五月『文學界』）

離宮の松

西銀座七丁目の鰻屋《うなぎや》「万きね」では、その日四時から二十人の宴会の予約があった。二階の座敷二つをぶちぬいて漸《ようや》く収容できる人数である。この店ではこういう大人数の宴会は、十日に一ぺんあればよいほうである。店の者たちは午食の客がすむと、早速その仕度にとりかかった。

疳性《かんしょう》の睦男《むつお》が泣き出した。睦男は女将《おかみ》がこの年になって、忘れものを思い出したように生み落した、生後一年あまりの一粒種である。「万きね」は新店である。夫婦がよそに住居をもたずに、雇人も一緒に店に住込んでいる結果、今日のような忙しい日には、赤ん坊の泣声はやりきれない。女将は子守の美代《みよ》にいいつけて、暗くなるまで戸外《そと》で守をしてこい、と言った。小遣《こづかい》をすこしやった。

美代は十六歳である。小柄《こがら》のために、十四やそこらにしか見えない。銚子《ちょうし》で生れて、東京の叔父夫婦の養女になり、叔父が死んで家計が苦しくなった折柄、「万きね」の子守女に雇われたのである。

美代は赤い手編のスウェーターに紺のズボンをはき、赤い靴下《くつした》にサンダルをつっかけている。旦那《だんな》の古い黒縮緬《ちりめん》の兵児帯《へこおび》でもって、一歳の睦男を背中に括《くく》りつけている。

三月のうららかな一日である。

美代は許された時間をどう使おうかと思案した。見たい活動写真が一つある。四丁目の常設館へ行ってみると、それは昨日までで、すでに別の写真と替っていた。

美代は銀座の表通りを、悠々《ゆうゆう》と八丁目の端まで歩いた。今日は風もあたたかく、はじめて春らしい午後である。何度か冱返《いてかえ》りながら春の徐々に深まってゆくこの頃《ごろ》は、手足が冷たくて、顔ばかりが不自然にほてって熱かったりする。美代は、

「ほうら、睦ちゃん、ハンドバッグ」

「ほうら、睦ちゃん、ケーキ、うまそうだねえ」

なんぞと言いながら、軒毎《のきごと》の飾窓の一枚硝子《ガラス》を、一つ一つまじないのように爪《つめ》で弾《はじ》いて歩いた。露店で放出のゼリー・ビーンズとチューインガムとチョコレートを買った。そのチョコレートの一かけらだけを睦男の口に放り込み、のこり全部は自分でまたたくひまに喰《た》べた。

睦男は家を出て間もなく泣きやんだ。美代の背中でときどき独り言を呟《つぶや》くだけである。ムウ、とか、アムとか、マンマアとか云《い》うだけである。機嫌《きげん》がよい証拠には、時たま足をばたばたさせたり、足を美代の腰にかけて突張ったりする。機嫌がわるくなると美代の髪に指をかけて引張るが、そうでないときは軽く髪を弄《もてあそ》ぶにすぎない。そ

れが却《かえ》って美代にはくすぐったい。

美代は日ましにこの子が重たくなってゆくのを感じる。肩にかかる帯の締り具合が、日ましに強《きつ》くなるように思われる。この先どこまで重くなるかと思うと、空恐ろしい。膝《ひざ》の上に抱いて眺《なが》めれば、可愛《かわい》らしい一人の赤ん坊だが、背負っているあいだのそれはまるで別の存在で、美代は背中の子を忘れて別のことを考えていることもできる代りに、何を考えてもこの「重さ」が、考えの中にまじって来ているような気がした。

人通りのすくない川端《かわばた》の街路へ出る。通るのは自動車や自転車のほうが多い。その影が辷《すべ》りすぎたあとには、日にてらされた明るい鼠《ねずみ》いろの鋪道《ほどう》の平面が、ひろびろと残される。美代は今自分が蠟石《ろうせき》をもっていれば、その上に口やかましい女中頭《がしら》の似顔を描いて、トラックに轢《ひ》かせてやるのだがなあ、と思った。

橋の袂《たもと》に塵芥《じんかい》が積み上げられていた。大根の葉らしい一束が、その芥《あくた》の山のなかに潑剌《はつらつ》たる緑をのぞかせていた。そばをとおると、川の匂《にお》いと塵芥の匂いの入りまじった暗いしめやかな匂いがした。美代は墨汁の匂いを思い出し、お習字の時間を思い出した。

昭和通りを横切る。右顧左顧《うこさこ》して渡るのではない。背中の子の母親が見たら胆《きも》を冷やすことだろうが、この都会ずれのした子守娘は、自動車はそもそも人間の運転している機械だから、むこうから除《よ》けてくれるものだと信じていたのである。野原をゆくように、流行歌を低くうたいながら、背中の子をゆすぶりながら、半ば夢見ながら、美代はその自動車のゆききの織るような通りを渡った。

汐留《しおどめ》駅の大時代な汽罐車《きかんしゃ》が道のゆくての線路に現われた。長い煙突から断続的に煙の上る、ばかに背の高い汽罐車である。不承不承に牽《ひ》かれて行く四五輛《りょう》の貨車が、しばらく子守娘のゆくてを遮《さえぎ》った。

……貨車のすぎたあと、目前には浜離宮の起伏のない森の眺めがひろがった。美代は欠伸《あくび》を誘われた。

『まあ、何て春らしいいいお天気！』

＊＊＊

切符を買って浜離宮公園へ入る。見わたすかぎり枯芝の庭である。そのやや青みを帯びた鋭い芽生えのまだらをたよりに、あちこちの灌木《かんぼく》のかたわらに若い男女が憩《やす》んでいる。芝生のまわりには垣《かき》がめぐらしてあるものだから、人間を放飼《はなしが》いにしてある牧場と謂《い》ったけしきである。そういえばあまり派手な身なりのがいない勤め人風のこの人たちは、ときたま身を動かしても、それが牛やなんぞのようにものうげである。

どの女たちもその背中に、赤ん坊を背負っていないのを美代は見た。別段ふしぎなことではない。銀座通りを歩いても、ねんねこおんぶには滅多に会えるものではない。それだけに美代には、自分の風体が何だか恥かしくてならないのである。そればかりではない。こんな重荷を公然と背負っていては、人並の仕合せに到底めぐりあえないような気がした。

黒い門柱がある。門内に二三の梅が数多からぬ白い花をひらいている。その目にだけは眺めをさえぎる木叢《こむら》をとおして港の光景がありありと見えるものか、古代の天皇の青銅の像が、海の方角を凝然と見つめている。

美代はいつかずっと前に、季節もいつごろのことか思い出さないが、この銅像によじのぼりたいと考えたことがあったのを、思い出した。そう思うと、無性によじのぼりたくて仕方がない。青銅の台座はそう高くない。そこまでのぼれば、あとは片足をゆるく前へ出しているそのお膝に乗って、天皇のお頸《くび》にしがみつくことができる。

「睦ちゃん、いいだろう」と背中の子に言いかけた。「今あたし、この銅像によじのぼるからね。誰も見てないから、かまやしないわね。おとなしくしなよ。こわくなんかないんだよ」

赤ん坊は眠っていて答えない。

美代はあたりを見まわした。この一劃《いっかく》は丁度芳梅亭という貸席の前庭のようになっていて、公園の門内にすぐひろがる芝生の庭と、池を中心にした海ぞいの奥庭との中間を占めている。ここの玉砂利に憩む人もなく、今は幸い人のゆききもない。

美代はちょっと舌を出した。

銅像のうしろにサンダルを脱ぎ、台座に手をかけて一気にのぼった。赤ん坊の頭がすんでのことで天皇の剣《つるぎ》の端にぶっつかるところである。銅像には白い斑点《はんてん》がついていて、手を触れると、すっかり乾いていたそれが散った。鷗《かもめ》の糞《ふん》らしかった。剣の柄《つか》に手をかけて、ようよう膝に足をかけたとき、あやうく手が辷りそうになった。美代は膝の上に立って、天皇の頸に赤いスウェーターの腕をまわした。銅像の肌《はだ》ざわりは、着ているものをとおして、しみ入るように冷たい。しかし子守娘はこんな果敢《はか》ない抱擁に満足して、そのゆたかな青銅の鬚《ひげ》を撫《な》で、青銅の美豆良《みずら》を撫でた。目をさました睦男は彼女の背でよろこんで跳ね、あやうく重心を失わせかけた。

奥庭のほうからかえって来た一組の男女が、この異様な光景を見て、立ちすくんだ。

「まあ、危ない」

こう言って女は、肩掛で顔をおおった。

「ほう、活潑だなあ」

顔の長い勤め人風の男は、美代にきこえるように誇張した大声で叫んだ。

美代は降りたくなって、降りがけに、ふと思い出して天皇の眼《め》がみつめている方角へ首をのばした。木叢のむこうに、果して水平線がみえ、港がみえた。白い外国船が、沖にちかいところに碇泊《ていはく》していた。巨大な美しい船である。

船は日に映えて、角砂糖のように白くきらめいている。そのあたりに雲が二三片、のびやかにうかんでいる。美代は故郷の銚子の沖合を、時折こうして大きな外国汽船がとおるのを、学校の昼休みに友達と崖《がけ》の上に足を投げ出して、弁当の手をやすめて眺めたものである。

美代は台座から砂利の地面へ乱暴にとび下りた。その足の裏は、砂利の痛みなんぞを感じない。睦男は、ひゅっ、という息の詰まったような声を出してから、急にけたたましく笑い出した。とび下りた拍子に、兵児帯がゆるんでしまった。美代はサンダルをつっかけると、兵児帯を締めなおしながら、海のほうへ向って駈《か》け出した。

ひろい池ぞいに駈けて、橋をわたった。小さな水門のむこうは港である。小松のつらなる堤の下が石垣になっていて、そこに潮がひたひたと寄せている。

美代の息は弾んでいた。そのひびわれた頬《ほお》は、いつもの十倍も赤い。表情のない目が、港の光景をまっすぐに見た。つとその口もとに微笑がうかんできて、おかみさんが何度注意しても口紅を引くことをやめない荒れた小さい唇《くちびる》が、うれしそうに歪《ゆが》んだ。

美代は小松のかたわらの枯芝に腰を下ろした。まわりは恋人同士ばかりである。ある男女は、オペレッタのように、男が女の肩に深く手をまわして、海にむかって、低い声で二重唱をうたっている。ある男はのびのびと女の膝枕《ひざまくら》に横たわり、ヘア・ピンでもって、女に耳を掻《か》いてもらっている。

美代はそのままぼんやり坐《すわ》って、ゼリー・ビーンズをしゃぶっているうちに、まわりの男女が美代の背中のほうを、何となく気にしている気配を感じた。

「まあ、可愛い」

耳掻きをしている女がそう言った。

「うん？」

男がまぶしそうに海のほうへ目を向けて、生返事《なま》をした。

「可愛い赤ちゃん」

「ふうん」

男はごまかすように鼻を鳴らして、寝返りを打って、又目を閉じながら、こう言った。

「今度は右の耳」

なかにはまた、いろんな感情に責められるように、うるんだ目つきで睦男を見つめている男女がいる。睦男は機嫌よくあわわと云うばかりである。皆から見られているのが睦男であって自分ではないことに拗《す》ねてしまって、美代は石垣の端まで行って、そこに腰かけた。足を汚れた海水のゆらめいている上でぶらぶらさせた。

そのとき一艘《そう》のモオタアボートが、黄いろい冷蔵会社の裏から、白浪《しらなみ》を蹴立《けた》ててあらわれた。近づくにつれて、乗手の顔が目に入る。一人は赭《あか》ら顔の、一人は痩《や》せたごく若い米国兵である。赭顔のほうが運転台に坐っている。時々、

「ヒヤア、ヒヤア」

ときこえる喚声をあげて、岸ぞい十米《メートル》ばかりのところで、輪をえがいたり、危険なジグザグをえがいてみせたりする。美代は興がって、よく女中頭にとがめられるけたたましい笑い声をあげて、手を拍《う》った。

それがきこえたのかどうか、モオタアボートは、ふいに舳先《へさき》をこちらへむかってめぐらした。見る見る近づいて、石垣づたいに石段が水に没しているところに、小舟はエンジンの空鳴りを残したまま、横付けになった。

「ヘイ、ヘイ、カムオン」

今度は米兵のほうが手を拍った。それが自分に向けられた合図だと知ると、美代は

びっくりして立上った。米兵は手招きしている。その顔は柔和に笑っている。

「オウ、ベイビイ、カムオン」

呼ばれているのは美代ではない。矢張《やはり》背中の赤ん坊である。赤ん坊は涎《よだれ》に濡《ぬ》れた平手で、美代の頬を叩《たた》いている。

「今行くよお」

美代はやみくもの勇気にかられてそう叫んだ。それには、まわりの恋人たちを置き去りにして、自分一人招きに応ずるという誇りがあった。石段にサンダルの木の音をひびかせて、駈け下りた。金いろの毛がいっぱい生えた大きな手が、美代の手首をつかんで支えてくれた。運転台のうしろの座席に乗り込みながら、美代は今、米国人の手首に見た金いろの腕環《うでわ》のことを考えた。

「外人さんって、男でも腕環をはめるのかしら。まあすてき！」

その若い兵隊は、ふりむいてチョコレートを一包くれた。値段が高いので普段は買わない、チョコレートの中に果物の砂糖漬《づけ》なんぞのはいっている太い包みである。それは睦男にやらないで、猫婆《ねこばば》をしてやろうと美代は思いながら、外人の手前、

「睦ちゃん、いいねえ。ほら、いいものもらったわよ」

と言って、包装紙のまま赤ん坊の口におしつけた。赤ん坊は不味《まず》がって、しかめた

顔を左右へ振った。

若い兵隊は何度かふりむいて、睦男にむかってウインクしたり、ついには毛もくじゃらの手をのばして睦男の顎《あご》にさわったりしたので、赤ん坊はおどろいて泣き出し、それにこりて外人は手を出さなくなった。

対岸は東海汽船の桟橋《さんばし》である。大島行の橘丸《たちばなまる》が泊っている。その近くをモオタアボートがとおるとき、甲板から二三人の船員が手を振った。美代は半ば腰を浮かして、ハンカチを振ってこれに応《こた》えた。

モオタアボートは港内を散歩するつもりらしい。次第に岸壁を遠ざかり、碇泊している多くの船のあいだを、閲兵でもするように威勢よく進んで行った。海の上へ出てみると、日がずいぶん傾いているのがわかった。沖の汽船が光ってみえたのは、傾きかけた日を受けていたのにちがいない。沖にはもう一隻《せき》、軍艦らしいのが黒いお城の形に泛《うか》んでいる。それが静かな緩慢な火災のように煙をあげているのがみえる。

船はどれも美代の目にはめずらしかった。オレンジいろのペンキで塗られた貨物船がある。それが海上にさしのべている緑いろのクレーンのさきに、真紅の鉤《かぎ》をつけているのは目にも鮮やかである。老朽した貨物船はとみると、どれにも日本の船名が書かれている。美代は船を見るのに飽きると、視線を転じて、さっき自分の坐っていた石垣のほうを眺めやった。

堤の上の人影は点々と見えるにすぎない。低い松の排列が、生い立った芝草のようにみえるにすぎない。水門から隔たるに従って、堤は次第に高まり、そのあたりから松の背丈も徐々に高まって、丁度頂きに当るところに、亭々たる一本の松があった。松は海風をうけなれて、陸のほうへやや傾き、枝葉もあらかた陸にむかっているために、却って果敢に海に対しているようにみえた。日はあたかもその松の梢《こずえ》にあたり、枝のあいだに火を放ったようにきらめいていた。

美代は思い出した。

この松である。今日足が自然と浜離宮公園へむかったのも、この松に誘われたのにちがいない。

半年ほど前の秋の一日のことである。今日と同じように、お店に客の予約が沢山あった。睦男をおぶって、はじめてこの公園へ来て、歩きまわっているうちに夕方になった。日が暮れるまで、そこを動くのが面倒になって、あの松の樹《き》の下で、船や桟橋にぽつぽつ灯《あか》りがつきだすのを、地面に坐って眺《なが》めていたことがある。

ジャンパアを着た若い男が目の前の堤のへりに立って港を見ていた。ときどき思い出したように、石をひろって、それを海へ投げる。その仁王立ちになったうしろ姿が、徐々に影絵になり、ただ油を沢山つけた髪のうしろの部分だけが光ってみえる。見ているうちに、美代は気づまりになり、気になってならなくなった。何してるのさ、そう呼びかけようかと思った。黙ってうしろから海へつきとばしてやったらどうだろうか、とも思った。

男はやがて、口笛を吹きながら歩き出した。美代に背を向けたまま、むこうへ行くのである。そのとき、美代はどれだけ物足りない思いをしたか、また若者が、何を思い出したのか踵《くびす》を返して、ふと美代の姿に気付いて、こちらへ足早に歩み寄って来たとき、どれだけはげしい動悸《どうき》がしたか、今もありありと憶《おぼ》えている。

男は二十五六に見えた。色が白くて、とてもいい男にみえた。臆病《おくびょう》そうな、半ば意地のわるそうな笑いをうかべて、こう訊《き》いた。

「ねえちゃん、何してんだ。今ごろ、こんなとこで」

「何もしていはしないわよ」

「子守っ子か。いくつだい、年は」

「十三七つ」

「へん、一応きいたふうな返事をしてやがらあ」

こう言って、若者は美代の傍《かたわ》らに腰を下ろした。

「国はどこだよ」

「銚子」

「妙な縁だなあ。俺《おれ》も銚子だ」

「そんな古くさい手に乗るあたしじゃないわよおだ」

美代は実はこんな応答に馴《な》れているわけではない。むしろ生れてはじめてだと云《い》っていい。しかしききおぼえで、男からもしこう言われたらこう答えようと思って考えておいたこんな台詞《せりふ》は二三に止《とど》まらない。

……それから二人は埒《らち》もない話をした。若者が少し腰をずらして寄って来た。美代は肩をつかまれた。うしろにたおれそうになりながら、力をふるって立上った。

「何をするのさあ。赤ん坊がいるのにさあ」

美代は夕闇《ゆうやみ》のなかを一目散に駈けた。しばらく駈けてふりかえった。男の追ってくる気配はない。

あのとき美代は息を切らせながら、背中の赤ん坊をしっかりと支えて駈けた。何がたよりになったと云って、あのときほど背中の睦男が頼りになったことはない。心の支えになったことはない。危難を免《まぬか》れたのはこの小さな赤ん坊のおかげだと言っていい。

しかし又思うのに、あの男を素直にうけいれられなかったのも、赤ん坊のせいにちがいない。最初のきっかけがどうあろうと、今ごろ美代はあの男のおかみさんになって、仕合せに暮していたかもしれない。美代は醜いほうではない。が、あんまり子供っぽく見えるせいか、男からあのように積極的に手を出されたのは、あとにもさきにも、今日まであの時ただ一度である。美代はそれから、何度かその若者を夢に見たのである。

……美代はモオタアボートの上から、夕日に光っている松をじっと見た。あの男にもう一度会いたくなった。いや、今丁度あの樹《こ》かげで男はこちらを見ながら、美代を待っている。今すぐ行かなければ男はかえってしまうだろうと想像した。

「カムバックよお。兵隊さん、カムバックよお」

美代は気が違ったように、ききおぼえの英語を怒鳴った。

若い兵隊は目を丸くしてふりむいた。しきりに岸をさしている子守女の指先を見ると、

「オーケイ」

と言った。ボートがさっきの堤へ引返すあいだ、美代はくりかえし、サンキューと

言いつづけたが、松が次第にはっきりと見えてくるにつれ、その下に思う人影のないことを、大そう悲しい気持で発見した。

ボートが着く。堤へ上る。遠ざかるボートにハンカチをふる。美代の心はすっかりあの松の木に奪われていて、ボートの人がいつまでも手を振っているのが、煩《わずら》わしく思われた。

美代は例の松かげへ来ると、あのとき自分が坐っていた場所までも思い出した。秋草は今はなかったが、やや青みかけた下草はあった。西日のために赤煉瓦《あかれんが》色《いろ》に染っている松の幹に、片方の肩を託して、足を投げ出して、黙っていた。

＊＊＊

……睦男が眠りだして、一時間の余もたった。海は夕日の千の蠟燭《ろうそく》の蠟を流した。碇泊している船は、暮れかけるが早いか、緑いろの檣燈《しょうとう》をともした。沖の巨船は夕雲の中に没し去った。はじめはその光輝のうちに、やがてその薄明のうちに、最後には、その暗黒のなかに没したのである。

石垣《いしがき》に潮が上ってきて、舌打ちするような音を立てだした。犬を散歩させに来た人が、胡乱《うろん》げに、子守娘の顔をさしのぞいてゆく。それが丁度、よく活動写真なんぞに出て来る木によりかかって死んでいる女の恰好《かっこう》に見えたからである。

日が暮れかけると、寒くなった。美代は冬のあいだの霜焼けのあとがのこっている手を膝《ひざ》の上でこすりあわせた。赤ん坊は彼女の背で、頭をすっかりのけぞらせて、口をあけて眠っている。美代はそんなことに頓着《とんじゃく》しない。赤ん坊のことなんか、この子守娘の念頭にはない。考えるのは、ただあの名前も知らない男のことだけである。

海の上の空にまだ橙《だいだい》いろの一線がのこっている。公園のそこかしこの外燈が灯をともした。

美代は散り敷いた松葉の踏みしめられる音をきいた。目をあげた。煙草《たばこ》をくわえた男が立っている。そのジャンパアには見おぼえがある。

「あら、あんたやっぱり来てくれたのね」

美代は男が来たら言おうと思っていたこの言葉を一気に言った。立上った足がとめどもなくわななないた。両手で顔をおおって泣いた。

男はたじろいで、しがみつかれるのを怖《おそ》れるような身振をした。薄ら明りに女の顔を透かして見た。思い出さない。

「どうしたんだい。ねえちゃん」

こう言っておそるおそる美代の肩に手をかけた。美代は肩をゆすって、男の掌《て》に肩をめり込ませようとするような動作をした。

「会いたかったわあ」

「へえ」

「だって、愛してるんだもの。とっても、あたし、愛してるんだもの」

「へーえ」

男は色きちがいだと思ったらしい。美代が泣きじゃくりながら半年前のことを言い出すまでは、そう思うほかなかったのである。彼は煙草の吸殻《すいがら》を、勢いをつけて海へ投《ほう》った。するとあのときの自分の石投げの姿勢が思い出された。

「そうか、あのときのねえちゃんか。おどかすなよ。こんな薄くらがりで、いきなりしがみつかれたって、わかりゃしねえ」

「わからなかった？　あたしがわるかったんだね」

男は美代の傍らに腰を下ろした。しばらく黙っている。もし男がまた何かしかけたら、今度こそ睦男を放り出してしまおう、決して逃げたりなんかすまい、と美代は思った。しかし男はいつまでも黙っている。美代はポケットからチューインガムを出して、男にやった。自分で二粒だけ口に入れて、のこりをみんな男のポケットに押し込んでやったのである。

「ねえちゃん、いくつだい」

男がまたあのときと同じことを訊いた。

「十六だわ、満で」

「ふーん」――若者は言葉の継穂《つぎほ》に困ったらしく、やっと無難な話題をみつけて、言葉が明るくつろいだ。赤ん坊のことを言い出したのである。

「かわいいベビーだ。いくつだい」

「一つだわ、満で」

「男か女か」

「男よお。着てるもの見てみなさいな」

「あそこへ行って顔を見せなよ」

二人は外燈の下の大きな花崗岩《かこうがん》の石材に腰かけた。

「おい、おじさん好きか？　おじさん好きかよ」

男は無器用なあやし方をした。赤ん坊は、怒ったような顔をして、そのくせ上機嫌《じょうきげん》で、美代の背中で体を突張らせた。

「こんな手のを一ヶほしいもんだな」

「本当にほしい？」

「本当にほしい」

美代は、あたしが生んであげる、と言おうとして、よした。

そのとき、一人の女が堤の裏の道を上ってくるのがみえた。女は池のほとりで、一寸立止《ちょっと》って、あたりを見た。そして男の姿を見ると、ひねるような気取った足取で石段を上ってきた。ハイヒールを穿《は》きなれない女の足取である。

「待たしちゃった。ごめん」

女はそう言った。目はすばやく睦男へ移って、美代の姿は眼中にないように、

「まあ、可愛《かわい》い赤ちゃん」

と言った。

美代は女をしげしげと見た。外套《がいとう》を着ているので身装《みなり》はわからない。薄黄の外套は新らしく、大きな金ピカのブローチをその胸につけている。顔はありふれていて、とりたててどうこういうところはない。強《し》いて云えば、目が小さいのが難である。しかしあくどい化粧のわりに、人がよくみえるのは、小さい目の一得である。それよりも美代が絶望したのは、この女も背中に赤ん坊を背負っていないことであった。

『この人が待ってたのはあたしじゃなかった』

男が女と喋《しゃべ》っているあいだ、美代の心は百遍もそれをくりかえした。ふしぎに涙が

出なかった。今晩お床へ入ってから存分に泣くだろうと自分で思った。そしてけなげに笑顔を作った。美代は活動写真で何度もそういう場面を見ていたのである。

男がとりなすように、こう言った。

「なあ、本当にかわいいベビーだ。こんなやつが授かったらなあ」

「あたしもほしいわ。こんな男の子ほしい」

女は誇張した仕草で睦男に頰《ほお》ずりした。

美代がぎこちなく、こう訊いた。

「あんたたち、子供ないの？」

「ないのよ。ほしいけど、なかなか出来ないの」

「俺もこんな坊主《ぼうず》がほしくてね」

美代は潤《うる》んだ目を大きくみひらいた。心の躍るような目論見《もくろみ》が出来たのである。こうなったらいさぎよく身を退《ひ》こう、二人の幸福を祈ってじっと諦《あき》らめよう、二人の幸福のためなら……。美代にできる贈物はこれだけしかない。と云って、あからさまに申出れば辞退されるにちがいない。美代は小さな策略を思いついて、お腹《なか》が痛むから、ちょっと厠《かわや》へ行ってくる、と言い出した。厠は池の周辺にあって、ここから百米《メートル》ほど隔たっている。

「その間この子を預かって下さいます？」

「ええ、どうぞ」

女が親切にそう言った。美代は兵児帯《へこおび》を解くと、石材に掛けた女の膝にそっと下ろした。赤ん坊は泣出さない。

「大丈夫？　薬は要らないの？」

「ええ、すみません」

美代はふりむいて、男のほうをちらと見た。男は目を伏せて煙草を吸っていた。その鼻梁《びりょう》が外燈の下で光っていた。

美代は池のほとりの道をあわただしく駈《か》け出した。

＊＊＊

厠をとおりぬけて、美代は息のつづくかぎり駈けた。肩にはもう何の重荷もない。身軽になった体が、他人のように思われた。立止ると躊躇《ちゅうちょ》がおこる。せい一杯駈けなければならない。

駈けながら美代は、背後の夜空いっぱいにひろがるような汽船の汽笛や、しじまの中で池の鯉《こい》がはねる音や、森の梟《ふくろう》の鳴き声や、遠い自動車の警笛をきいた。

くたびれてすこし歩いた。するとたまらなく悲しくなった。睦男にももう会えない、お店へももう帰れない、しかし悪いことをしたという気持はすこしもなかった。今では睦男は、あの名も知れない若者と自分との間に生れた私生児だったような気がした。公園の門を出るとき、こんな少女の一人歩きを、門衛が怪訝《けげん》そうに見送った。美代はやがて一変した明るい雑沓《ざっとう》の中へ出た。その胸は弾んで、むしょうに笑いたい気持になった。

『みんなとおんなじだわ。ちっともちがやしないわ。もうあたしの背中には何もない』

美代は「万きね」の店からできるだけ遠いところへ行きたいと思った。胸を張って都電に乗った。

都電の車内は、乗客もまばらで、侘《わび》しいほど明るかった。車掌が切符を切りに来た。「終点！」と彼女は言った。終点まで行ったら、又別の路線に乗り換えればいいと思った。

（昭和二十六年十二月『別冊文藝春秋』）

クロスワード・パズル

週日でお客が一組二組しかないという日には、無聊《ぶりょう》をかこつボオイたちで、給仕部屋は活況を呈する。将棋をさすのがいる。それを横からのぞいて、何やかやと喙《くちばし》を容《い》れるのがいる。講談本や好色本に読み耽《ふけ》っているのがある。なかに一人、冷えかけた番茶を時々思い出したように啜《すす》りながら、浮かぬ顔で火鉢《ひばち》に手をかざしているのがある。

そう言うと、老人のように想像されるが、そうではない。三十に程遠い若さで、その上、ここにいる五六人の中では、際立《きわだ》って好《い》い男である。好い男というだけで頭から人の反感を買うような質《たち》の美貌《びぼう》があるものだが、この男の顔立ちにも、そういう嫌《きら》いが多少ある。しじゅう油を沢山つけて綺麗《きれい》に撫《な》でつけているその髪や、あまり動かない表情や、殊更《ことさら》人に見せつけるようにするその整った横顔や、どこかしら実《じつ》のないその目つきが実際以上に彼を女蕩《おんなたら》しに見せるのである。

今将棋に熱中している二人は、先程までこの男を、さんざんからかってからかい飽き、さて将棋をはじめたのであるが、不自由だろうの、もう少しの辛抱だのとからかわれるのには理由がある。同じホテルの食堂に働らいている彼の細君は、初産《ういざん》で里に帰っているのである。

講談本を読み飽きた一人は、給仕服の上着が胸にずり上って、サスペンダアが見えるほどの伸びと欠伸《あくび》とを一緒にした。窓を見る。物干場が早春の雨に濡《ぬ》れている。

椅子《いす》をずらして、好い男の朋輩《ほうばい》に煙草《たばこ》をすすめた。二人は年配もそう違いがない。他に友達のない好い男には、殆《ほと》ど唯一《ゆいいつ》の友達と云《い》っていい。しかしそういう友達にも、なかなか腹を割って話すことのない彼に、煙草をすすめた友は、さりげなくこうきいた。

「まだくわしくきいたことがなかったっけが、君はどうして今の奥さんを貰《もら》ったんだい」

こうきいたのは、今が丁度恰好《かっこう》の頃合《ころあい》でもあり、得がたい機会でもあると思ったからである。

「どうして」という一語には、実は含みがある。初産の間近い細君は、食堂の数ある女給仕のなかでも、一向に見映えのしない容貌である。

むしろ醜いと云ったほうがいい。

美男と醜女をとりあわせた夫婦は、世間にめずらしい例ではないが、今までが腕がいい男であるだけに、この点はしばらく朋輩の首をかしげさせたものである。

好い男の給仕は須臾《しゅゆ》のあいだ、火鉢の上にうつむいて答えない。長い火箸《ひばし》で灰に刺っている吸殻《すいがら》を二三本はさんで他処《よそ》へ移した。やがて心を決めたようにこう言った。

「よし、それじゃあ君にだけ話してしまおう。ここ一年、誰にも黙っていた話だが」

——彼のした話はこうである。

黄道吉日《こうどうきちにち》のその夜から、熱海は殊のほか繁昌《はんじょう》する。わけても秋から春にかけての婚礼の多い季節にはそうである。目貫《めぬき》の通りをいつも我物顔に歩いている二人連れが、人目にもそれとわかる新婚夫婦の一聯隊《れんたい》に出っくわすと、何がなしに道をよけて通るのは、羨望《せんぼう》や面映《おもは》ゆさのためばかりではない。高い玩具《おもちゃ》を売る店の前から子供の目をおおってとおる親のように、かりそめの恋人は女の目がそちらのほうを向かないように苦労する。

さもないと、一時間ののちには女の口から、必ずや結婚の話題が持ち出されるに決っている。女が結婚の話をしだすのは、男が仕事の話をしだすのと同様に、耳に快いものではない。何しろどちらもあんまり専門的な話題だから。

三年前この山の中腹のホテルが接収を解除されて、僕がここのボオイに雇われた当座は、そういう夥《おびただ》しい新婚組を、羨《うらや》ましさの一念で見ていたものだ。一年もたつと、この気持は変って来た。僕は別な目で見るようになった。

男の多くは肩から新型の写真機を下げている。帽子も背広も外套《がいとう》も靴《くつ》も新調という手合が、終戦後二三年もすると大半になった。女はコートの袖《そで》に、肩に掛けない肩掛を畳んで掛けている昔ながらのや、最新流行の帽子と洋服と手提《てさげ》のおそろいのや、色さまざまである。もし同じ手提なり帽子なりの同性に出っくわせば、この痛恨事は新婚旅行の追憶のなかでも最も保《も》ちのいいものとなるであろう。ふしぎと、ほかが新調でない連中も、鞄《かばん》だけは大抵真新らしい。それは今まで大して用のなかった旅行鞄を、この際に誂《あつら》えて、今後のために役立てようというのであろう。

ホテルの庭や石段の中途なんぞで、かれらはしきりに写真をとる。そのポーズは思い出の中では自分がどんな風に見えるかを予《あらかじ》め試しているかのようである。

何という同じような微笑、同じような羞恥《しゅうち》、同じような幸福だろう。僕は人間の野心というものは衆にぬきん出ようとする欲望だが、幸福というものは皆と同じになりたいという欲求だということを理会した。

春なぞは殊に、町中に氾濫《はんらん》するこういう規格品の群に僕は憂鬱《ゆううつ》を感じた。あながち独り者の憂鬱というわけではない。僕だって女を作るのは造作もないし、結婚しようと思えば明日にだってできるのだ。

ホテルで僕の受持の部屋は三階の一号、つまり三百一号室から三百十号室までである。三階には各部屋に、白いペンキを塗った鉄柵《てっさく》のついたバルコニイがせり出している。バルコニイに立つと、熱海市が一望の下に見渡される。それは海へ向ってなだれている家屋の洪水《こうずい》のような眺《なが》めである。洪水だけに濁りに濁って、瓦《かわら》や木片の夥しい漂流物が、ひしめき合って海へ流れ落ちてゆくのが、ある瞬間から永遠に静止して、熱海市を形づくったかのようである。

右方には魚見崎と、その岬《みさき》の鼻をめぐる自動車のとおってくる観魚洞《かんぎょどう》が見え、岬のむこうがわの錦浦《にしきがうら》を抱く更に彼方《かなた》の岬が見える。眺めはこのホテルがいちばんいい。それというのも駅の裏手の九十九折《つづらおり》の坂を上った頂き近くにあるからである。

朝発《あさだ》ちのお客が発ったあと、僕はその部屋を掃除に行く。バルコニイは甚《はなは》だ明るい。その鉄柵は足許《あしもと》に鮮明な影をえがき、見下ろす庭の日時計は午前九時をさしている。日時計のまわりには春蘭《しゅんらん》の叢《むら》が、なかば荒らされて、寝起きの髪のように乱れている。

僕は、お客が発ったあとの部屋を、天気のよい朝、きれいに掃除をするのが好きだ。鼻歌をうたう。息を吐きかけながら磨《みが》いている鏡を拳《こぶし》で軽く叩《たた》く。僕は鏡にこういうのだ。

「こら、お前ゆうべ何を見た。白状しろよ」

僕は衣裳戸棚《いしょうとだな》をあける。戸棚の中は明るみ、内張の板の木目《もくめ》が美しく浮び上る。その埃《ほこり》っぽい一隅《いちぐう》に、怪《け》しからぬものを発見するのもこういう時だ。床撒《とこまき》香水の匂《にお》いが寝台に残っていることもある。僕は寝台にしばらく顔を埋めて陶然としていた。

女の髪が鏡の前に落ちていることもある。僕は自分の指にその髪を巻きつけて、しばらくぼんやりして立っていた。

花聟《はなむこ》たちに僕が嫉妬《しっと》を感じはしないか、と君は言うのか？　そんなことはない。そういう女の移り香に類したものは、僕の独占するところなんだ。僕はいつも自分の女が今帰って行ったところだと想像する。あの丸顔の女も、細面《ほそおもて》の女も、ぽっちゃりした女も、すんなりした女も、みんな嘗《かっ》ては僕の所有物だったような気がして来る。少くとも僕の係のルームに泊った女に関しては、僕は背中の黒子《ほくろ》の在処《ありか》まで知っているような気がするのだ。それが証拠に、帰りがけに大ていの女は、僕のことを、あのことは黙っていてくれ、と言いたげな視線でちらりと見てゆく。あれこそ彼女たちの無意識な視線が犯す最初の不貞だ。

……それは去年の一月末の土曜日のことである。

土曜でもあり、吉日でもあり、その日の東京は婚礼で賑《にぎ》わったらしかった。ホテルの予約も一週間前から一杯である。披露宴《ひろうえん》の途中で席を外してやって来るのが常であるが、何やかやで、到着は早くて十時、おそければ終電車になる。この時刻前にやって来るのは、披露をお茶の会ですませた簡便なお客である。

十一時半到着を出迎えた車が、駅のほうから急坂をのぼって来た。その赤いテールランプが夜風にさやいでいる植込みにかこまれた玄関の砂利道をしめやかに伝わって来た。

残るところは三百一号のお客だけである。僕はフロントへ下りて、玄関を出て自動車の扉《とびら》をあけた。今晩は戸外は可成《かなり》寒い。

下りて来たのは月並の実業家タイプである。焦茶《こげちゃ》の外套に細かい格子縞《こうしじま》のマフラーをして、美食のために万事大儀そうになった体つきをした、五十五六の無髯《むぜん》の男である。あとから、黒のアストラカンの外套を着た女が下りて来た。きいた話だが、本物のアストラカンは、世間で女の贅沢《ぜいたく》の標本のようにいうミンクより高いのだそうだね。

女の外套は襟《えり》が海芋《かいう》の花のような形に項《うなじ》を覆《おお》うているので、その顔は恰《あた》かも黒い背景の前に置かれたように鮮やかである。先に下りた男は振向きもしないでとっとと歩いてゆく。女が下りようとしたとき、外套が扉の蝶番《ちょうつがい》に引掛った。僕はすぐ気がついて外してやった。女はにっこりして、どうも、と言った。

玄関前には勿論燈《もちろんあかり》が零《こぼ》れている。門燈《もんとう》もある。しかし横附にならない車の脇《わき》は仄暗《ほのぐら》い。僕は笑った女の歯が、ほのかに白くきらめくのを見て、何てきれいな歯をしていやがると思った。

女はすぐ男に追いついた。僕は鞠躬如《きっきゅうじょ》として鞄を下げて、三階へ二人を案内した。男は自動車会社の専務取締役だそうである。

三百一号室は必ずしもいちばん高価な部屋ではない。しかし二間つづきの二百一号室の陰気さに比べると、この部屋のほうがはるかに美しくて居心地がいい。少くとも僕の受持のルームでは、眺めのよさから云っても、一番である。

女は外套のまま、窓のところへ行って、スチームの蒸気で曇った窓硝子《まどガラス》を、手袋の手の甲で小さく拭《ぬぐ》った。その落着き払った様子から、僕は二号さんだなと判定した。

終戦後、成金のお客の中には、僕たちを、何となく煙ったそうに見る人が多かった。無視するふりをしても僕たちを意識せずにいられないお客が多かった。しかしさすがに今日の専務はそうではない。彼は育ちのよさの証拠として、僕を空気のようにしか見ない。

僕たちはまた、(少くとも男のお客には)、空気のように扱われるのが好きだ。感情が入ってくると、それがむこうでは好意のつもりでも、却《かえ》って僕たちは反撥《はんぱつ》を感ずる。友達扱いをしてくれるお客は、そのお礼に、軽蔑《けいべつ》してやる。お客が行きすぎた丁寧な態度をとると、行きすぎた威張り方以上に、僕たちは、馬鹿《ばか》にされたような感じをうける。裁判だって検事が被告よりおどおどしていたらおかしいだろう。要はお互いの人生の役割を尊重することだ。

三百一号室のお客は、すぐハイボールを注文した。僕はバアはもうおしまいだから、麦酒《ビール》にしてもらえないかと、言った。お客はおとなしく、それでよろしい、と言った。

女は外套を脱いで、英国物らしい格子縞の旅行服でくつろいでいた。珊瑚《さんご》の細くて長いシガレット・ホールダアを、同じ珊瑚いろに染めた爪先《つまさき》で摘《つま》むように持って、煙草を吹かしている。光線の加減かその顔は暗い。僕には何故《なぜ》かしら、丁度僕の真正面にある女の視線が気になった。

男は何でも先に立って自分で決めてしまって、あとで女の意志に気のつくたちらしい。その閨房《けいぼう》が想像されようというものである。ふと気がついたように、女にこう訊《き》いた。

「麦酒でいいかね」

女は小さい煙の固まりを吐いてから、ひどく感興なげにこう言った。

「いや」

「じゃあ、サイダーでもたのむか」

「……いいわ。麦酒でもいい」

そのとき女の煙草の灰は、可成堆《うずたか》くなっていた。僕はそれに気がついたので、

「あ、お煙草の灰が……」

と言おうとした。しかし言わぬさきに女のほうで気がついたものらしい。そのまま
シガレット・ホールダアを卓上の灰落しの上へ持って来ようとした。

ところで僕の言おうとした言葉は、あ、というただの一句の感嘆詞で終りになった。

男が怪訝《けげん》そうに僕の顔を見上げた。

煙草の灰は、動かして捨てるにはあまりに堆い。崩れたのがスカートに落ちてしまった。

男はそれに気がつかないで、感嘆詞ばかりが気になったと見えて、僕にこうきいた。

「何だい？」

「は……」——僕はためらわずに、じっと女を見詰めて言った。「のちほど、ブラシをおかけしておきますから」

僕の視線を辿《たど》ってはじめて女のほうへ顔をむけた男は、意味もなしに笑っている女

を見た。再び僕へ向けた男の目には不興気な色が動いた。僕らしくもなく少しばかり出過ぎたことに僕は気がついた。そこでなるべく早く部屋を逃げ出した。

女が僕の噂《うわさ》をして笑っている声を背後に聴くような妄想《もうそう》が起ったが、これはいつもの僕に似合わず、少しばかり苦痛であった。俺《おれ》あここんところすこし飢えてるな、と僕は思った。

しかし二度目に麦酒を持って入って行ったときは何事もなかった。今度は僕も、柄《がら》にもなく伏目勝ちでとおしたから。

こうした一夜の夜更《よふ》けの廊下は、一種荘厳なものである。めったなことでは、もう呼鈴も鳴らない。その深閑とした廊下に立って、鍵《かぎ》を下ろした「僕の」部屋々々のドアを眺めていると、僕には奇妙な滑稽《こっけい》な聯想がうかぶ。それらのドアが一つ一つのパン焼き炉のように思われるのである。僕は手を拱《こまね》いて、パンの焼けるのを待っているような気がする。こんなことを呟《つぶや》いたりする。

「ふふん、あの炉に入れておいたパンはもう焼けたかな」

あくる朝は薄曇りである。食堂へ案内してゆくと、ほかのボオイもほかのお客を案内してくる。そのどれもが一目瞭然《りょうぜん》たる新婚夫婦である。おかげで食堂はひどく大人しい。しかし一人の勇敢な花聟が、お嫁さんの最初の朝食を記念したかったものか、上着にナプキンを引っかけたまま、写真機のケースをひらいて立上ったときは、かすかに上品な失笑がそこかしこで起った。

僕はいちばんあとから三百一号のお客を食堂に案内した。女はゆうべより心もち目がさえざえとして、眼《め》の白いところが青みがかってみえる。ゆうべは気がつかなかったが、脚が実に美しい。牝鹿《めじか》のような引締った踝《くるぶし》の形が、強く「動物」を感じさせる。

僕の役目といえば、お客を食堂まで案内すれば足りるのである。あとは食堂の女の子の役目だ。女給仕たちは唐代のそれを摸《も》した四君子《しくんし》の刺繡《ししゅう》をはめこんだ壁の前に、水あさぎの制服にエプロンで身を包んで、俑《よう》のように無表情に立っている。己惚《うぬぼ》れではないが、いつも僕がちらりと食堂に姿を見せると、彼女たちのあいだに、無表情なまま、お互いを牽制《けんせい》する電波が働らくのがわかる。なかにはウインクをしてみせる大胆なのもいるくらいだ。

僕はその朝に限って食堂を立去りかねた。朝の食堂は三百一号室のための一卓をのこして、悉《ことごと》く新婚夫婦で占められていた。その間をとおって自分の卓まで歩くあいだ、三百一号の女は毫《ごう》も臆《おく》したところがない。と謂《い》って虚勢を張っているのでもない。そこらの卓の青二才の良人《おっと》とちがって、貫禄《かんろく》十分の男を先に立てて歩いているせいかもしれないが、それにしても、女の貫禄も気品も相当なものだ。

僕はそこまで見届けてから、部屋を片附けに三階へ上った。階段を上りながら考えた。

『ありゃあもしかすると、本当の夫婦かもしれねえな。誰かにきいたが、毎晩他人のような顔をして家を出て、前以《もっ》てしめし合わせた同じカフエへ遊びに行って、やあしばらく、御無沙汰《ごぶさた》しました。となつかしそうな挨拶《あいさつ》をして、それから肩を並べて我家へかえって、牛乳風呂《ぶろ》に入ってからでないと、寝られない夫婦がいるというが、あれも自分の奥さんをお妾《めかけ》風に飾り立てて喜んでいるのかもしれねえな』

部屋の片附がすんで、給仕部屋へゆくべきなのが、僕は又何となく気になってフロントへ行った。こんなことはついぞないことである。

もう食事はすんでいる。二人はラウンジにいて、マネージャアと話している。女が立上った。話に退屈して、さりげなく席を外した様子である。

女はフロントの人の会釈《えしゃく》に軽く応《こた》えて、売場の絵葉書なんぞを、いかにも興味のなさそうに眺めている。丁度僕の前までやって来て、(女は僕の前まで来るために、絵葉書の前でわざとゆっくり立止ったりしたにちがいない)こう訊いた。

「庭はどちらから出るの？」

「は」と僕は快活な声を出した。この声の若さと胸の金釦《きんボタン》との釣合《つりあい》に僕は自信があった。

「只今《ただいま》ラウンジからのドアが閉っておりますので、玄関のほうから御案内いたします」

僕は職業的な快活さで先に立った。白瀝青塗《ペンキ》りの枝折戸《しおりど》を押して、薄日のあたり出した小さい庭に案内した。冬薔薇《ばら》の花びらが石畳に落ちていた。日影は日時計の時を刻むに足りない。

一劃《いっかく》に白い山茶花《さざんか》が花をひらいている。これはさる米国高官の夫人が、帰国に当って手ずから植えて行かれたものである。

女は壁をおおう赤く枯れ果てた蔦《つた》の前に立止った。山茶花の花に興味をもちそうな女ではない。近眼なのか、すこし目を細めて熱海の町の積み重なった家を眺めた。海は曇って水平線は定かでない。

僕は枝折戸をあけて身を退《ひ》いた。もうとっとと踵《きびす》をめぐらすべきだ。しかしあと二三秒でもいいから、ここに女と二人で、誰からも見られずにいたかったのである。

女が煙草《たばこ》を出して、シガレット・ホールダアに挿《さ》し込むと、僕にもケースからすすめてくれた。僕は慇懃《いんぎん》に辞退した。そして自分のサーヴィスの仕事を与えられたうれしさから、いそいそとホテルの燐寸《マッチ》を擦《す》った。

「よく気がつくのね」

それは女がはじめて僕に言った個人的な言葉である。僕は年甲斐《としがい》もなく真赧《まっか》になった。

「は」

「ここにもう永くいらっしゃるの？」

「は。接収が解除されてからずっとおります」

「そう」女は白い柵に凭《よ》った。僕は、失礼いたします、と言って、頭を下げて、逃げかえった。女がありがとうと言ったかどうか、それは記憶にない。

三百一号のお客が発ったのは、その日の午後のことである。雲は濃くなり、雪の少ない熱海では、雨になりそうな空模様である。

この時刻にはホテルは静かである。泊り客は遊びに出かけているか、昼寝をしているか、どちらかである。

僕は三百一号室を片附けに行った。するとえもいわれぬ好い薫りがした。

僕たちボオイという職業は、いわば想像力の権化《ごんげ》なのだ。毎日目の前に並べられるトランプの裏ばかり見て暮しているので、引くり返さないでも、表の数字が読めるようになる。僕は曇り日に仄暗いホテルの一室を見まわした。すると女がその週末の一日をここでどう暮したかが、ありありと目に映るような気がした。いつものように衣裳戸棚をあける。空っぽになった仏蘭西《フランス》香水「夜間飛行」の壜《びん》がころがっている。

その壜の口を鼻におしあてて、僕は呆然《ぼうぜん》とバルコニイへ出た。しらぬ間に雨が降っている。細かい、しかし異様に冷たい雨である。はるか眼下の熱海駅のプラットホームの露天の部分が、はや黒く濡《ぬ》れている。

僕はいつもは決してやらない馬鹿な真似《まね》をしてみたい気持になった。女の寝た床に寝て、女の髪の流れた枕《まくら》を抱いてみたいという気になったのである。

それには万一朋輩《ほうばい》に見つかっては具合がわるい。部屋の鍵をかけに行こうと思った。泊り客は大ていルーム・キイを卓に置いて発ってゆく。301号という鍵がなければならない。

しかし部屋中どこを引くり返してみても、鍵は見つからない。フロントへ返したのかと考えて、フロントへききに行ったが、そうではない。女は鍵をまちがえて持ち帰ったにちがいない。手提《てさげ》の中へでも入れておくと、帰りがけに返すのを忘れることはあり勝ちである。

どうしても鍵が見当らないとなって、僕にはかすかな希望が生じた。女とまだ縁の切れていない証拠のような気がしたのである。

——僕は簡単な文面の葉書を書いた。それはこうである。

「先日は御宿泊いただきまして、ありがとうございます。その際御部屋の鍵を御持ちかえりになりませんでしょうか？　失礼を顧みず、御伺いいたします。万一御持ちかえりの場合は、御返送賜われば倖《しあわ》せでございます」

僕はフロントに行って宿帳を繰った。

東京都渋谷区松濤《しょうとう》町十番地　藤沢源吾　他一名

と書いてある。葉書は藤沢様という宛名《あてな》で出した。三百一号室の責任は僕にある。従って鍵の保管の責任も僕にある。こういう葉書を出すのは当然の処置でなければならない。

君はお客に鍵を持って行かれた経験はないかね？　こんな場合、僕のやったことは、ボオイとしての分をこえたやり方だろうか？　たとえば藤沢夫人が他にいて、この葉書を楯《たて》に旦那《だんな》に喰《く》ってかかることもありうるだろうじゃないか？　旦那にかかった迷惑は、ホテルが折角獲得した華客《とくい》を、失わせることにもなろうじゃないか？　その損失は鍵一本の値打には代えられないわけではないか？

とはいえ、僕は、これがとりうべき唯一《ゆいいつ》の処置だったと信じている。宿帳記載の住所そのものが、どこまで本当かわからないのに、それから先の心配までするのは愚だ。……本当のことを云《い》おうか？　実は僕は葉書の宛名に女の名を書きたかったのだ。宿帳にそれがなかったことは、僕には業腹《ごうはら》だったのだ。堂々と男の宛名で出した以上、僕の嫉妬《しっと》は、男が山の神にいじめられる情景をさえ、多少の期待を以て想像していたのだ。

葉書を出したのが一月の末である。

返事はなかなか来なかった。一週間たち十日たつうちに、僕は何も待たないようになった。合鍵が新たに作られ、マネージャアのお叱言《こごと》も別になかった。僕は徐々にあの女に対して抱《いだ》いた夢を、ほんの座興と考えるほうに傾いた。

二月十四日のことである。薬品見本のような小さな小包が僕の宛名で届いた。僕があの葉書に捺《お》されたホテルのゴム印の傍《かたわ》らに、自分の名を書いておいたことはいうまでもない。しかしこの小包の差出人の名が僕を狂喜させた。それは藤沢源吾ではない。藤沢頼子《よりこ》だったのである。

僕は朋輩の前からその小包をつかんで、一人になろうと急いだ。僕の心は頼子の名を呼んだ。呼びながら別の疑惑のとりこになった。

『この頼子という名が、あの女の名だという証拠がどこにあるんだ』

ホテルの裏手はそそり立った石垣《いしがき》である。僕はそこへ出て、枯草の日だまりに腰を下ろした。そこは丁度ホテルの棟をつなぐ低い歩廊の上からさす日光が、石室《いしむろ》のように石垣の凹《へこ》んだ一劃を温めているところである。冬の蠅《はえ》が僕の手の甲を離れない。はたき落して靴《くつ》でふみにじったが、蠅はかさかさして、脱《ぬ》け殻《がら》をつぶしたかのようである。

小包は念入りに結えてある。僕は歯でもって紐《ひも》をちぎった。出て来たのはルームの鍵一つである。しかも見馴《みな》れない鍵である。来宮《きのみや》のほうに今度新らしく出来たホテルの鍵である。僕はがっかりして舌打ちした。

『ちょっ。さんざんじらしておいて、今度は鍵をまちがえて来やがる。あの女はよっぽどそそっかしいのか、それとも鍵の蒐集家《しゅうしゅうか》なんだな』

僕は自分で吹きだしそうになるほどひどく不機嫌《ふきげん》な顔で、その鍵をひっくりかえして見ていた。それから立上って、青い冬空高く放り上げて、うけとめた。鍵は掌《てのひら》に落ちて鎖の音を立てた。掌がひどく痛い。

ホテルの鍵はどこのも同じだとみえて、鍵の形といい、真鍮《しんちゅう》の鎖といい、鎖についた堅紙の番号札といい、楽々《らくらく》ホテルというその白字をのぞけばほとんど僕たちのホテルのやつと変りがない。ふと僕は番号をしらべてみた。黒で太く217という数字が読まれた。二階なんだな、と僕は思った。

そのとき2と17との間に、何かあとから引いた紅《あか》い線があることに気づいた。粗いチョークのような線である。しかしその油脂質の紅がチョークの赤ではない。僕は目を近づけて点検した。それは口紅で書いた線である。

僕は2と17を分けるこの謎解《なぞと》きに熱中した。わからない。やがて夕食の時間になり、多忙のためにそれどころではなくなった。頭はたえずそのことに膠着《こうちゃく》している。お客に二三とんちんかんな受け答えをしたのもそのためである。夜、給仕室に落ちついてからも、僕は誰にも打明けずに、一人でこの謎を解こうと試みた。君たちの猥談《わいだん》の仲間入りも、その晩はことさら避けた。

思いあぐねてふと僕は、壁に貼《は》られている大阪のカレンダアを見上げた。雪景色の三色版の下に、二月の七曜が大々と刷られている。今日は二月十四日、明日は十五日、明後日は十六日の月曜である。その明る日は、そうだ、2月17日だ。

僕は思わず声をあげた。君たちはふりむいた。しかし僕の心がこのときどんなに立ちさわいだか、君たちは想像もしなかった……。

この三日間を僕はどんなに待ちこがれたろう。火曜になれば、週末の客はすっかり帰って、僕は手が空く筈《はず》である。そこまで考えてくれているとすれば、思い遣《や》りの深さは並々ではない。

僕は三百一号室を偏愛するようになった。週末の客が月曜の朝やっと帰ってくれたときは、その部屋が僕の手にかえったように喜んだ。僕は今しがたまであの女がこの部屋にいたところを想像した。羽根蒲団《ぶとん》に顔を埋め、それを抱きしめた。あまりに巨《こ》細《さい》にわたる想像に疲れ果てて、僕は病気になりそうな気がした。

火曜の晩が来たので、僕は君に留守をたのんでホテルを脱け出した。君もおぼえているだろうが、花嫁候補を連れて伯父が熱海の旅館へ来ている、僕は気がないのだが、一応挨拶に出ねばならぬ、というのを口実にしたっけね。あのとき君は快く、行って来いと言ってくれた。

幸い僕たちの稼業《かぎょう》では、粧《めか》し方が目立たない。僕がそわそわ出てゆくさまを見ても、君は格別冷やかさなかった。身だしなみはボオイ修業の第一課だから。

しかし僕はあの日、朝から何度となく鏡を見に行かずにはいられなかった。髪には百遍も櫛《くし》を入れ、(笑わないでくれ)、ほつれ毛にはそっとポマードを塗った。それでどうやら僕の満足する男前に仕上った。この上、熱海の洋服屋のぶら下りなんかを着て行っては、折角の男前が台無しになってしまう。それならいっそこの身に着いた給仕服のほうがいい。僕はマフラーを小粋《こいき》に巻き、外套《がいとう》の袖《そで》に腕をつっこむと、ホテルから駅へむかう急坂を駈《か》け下りた。

海の上に出ている下弦の月が、別荘の軒端《のきば》に見えた。今宵《こよい》熱海市は奇妙に静かである。人出の満干のはげしい町なので、今宵は干潮に当っているのであろう。

駅前の公衆電話で、僕は楽々ホテルへ電話をかけ、藤沢頼子の在否をたしかめるつもりであった。公衆電話は立てこんでいる。うろうろしている僕の目の前に車が止った。気がせくままに楽々ホテルの名を言うと、乗り馴れないタクシーに飛び乗った。

その晩の熱海の町の何と美しく見えたことか。

霧というのではない。気流の加減か何かで温泉の湯気が低く街をおおい、目に映るものが皆あたたかに潤《うる》んでみえる。車とすれちがう娘の虹《にじ》いろの襟巻《えりまき》も潤んでみえる。土産物の店の居並んだ羊羹《ようかん》の箱だとか、椿油《つばきあぶら》の淡黄の罎《びん》だとか、あらゆるものが潤んでみえる。わけても果物屋の店頭は美しい。蜜柑《みかん》、林檎《りんご》、バナナ、柿《かき》、檸檬《レモン》、それらの光沢と色彩のあざやかさは、まるでこの世のものではないかのようだ。

車はやがて川を渡って右折した。暗い急坂を、けだるい音を立ててのぼりはじめた。楽々ホテルは旧宮家の別業である。古風な冠木門《かぶきもん》の中に深い木立に囲まれた砂利道があり、のびやかな馬車廻《まわ》しがある。僕はフロントへまっすぐに向って、いきなりこう訊《き》いた。

「藤沢頼子さんという方、泊っていらっしゃいましょうか」

僕の訊き方には多少卑屈な翳《かげ》がなかったのでもないらしい。フロントの中年男は、（いわば旧宮家の執事という貫禄だったが）、すぐには返事をせずに、僕を一瞥《いちべつ》しておいて、少々お待ち下さい、と言った。電話をかけている。電話はいっかな通じない。僕は次第にいらいらして来た。

奥で帳簿をいじっている老人が、眼鏡を光らせて、顔をあげてこう言った。

「藤沢さんは今ラウンジへいらしたようですよ」

この瞬間の僕の喜びを察してもらいたい。ホテルの部屋々々の位置は心得ているので、ラウンジがどこにあるか迷いはしない。僕はラウンジの扉《とびら》をあけた。

四五人の客が撞球《どうきゅう》台のまわりにいた。奥の煖炉《だんろ》に火があかあかと燃えている。その傍らの安楽椅子《いす》に、あの女が、膝《ひざ》の前の小卓には紅茶茶碗《ぢゃわん》を置き、膝にはライフらしい大阪の雑誌をひろげて、鷹揚《おうよう》に掛けていた。

僕を見るとにっこりして、雑誌を前の小卓に置いた。煖炉のもう一方の側の椅子を指さして、どうぞと言った。

僕の膝は、椅子に掛けると同時に、本当に慄《ふる》えだした。薪《まき》の香ばしい火の匂《にお》いにもまぎれずに、例の「夜間飛行」の薫りをかいだからである。

女は旅行着のスーツである。色は流行の葡萄酒色《ぶどうしゅいろ》である。首に漆黒のスカーフを巻き、金色のブローチをつけている。髪の形が前とかわって、仏陀《ぶつだ》の髪のようにうねって高い。

僕は何も言わずにいた。女も何も言わない。言わなくともわかっているからである。ようやく僕は、あたりを見まわしてから小声できいた。

「あなた、お一人ですか？」

「一人よ。どうして」

女は物に動じない様子で、目だけを丸くしてみせた。

「あなた外套をお脱ぎになったら？　火のそばであつくないこと？」

「脱げないんです」

僕は釦《ボタン》を外して、ちらりと白い上着を見せた。女ははじめて心おきなく笑った。その笑いには少しも反感を起させるような要素がなく、自分の試みた悪戯《いたずら》が一つ一つツボにはまるのを喜んでいる子供のような笑いである。

それから女はボオイを呼んで、ハイボールを注文した。注文し了《おわ》ってから、僕にきいた。

「麦酒《ビール》のほうがよかったこと？」

僕は笑って、女のさし出す煙草を遠慮なく受けとった。煙草に関する限り僕たちは贅沢《ぜいたく》である。外人が心附代りにしじゅう外国煙草をくれるからである。しかし女のすすめたのは、切口の楕円《だえん》形をした珍らしい土耳古《トルコ》煙草である。

僕たちは酒を待つあいだ、しばらく黙って煙草を喫《の》んだ。気がつくと、僕の煙草の火口《ほくち》から灰が外套の膝に落ちて散らばった。女がそれの落ちるまでわざと黙っていたのである。

酒を呑《の》みおわる。女が部屋へ行かないかという。その椅子から立上るとき、また僕ははげしい動悸《どうき》がした。

二百十七号室、その前まで来て僕は突然嫉妬にかられた。女が以前誰とこの部屋へ泊ったかをききたくて仕方がない。それを抑えたのは僕のボオイ根性というよりは、それを言ったら女の機嫌《きげん》が悪くなりはしないかという迷信である。

扉があく。部屋の奥に、少し仰向いて、電燈《でんとう》をあかあかと映している鏡が見える。

「鍵《かぎ》をかけて頂戴《ちょうだい》。もっていらっしゃるでしょ」

と女が言った。

その晩自分のホテルへかえったのは十二時ちかくである。僕は外套のポケットに三百一号の鍵を握っていた。別れぎわに女が何も言わずに、笑いながら手渡してくれたものがこれである。瞬間、僕は心附をくれるのかと思って、怒りと羞恥《しゅうち》の血が頭に昇った。

三百一号はきょうは客がない。

僕は女に返してもらった懐《なつか》しい鍵を鍵穴に宛《あて》がった。鍵がかかっているわけではない。ほんの儀式のような気持で、鍵を宛がって開けたのである。

僕はわざと灯をつけない。月光なんぞが流れ入っていたわけではない。しかし外燈やホテルの標識のネオンの明りで、灯はつけずとも、室内はおぼろげに見える。寝台の上は深閑としている。まだ火照《ほて》りの残っている体を、その上に大の字に横たえた。

スチームが孤《ひと》りで金属的な呟《つぶや》きを立てている。僕の心は、夢見心地の果てにまで行き着いた。三百一号の鍵は、もう三百一と読むことはできない。もはや僕には三月一日としか読むことができない。女が黙って渡したのは、そう読めというしるしである。

あと半月、その日こそ永年手塩にかけたこの部屋で僕が公然と女を抱くことのできる日である。女は呼鈴を鳴らすだろう。そのたびにお客と給仕はまず抱き合うだろう。

他の部屋のお客たちが寝静まると、僕は自分の部屋へかえるように、ノックもせずにこの三百一号室へ入って行くだろう。

僕は又しても想像の恣意《しい》にかられて立上った。

浴室にだけ灯を点じた。眩《まば》ゆい浴室を見まわした。ふとシャワーの栓《せん》をひねってみて、飛び退《の》いた。シャワーは光りを浴びて、円形の驟雨《しゅうう》をそそいだ。それは温湯のシャワーである。

白い湯気がその驟雨の中に立ち迷い、これを浴びている人の姿を髣髴《ほうふつ》とさせた。僕はほとんどこのおぼろげな飛沫《ひまつ》の中に、頼子の一糸まとわない姿を見たのである。

三月一日の一週間前に、藤沢頼子の名で三百一号室の予約があったことをフロントから知らされたとき、僕の夢はもう夢ではなくなった。わざわざフロントへ予定表を見に行った。入学通知をうけていながら合格発表を見に学校へ出かけてゆく学生の気持である。向う一ヶ月の予定表には、何日何時何号室アーサー様他一名、何日何時何号室宮崎様他一名、という風に書き込まれている。三月一日午後十一時半三百一号室藤沢頼子様とあるだけで、「他一名様」がなかったことは、僕を有頂天にさせるに足りた。

三月一日は雪になった。東京は可成《かなり》の大雪だそうである。熱海は午前中にちらほら降り、夜に入ってまた降り出したという程度である。しかし僕は大そう心痛した。この雪で女の予定が崩れはしないかと危ぶまれる。現に午後に入って、電話でキャンセルしてきたお客が二組ある。

僕は塵《ちり》一つとどめぬばかりに掃除をした三百一号室に何度も出たり入ったりした。十一時半になった。露台に出てみると、一台のハイヤーが九十九折《つづらおり》の急坂を赤いテールランプをまたたかせて上って来るのがみえる。

その日ほかのお客にも、この時を慮《おもんぱか》って、サーヴィス過剰にしておいたので、僕が逸早《いちはや》く蝙蝠傘《こうもりがさ》をひらいて玄関前へ出ていても、誰もあやしむ人はなかった筈である。すでに熱海市中のほうぼうをまわって来たとみえて、屋根にうすく雪をいただいた車が、しめやかに砂利を犇《ひし》めかせて前庭に入ってくる。僕は走り寄って車の扉をあけた。

先に下りてきたのはいつかの月並な実業家である。車のかしぐほどに乱暴に下りると、僕に鞄《かばん》を托《たく》して、とっとと先に立った。次いで下りたのが、黒のアストラカンの外套を着た例の女である。

女は美しい横顔を見せて雪のなかに下り立った。

僕が傘をさしかけた。

女は軽い会釈《えしゃく》をして玄関のほうへ歩きだした。それきりである。

話はこれで終るのではない。

その一昼夜、とうとう僕はやさしい言葉はおろか、笑顔ひとつ女から見せてもらえなかった。女は全く隙《すき》を見せない。前のように男から離れて一人で庭へ出る様子もない。明る日は雪晴れののどかな日和《ひより》であったのに、女はほとんど外へ出なかった。そして昼日中《ひなか》、三百一号室の鍵の閉められていることがあった。

僕は大そう苦しんだ。しかし僕も男である。その晩はどうにも寝られなかったが、明る日はあくまでお客として、冷静で行き届いたサーヴィスをして送り出した。

三百一号室の鍵がまた見あたらないのに気がついたのは、かれらが発《た》って二時間ほどしてのちのことである。あの部屋に興味を失った僕は、後片付を怠っていたのである。

部屋中の抽斗《ひきだし》を繰り出して鍵をさがしているあいだ、僕の胸には心ならずも、悪気《さむけ》のような希望が走った。

『もしかして……又前のように』

僕は今度は新造の合鍵もあることだし、一つ失《な》くなってもちっとも不自由しはしないと考えた。すべてが元へ戻っただけのことである。

二日たち三日たった。

三百一号室は人気のある部屋である。お客は入れかわり立ちかわりして、鍵の用は前とそっくりの合鍵で事足りている。

三日たち四日たった。

とうとう僕は女に手紙を書いた。その何度も書き直した手紙を破って、何も書かずに置こうと思った。しかし結局、簡単な文面の葉書を出した。

「先日は御来泊下さいましてありがとうございます。さて早速無躾《ぶしつけ》ながら、御宿泊の御部屋の鍵をお持ち帰りにはなりませんでしょうか？　もし御持ち帰りの場合は、早速御返送いただければ、幸甚《こうじん》に存じます」

＊＊＊

「それで結局返事は来たのか」

そう友達がきいたのは、そこで話し手が語を切って、黙ってしまったからである。

「いや、来ない。一ト月待ったけれど来なかった。そのすぐあとだった」

と好《い》い男のボオイは言った。
「僕が今の女房と結婚したのは」

（昭和二十七年一月『文藝春秋』）

真夏の死

夏の豪華な真盛の間には、われらはより深く死に動かされる。

ボオドレエル「人工楽園」

Ａ海岸は伊豆半島の南端に近く、まだ俗化されない好個の海水浴場である。海底の凹凸《おうとつ》が多く、波がやや荒いほかは、水の清らかさも遠浅であることも海水浴に適している。ここが湘南《しょうなん》地方の海岸ほど殷賑《いんしん》をきわめていないのは、ひとえに交通の不便な点に懸っている。そこへ行くには、伊東から乗合自動車で二時間を要した。

宿はほとんど永楽荘一軒とその貸別荘だけで、夏の砂浜を醜くする葦簀《よしず》張りの店も、一二軒出るにすぎない。白いゆたかな砂浜は美しく、浜の中央に松を戴《いただ》いた岩山が、築山《つきやま》のように人工的な姿で海へ迫っている。満潮になると、波がこの岩山の半ばを濡《ぬ》らした。

海岸の眺望《ちょうぼう》はいかにも美《よ》かった。西風が吹くと海上の靄《もや》は吹き払われ、沖の島々がはっきりと見える。大島は近く、利島《としま》は遠い。その間に、鵜利根《うとね》島という小さい三角の島が見える。南には七子《ななご》のささやかな突端のむこうに、おなじ万蔵山が海中に深く下ろした根の一方である堺《さかい》の岬《みさき》があり、そのかなた、谷津の龍宮《りゅうぐう》と呼ばれる岬と爪木《つめき》ヶ崎《さき》がたたなわり、夜になるとその南端に廻転《かいてん》式燈台《とうだい》の明りが見えた。

生田《いくた》朝子《ともこ》は永楽荘の一室で午睡をしていた。彼女は三児の母である。薄い鮭紅色《さけべにいろ》のリネンで仕立てたやや短か目のワンピースから、膝頭《ひざがしら》を出している寝姿は、とてもそうは見えない。小肥《こぶと》りした腕にも、やつれのない寝顔にも、すこしまくれた唇《くちびる》にも、稚《おさ》なさが溢《あふ》れている。大そう暑いので、額と小鼻のわきには汗が滲《にじ》み出ている。かすかな蝿《はえ》の唸《うな》りのなか、灼熱《しゃくねつ》した鐘の内部のような大気のなかで、その鮭紅色のリネンの腹部は、風の落ちた午後のものうさをそのままに、柔かく高まり低まりして呼吸《いき》をしていた。

宿の客たちはほとんど海へ出払っていた。朝子の部屋は二階である。窓の下には、白く塗った子供用のぶらんこがある。四百坪の芝生の上に、白瀝青《ペンキ》塗りの椅子《いす》がある。卓がある。輪投げの台がある。輪は芝生の上に無造作にころがっている。庭には誰もいず、時折まよい込んでくる蜂《はち》の羽音を、生垣《いけがき》のむこうの海の波音が打消した。生垣のすぐ外は松林である。これが直ちに砂浜につづき、波打際《なみうちぎわ》につづいている。一本の川が宿の床下を貫流して、海へ注ごうとして澱《よど》んでいるところに、毎日午後になると、十四五羽の鵞鳥《がちょう》が放されて、餌《え》を啄《ついば》んで、品のわるい声で啼《な》き交わした。

朝子の三児は、六歳の清雄を頭《かしら》に、五歳の啓子、三歳の克雄である。三人とも良人《おっと》の妹の安枝《やすえ》に伴われて海へ出ている。朝子が午睡のあいだの守《もり》を、遠慮のない安枝にたのんだのである。

安枝は老嬢である。長女が生れたとき、育児に手のまわりかねた朝子は、良人と相談して、安枝を郷里の小都会から東京の田園調布の生田家へ引取った。安枝の婚期のおくれたのには、これと言って理由があるのではない。顔だちも、色気こそないが、そう醜いというのではない。漫然と縁談をことわっているうちに、いつか婚期をすぎていたのである。彼女は兄を憧《あこが》れて東京の生活をしたがっていたが、家では国元の有力者へ片附けたがった。嫂《あによめ》の勧誘は渡りに舟であった。

安枝は気がきかなかったが、気立てはまことによかった。年下の朝子を、姉さんと呼んで、ことごとに立てるのを忘れない。郷里の金沢の訛《なま》りはそう耳立つほどではない。家事や子供の守を手つだうかたわら、兄に洋裁を習わしてもらって、このごろでは自分の着るものはもちろん、朝子や子供たちの洋服も安枝が仕立てた。銀座へ出て新らしい型を飾窓に見つけると、すぐ手帖《てちょう》を出して写生をするので、店員に見咎《みとが》められて苦情を言われたことがある。

安枝は緑いろの新型の水着を着て浜辺へ出ていた。こればかりは自分の仕立てではなく、百貨店で買ったのである。北国の白い肌《はだ》を大そういたわっているので、ほとんど日焦《ひや》けの跡が認められない。水から出るとすぐ傘《かさ》の下へ入るのである。子供三人が波打際で砂の城を築いているので、彼女も戯《たわむ》れに水を含んだ砂を、白く光る太腿《ふともも》の上に滴《したた》らした。砂は忽《たちま》ち乾いて、貝類の微細な砕片をきらめかせた黒いふしぎな紋様を、腿の上にえがいて静まった。それがとれなくなるような恐怖にかられたものか、安枝はいそいで手でこれを拭《ふ》きとった。すると半透明の小さな浜虫が、砂の中から跳び出して駈《か》け去った。

安枝は手をうしろに支え、足はのびのびとのばして沖を眺《なが》めた。積乱雲が夥《おびただ》しく湧《わ》いている。そのいかめしい静けさは限りなく、あたりのざわめきも波のひびきも、雲のかがやく荘厳な沈黙の中に吸いとられてしまうように思われる。

夏はたけなわである。烈《はげ》しい太陽光線にはほとんど憤怒《ふんぬ》があった。

三人の子供は砂の城を築くのに飽きた。汀《なぎさ》の余波《なごり》を蹴《け》ちらして駈け出した。これを見ると、安枝は今まで陥っていた自分一人の安逸な世界から目をさまして、立上って子供たちを追った。

しかし子供たちは危険を冒さなかった。波の鳴動を怖《おそ》れていたのである。波が崩れ、押し寄せて来て、また引返すところに、いつも浅い緩慢な渦《うず》が逆巻いている。清雄と啓子は手をつないで、胸のあたりまである水に立って、身のまわりに差引する水の力に抵抗し、足の裏のまわりに引いてゆく砂の力に抵抗するおもしろさに、目をかがやかせてじっとしていた。

「ほら、誰か引張ってるみたいだね」

そう小さい兄は言った。

安枝はそのそばまで行って、それ以上深いところへ行ってはならないと戒めた。汀に一人のこっている克雄を指さして、弟を置いてきぼりにしておかないで、早く上って遊ぶようにと言った。清雄と啓子はいうことをきかなかった。またしても引きぎわの砂が足の裏の部分を残して流れ去ってゆくのを水底に感じる一種の秘密のたのしさのために、手を引いている妹と顔を見交わして笑った。

安枝は日光を怖れていた。自分の肩を見、水着の上にあらわれている胸を見た。その白さに故郷の雪を思い出した。胸の上辺をそっと爪先《つまさき》でつまんで見て、そのあたたかさに頰笑《ほほえ》んだ。爪《つめ》がいくらか伸びていて、黒い砂を挟《はさ》んでいるのに気づいた安枝は、今日かえったら爪を切らなければならないと思った。

清雄と啓子の姿がなかった。もう上ってしまったのかと安枝は思った。陸《おか》を見ると、克雄が一人で立っている。克雄はこちらを指さして、異様な表情で顔を歪《ゆが》めている。

安枝はふいに劇《はげ》しい動悸《どうき》がした。足もとの水を見る。水はまた引いてゆき、二米《メートル》ほど先の泡立《あわだ》ちの中に、灰白色の小さな体が押し転がされてゆくのが見えた。清雄の紺の小さなパンツが瞥見《べっけん》された。

安枝の動悸は一そう劇しくなった。無言で、追いつめる人のような顔つきで、そちらへ進んだ。そのとき意外に近くまで砕けずに来た波が、立ちはだかって、彼女の目の先で崩れた。そしてその胸をまともに打った。安枝は波の中へ顚倒《てんとう》した。心臓麻痺《まひ》を起したのである。

克雄が泣き出したので、近くにいた青年が駈け寄った。つづいて数人の者が、汀の水を蹴立てて海中へ駈け入った。蹴ちらかされた水はかれらの黒い裸体のまわりに燦《さん》爛《らん》と爆《は》ぜた。

安枝の倒れたのを見た者は二三いたのである。また起き上るかと思って、気にとめなかった。しかしこういう椿事《ちんじ》には一種の予感が働らくもので、救助者が駈けつけたとき、まだ半信半疑ながら、あの倒れ方に容易ならぬものがあったのを感じていたのである。

安枝の体は灼《や》けた砂の上へ運ばれた。安枝は目をみひらき、歯をくいしばって、怖ろしいものが依然として眼前に立ちはだかっているのを凝視しているかのようである。一人が手をとって脈をはかった。脈は途切れている。仮死状態のように思われる。安枝の顔を見知っている者があって、

「やあ、この人は永楽荘のお客さんだ」

と言った。

永楽荘の番頭が呼びにやられた。村の少年が、この光栄ある役目に興奮して、誰か他の者にこの役目を奪われないように、灼けた砂の上を非常な速さで永楽荘へむかって駈けた。

番頭が来る。白いパッチと白いたるんだランニング・シャツに毛糸のところどころほつれた腹巻をした四十男である。応急処置はまず宿に運んでからにするべきだと主張する。異を唱える者がある。そういううちにも、二人の若者が安枝の体を前後に担《にな》って歩き出した。今までそれが横たえられていた砂の上に、人影のように、濡れた砂の跡が残っている。

克雄が泣きながらついて行った。一人が気がついて克雄を背中に背負った。

朝子は午睡から起された。老練な番頭は、ゆるやかに朝子を揺《ゆす》って起した。朝子は頭だけもたげて、何、ときいた。

「実は、安枝さんと仰言《おっしゃ》る方が……」

「安枝さんがどうしたの？」

「はい、只今《ただいま》皆で手当をしておりますが、お医者ももうすぐ参ります」

朝子はとび起きて、番頭と一緒に部屋を逸速《いちはや》く出た。庭の芝生の一角の、ぶらんこのそばの木蔭《こかげ》に安枝が横たえられ、その上に裸の男が馬乗りになっているのが見える。人工呼吸を施しているのである。かたわらには藁《わら》やほぐした蜜柑《みかん》箱が蒐《あつ》められて、二人がかりで火をはやく点《つ》けようと焦《あせ》っていた。焰《ほのお》がすぐ煙にまぎれて、昨夜の豪雨の湿りがまだ乾かない板にはなかなか点かなかった。煙がときどき安枝の顔のほうへ行こうとするのを、別の男が団扇《うちわ》で煽《あお》ぎ返していた。

安枝は人工呼吸のために顎《あご》が上下するので、恰《あた》かも呼吸をしているようにみえた。馬乗りになっている男の黒い背には、木洩《こも》れ陽《び》のなかに、汗が這《は》うように流れている。芝生に投げ出された安枝の白い脚は、蒼《あお》ざめて大そう太く見える。上体で行われている大童《おおわらわ》な戦いとは、無関係なように鈍感に投げ出されている。

朝子は芝生に坐《すわ》って、

「安枝さん！　安枝さん！」

と連呼した。泣きながら、前後を弁《わきま》えずに矢継早《やつぎばや》にものを言った。助かるか、とか、どうしてこんなことになったのか、とか、主人に申訳がない、などと言ったのである。

そのうちに、いくらか鋭い目をあげて、

「子供は?」

と訊《き》いた。守をしていた中年の漁夫が、

「そら、お母さんだ」

と言って、戸惑いしたように脣を尖《とが》らせている克雄を抱いて示した。朝子は子供の顔に一寸《ちょっと》目を走らせて、おねがいします、と言った。

医者が来ていた。人工呼吸を彼が代ってやった。焚火《たきび》はすでに焚かれ、朝子は顔がほてって来て、何も考えられなくなった。蟻《あり》が安枝の顔に伝わってゆくのを、指で強く押しつぶして捨てた。しばらくすると、また別の蟻が、はげしく揺れている髪から耳のほうへのぼってゆく。朝子はこれをも潰《つぶ》した。蟻を潰すのが彼女の仕事になった。

——人工呼吸は四時間にわたって試みられた。硬直のはじまる兆《きざし》があったので、医者は断念してこれを止《や》めた。屍体《したい》は敷布を被《かぶ》せられて、二階へ運ばれた。部屋はすっかり暗かったので、手の空いている者が、運ばれる屍体のそばを駈け抜けて、先へ行って部屋の灯を点じた。

朝子は疲れ果てて、空虚な甘い気持になった。悲しくはなかった。子供のことを思い出して、こう訊いた。

「子供は?」

「娯楽室で源吾があそばせています」

「三人とも？」

「さあ……」

人々は顔を見合わせた。

朝子は人を押しのけて階下へ行った。漁夫の源吾が浴衣《ゆかた》を着て、海水パンツの上に大人のシャツを着せられた克雄と一緒に長椅子に腰かけて、絵本を見ていた。克雄は絵本を見ずにぼんやりしていた。

朝子が入ってゆくと、きょうの凶事を知っている宿の客たちが、団扇の手を休めて朝子のほうを一せいに見た。

朝子はいきなり克雄の横へのしかかるように坐って、ほとんど邪慳《じゃけん》な調子でこう訊いた。

「清ちゃんと啓ちゃんは？」

克雄は母の顔をおびえた目色で見た。急に歔欷《きょき》して、途切れ途切れにこう言った。

「お兄ちゃまもお姉ちゃまもぶくぶく」

――朝子は一人で跣足《はだし》のまま浜へ走った。松林の木かげの砂は、松の落葉が沢山刺っていて痛かった。岩山の下まで潮が満ちているので、一度岩山を登らなければ浜へ行くことができない。その上から見ると、砂浜は白々とひろがって、見透《みとお》しがよくきいた。夜の汀に黄と白のだんだらの海浜傘が、たった一つ残って傾《かし》いでいる。それは朝子たちの傘である。

追いかけて来た人たちは、砂浜で朝子に追いついた。彼女は波打際をやみくもに駈けていた。人が抱きとめると、うるさそうにふり払ってこう言った。

「わからないんですか。子供が二人あの中にいるんです」

駈けつけた人のなかには、源吾の言葉を聴かずに出て来たのも多かった。こういう人は朝子が狂気に陥ったと思った。

安枝の介抱に費やされた四時間のあいだ、誰一人朝子のもう二人の子供の不在に気がつかなかったということは、殆《ほとん》どありえないような事実である。宿の人たちはいつもこの三人の子供が一緒に遊んでいるのを見ていたのである。又、いかに動顛していたとはいえ、母たるものが、二人の愛児の死を直感しなかったというのは、異様な事実である。

しかし或《あ》る事件のまわりに直ちに群集心理の渦がおこり、誰も同じような単純な考え方をしか出来なくなることは在り得ることである。その考え方の外に立つことは容易でない。異説を唱えることは容易でない。午睡からさめた朝子も、人からうけとった考えだけを、そのまま何の疑いもなく身に着けていたのに相違ない。

その夜を徹して、A海岸には数米おきに焚火が焚かれ、三十分おきに若者たちが水に潜《くぐ》って屍体を探した。朝子は夜が明けるまで浜を離れない。昂奮《こうふん》しているのと、多分すこし午睡がすぎたのとで、眠れなかった。

夜が明けた。その朝は警防団の申合せで、地引網を引くことを止《や》めた。この朝の日の出日は浜の左方の岬から上《のぼ》った。朝風が朝子の頰《ほお》を搏《う》った。彼女にはこの朝の日の出が怖ろしかった。それが事件の全貌《ぜんぼう》をまざまざと照らし出し、はじめて事件を現実のものにするように思われたからである。

「おやすみにならなくちゃいけません」と年嵩《としかさ》の一人が言った。「見つかったら、起して上げるから、あとは私共にまかせておやすみなさい」「そうなさいまし」「そうなさいまし」と夜を徹して赤い眼《め》をした番頭が言った。「こんな不仕合せの上に奥さんが病気にでもなりなすったら、東京の旦那《だんな》様はどうなりますか」

朝子は良人に会うのが怖ろしかった。この事件の審判者に会うような気がするのである。しかしいずれは会わなければならない。その刻々が近づいていることは、まるでもう一つ不仕合せな事件が近づいて来るかのようである。

漸《ようや》くにして電報を打つ決心が朝子についた。宿へかえる言訳が成立った。というのは勢《きお》い立った気持から、自分に大ぜいの潜水者たちの指揮が委《ゆだ》ねられているような気がしていたからである。

行きかけて朝子は振向いた。海は静かである。かなり陸に近い海面に、銀白色に跳躍する光りがある。魚が跳ねているのである。跳ねている魚は、何か烈しい歓喜に酔いしれているように思われる。朝子は自分の不幸が不当な気がした。

＊＊＊

良人《おっと》の生田勝《いくたまさる》は三十五歳である。外語を卒業して、戦前から米国系の商社に勤めていたので、英語は大そう達者で、仕事の手腕もある。無口でそう見えないのに、非常な遣手《やりて》である。今は米国の自動車会社の日本代理店の支配人である。会社の車を見本旁々《かたがた》自分で使っており、収入は月十五万である。その上、機密費の流用ができるので、朝子、安枝、子供たちに女中を加えた家族は、不自由のない暮しをしていた。一度に三人も口を減らす必要はなかったのである。

朝子が凶報のために電話を使わず電報に拠《よ》ったのは、良人と応答するのを憚《はばか》ったからである。しかし、郊外の住宅地の習慣で、郵便局へ着いた電文は、丁度会社へ出かけようとしていた勝のところへ、電話でもって伝えられた。社用だと考えて、勝は軽い気持で茶の間の卓上電話を耳に宛《あ》てた。

「A浜から至急報です」という郵便局員の女の声で、不安な胸さわぎがはじめてした。

「電文をお読みします。いいですか？　ヤスエシス、キヨオケイコユクエフメイ、トモコ」

「もう一度読んで下さい」

二度目もまた、それが「安枝死す、清雄啓子行方不明」としかきこえないので、勝は焦慮した。身に何の覚えもないのに突如として解雇状をつきつけられたような憤怒《ふんぬ》を感じた。電話を切ると、彼の胸は怒りのためにさわいだ。

自動車を運転して会社へ出かけるべき時刻である。彼はすぐ会社へ電話をかけて欠勤をしらせた。自分の車でA浜まで行こうかと思った。しかし動顛している今の自分が、あの永い危険なドライヴをうまくやれる自信がなかった。現に最近事故を起したことのある勝である。伊東まで汽車で行って、伊東からハイヤーに乗ってゆくべきである。

こういう突発事件が一人の人間の心に入って来て座を占めるまでには、奇妙な経過を辿《たど》る。事件の性質がどういうものであるかも知らずに、出がけに勝はまず相当な現金を用意した。事件というものは金のかかるものである。

A浜へいそぐために東京駅へタクシーを走らせている勝の心は、どんな情緒とも関《かか》わりがなく、現場へいそぐ刑事の心持にむしろ近かった。想像よりも推理に熱中し、自分にそれほど重大な関わりのある事件に対する好奇心に戦慄《せんりつ》していた。

われわれはこういうとき、ふだん疎遠《そえん》にしていた不幸の、仕返しをうけるのである。幸福とは日頃《ひごろ》あれほど身を入れた附合をしているのに、こんな時には何の役にも立たない。われわれは久々に会う不幸の顔をいつも御見外《おみそ》れする。

『電話をかけて来ればいいのに、俺《おれ》と話すのを怖がっているんだ』と勝は、良人の直感で正しく判断した。『しかしどのみち自分で出かけて自分で見るのが先決問題だ』

彼はタクシーの窓から、都心に近づいてゆく景色を見た。真夏の午前の街は、白い身装《みなり》の人で雑沓《ざっとう》しているので、一そう眩《まば》ゆく見える。街路樹は濃い影を直下に落し、ホテルの玄関の紅白の派手な日覆《ひおおい》は、重い金塊を支えるように緊張して烈《はげ》しい直射日光を支えている。やりかけた道路工事の、掘り返された盛土の色は乾いていた。

勝のまわりには完全に平常の世界があり、そこには何事も起っていず、もし望めば、彼の上にすら何事も起っていないと、彼が信じることはまだ可能である。勝は子供らしい奇妙な不満を感じた。自分を一枚加えずに、知らないところで事件が突発し、自分一人が置き去りにされているのが不満だったのである。

熱海乗換で伊東へ行くには、周知のとおり湘南電車の便がある。平日の午《ひる》ちかくのことで、座席を見つけるのは困難ではない。

勝は外国商社につとめる人の習慣から、真夏でもネクタイを結び、上着を着けていた。汗の匂《にお》いは男物の香水の匂いに消された。しかしその汗が、ときどき背筋につたわり、脇腹《わきばら》につたわるのを勝は感じた。

これだけいる乗客のなかで、自分ほど不幸な人間はあるまいと考えることは、勝を急に日頃の勝から、一段高いのか低いのかそれはわからないが、別の特別の人格へ移しかえるように思われた。彼は今や別誂《べつあつら》えの人間である。別格の人間である。こういう意識を勝はいまだ嘗《かつ》て持ったことがない。地方の豪家の次男に生れ、今は亡《な》い伯父の家で中学時代から東京の教育をうけ、豊かな仕送りのために他人の飯という感じを一度も知らず、戦争中も情報局に勤めて兵役を免かれ、東京の良家の娘を妻にもらい、分家をして一家を成し、戦後は思いがけない良い地位に坐った彼である。世間並の人間のうちで、最も運のいい、最も腕のいい男の一人と自分を認めているが、別格の人種という優越感や負け目《ひ》を感じた経験はさらにない。

自分の背中に大きな痣《あざ》をもった男は、ときどき人前でこう叫びたい衝動を感じるにちがいない。

「皆さんはちっとも御存知ないが、僕の背中には大きな葡萄《ぶどう》いろの痣があるんです！」

同様に勝も大ぜいの乗客にむかって、こう大声で叫びたかった。

「皆さんはちっとも御存知ないが、僕は今日三人のうち二人の子供と、妹とを一度きに亡くしたんです！」

ここにいたって、勝は俄《にわ》かに気弱になった。子供だけでもせめて無事であってほしい。キヨオというのは清雄でなくて今日ではなかろうか？　また行方不明とは動顚《どうてん》した朝子が、迷児《まいご》になっただけの二人を、そう思い込んでいるのではあるまいか？　今ごろ訂正の電文が留守宅に来ているのではなかろうか？　勝はこうして自分の気持にばかりかまけてしまい、事件よりも自分の反応のほうが重大な気がして、あのときすぐ永楽荘へ電話をかけて事態をたしかめなかったことばかりを悔んだ。

伊東駅の前の広場は、真夏の光りにあふれていた。ハイヤーを申込む交番ほどの小さな板張の事務所がある。その内部には日光が容赦なく落ちていて、壁に留められた数枚の出車表は、端のほうがみな日に灼《や》かれてまくれている。

「A浜まで、いくらだい」と勝が訊《き》いた。

「二千円です」と首にタオルを巻いた制帽を冠《かぶ》った男が答えた。のみならず、親切のためか面倒なためか、客にむかって余計なことを言った。「急がないなら、バスのほうが御徳用ですよ。バスはもう五分で出ます」

「急ぎだ。家の者が死んだしらせがあったんだ」

「へえ。今その話をきいたところです。A浜の溺死者《できし》は旦那の家の人ですか？　可哀想《かわいそう》に女一人子供さん二人一度きにね」

勝は日光の強さにくらくらした。それから押し黙って、A浜へハイヤーが到着するまで、一言も運転手と口を利《き》かなかった。

伊東からA浜にいたる自動車路は、これと云《い》って美しい沿道の景色をもたない。はじめ自動車は埃《ほこり》っぽい山道を上下するばかりで、海はなかなか見えなかった。道の狭隘《きょうあい》なところで乗合自動車とすれちがったりすると、半ば開けた車窓を擦過する木の枝葉は、あわてものの鳥の翼のような音をさせ、勝の折目正しいズボンの膝《ひざ》の上へ、容赦なく粒の粗い砂埃を吹き込んだ。

勝は今では、妻に対して自分が最初にとるべき態度について思い悩んだ。自分の持合せの感情のどの一つとしてあてはまらないこんな場合に、「自然な態度」などというものが、ありうるかどうか疑わしい。不自然な態度こそ自然なのかもしれない。

車はA浜へ近づいた。鰺《あじ》が溢《あふ》れるばかりの魚籠《びく》をかついだ老いた漁師が、埃にまみれた草に立って車を除《よ》けた。漁師の額は幾多の夏の太陽に汚れ果て、その目の片方は白内障《そこひ》のために白濁している。彼は中馬浜の東端の鰺釣場《つりば》から来たものらしい。このあたりの夏は、鰺、鶏魚《いさき》、烏賊《いか》、平目を産し、夏蜜柑《なつみかん》、椎茸《しいたけ》、乳酸オレンジを産した。

車は永楽荘の古い黒木の門を入った。車寄せに乗り入れると、番頭が下駄《げた》の音を高鳴らして出迎えた。勝は反射的に紙入れに手をやった。

「生田です」

「御愁傷様でございます」

番頭は頭を深く下げた。勝はまず運転手に代金を仕払い、番頭に礼を言って、千円札をその手に押し込んだ。

朝子と克雄は、安枝の棺の置かれた隣りの部屋に移っていた。安枝の遺骸《いがい》は伊東から取り寄せたドライアイスを詰めた棺に納められ、勝の到着を待って茶毘《だび》に付せられるばかりになっていた。

勝は番頭を先立てて部屋の襖《ふすま》をひらいた。朝子は午睡の床から、急にふりむいて飛び起きた。眠ってはいなかったのである。

朝子の髪は乱れ、宿の浴衣の裾前《すそまえ》は乱れていた。女囚のように、裾前を合せて神妙に坐《すわ》った。その動作はおどろくほど速くて、予《あらかじ》め考えていたかのようであった。それからちらと良人を盗むように見て、急に体を折り曲げて泣き出した。

勝は番頭の目の前で妻の肩に手をやるのがいやな気がした。閨中《けいちゅう》の秘事を見られるよりもいやな気がした。彼は上着を脱いで、洋服掛を探した。いつのまにそれを見ていたのか、妻が立って、長押《なげし》に掛っている青い瀝青《ペンキ》塗りの洋服掛をもって来て、良人の手から汗の匂いのする洋服をとって掛けた。勝は母の泣声に目をさまして起き上ろうともしない克雄の横にあぐらを掻《か》いた。克雄を膝に抱き上げたが、人形のように頼りがなかった。彼は子供の軽さがこれほどのものであることに愕《おどろ》いた。ほとんど物質を抱いているように感じたのである。

妻は勝がいちばん聴きたいと思っていた言葉を言った。部屋の片隅《かたすみ》で泣きながら、

「申訳ありません」

と言ったのである。番頭がうしろで貰《もら》い泣きしながら、こう言った。

「差出がましいようでござんすが、旦那さん、奥さんをお叱《しか》りにならないで下さい。お午寝《ひるね》のあいだに起ったことで、奥さんの不注意から起ったことじゃござんせん」

勝はこういう場面を一度どこかで読んだか見たかしたような気がした。

「わかってる。わかってる」

そう言った。そして宛《あた》かも一定の規矩《きく》に従ったような態度で、子供を抱いたまま、立って、妻のそばへ行って、肩に手をあてた。その動作が楽々と出来たのである。するとと朝子は一そうはげしく泣き出した。

——翌日、二人の子供の屍体《したい》が発見された。浜全体を取巻いた警防団員が、一人一人水に潜って探した末、万蔵山の山の根の下に沈んでいるのを見つけたのである。屍《むくろ》は小さな虫にところどころを喰《く》われており、二三の虫は子供の小さい鼻孔の中にひそんでいた。

＊＊＊

この事件はたしかに因襲を超越していたが、そういう時ほど人が因襲に従って行動する必要を感じる時はないのである。夫婦はまことにやさしくいたわり合い、多額の心附や挨拶廻《あいさつまわ》りを忘れなかった。

どんな死でもあれ、死は一種の事務的な手続である。かれらは多忙だった。わけても勝は一家の主人としての責任から、殆《ほと》んど悲しんでいる暇を持たなかったと云っても過言ではない。克雄にとっては、というと、そのふしぎなお祭の毎日に、大人たちが芝居をやっているように彼には見えた。

ともかく一家は、何とかこの煩雑《はんざつ》な事務をやってのけた。香奠《こうでん》も大そう多かった。生活力のある家長が生き残っている場合のほうが、家長の死んだ場合より香奠は多いものである。

勝も朝子も、たしかに自分たちは「気が張っている」と思っていた。朝子はこの狂わんばかりの悲しみと、この気持の張りとが、どうして両立するのかわからなかった。味もわからぬままに陰気な顔をして摂《と》る食事もよく進んだ。

朝子が苦にしていたのは、金沢からの勝の父母の上京であったが、かれらの上京はやっと葬式に間に合った。朝子はいやな思いをして、「申訳ございません」をくりかえし、その反動で里の両親には、ひどい態度で喰ってかかった。

「誰がいちばん可哀想だと思うの。子供を二人亡くしたあたくしじゃないの。それなのに皆があたくしのことを黙って責めているんだわ。罪も責任もみんなあたくしに在って、あたくしがあやまらなければならないんだわ。誰もがぼんやりして子供を川へ落して来た子守娘のようにあたくしを見るの。それはむしろ安枝さんじゃありませんか。安枝さんは死んだから得をなすった。あたくしこそ被害者だということを、どうして誰もわかってくれないんでしょう。あたくしはともかく、死んだ二人の児の母親なんですわ」

「それはあなたの僻《ひが》みですよ。誰がそんな目であなたを見るもんですか。生田のお姑《かあ》さまだって、何よりもただ朝子が可哀そうだと言って泣いていらしたよ」

「口ではそんなことを仰言《おっしゃ》るのよ」

朝子は、理由もなく無性《むしょう》に不満であった。轗軻《かんか》不遇の身にあるようで、真価をみとめられずに貶黜《へんちゅっ》されている思いがした。これほどの悲しみを味わった身には、どんな非道の権利も備わっているように思われるのに、姑《しゅうとめ》にむかって詫《わ》び言を言ったりしている自分自身にも大いに不満があった。この我儘《わがまま》な、全身のむず痒《がゆ》いような焦慮と憤《いきど》おろしさを、彼女は実母にぶつけて甘えたのである。

朝子は気づいていなかったが、彼女は人間の感情の貧しさに絶望していたのである。一人死んでも、十人死んでも、同じ涙を流すほかに術《すべ》がないのは不合理ではあるまいか？　涙を流すことが、泣くことが、何の感情の表現の目安になるというのか？　人の目に映っている彼女自身は一体何者なのか？　そうかと云って自分の内部に目を移すと、この比倫を絶した悲しみの実質が、いかにも曖昧模糊《あいまいもこ》としていることに、別の絶望を感じるのであった。

朝子は自分が倒れないのがふしぎである。暑い最中に喪服を着て、一時間の余も立っていて倒れないのがふしぎである。時々気の遠くなるような心地のするとき、彼女をおびやかして立直らすのは、あの新鮮な、言語を絶した死の恐怖である。「あたくしって思ったよりしっかり者なのね」——朝子は実母を顧みて、泣き出しそうな顔で、そう言った。

朝子は自分が既に少しも安枝の死を悲しんでいないのに気がついた。善良な朝子は、それを少しも憎悪《ぞうお》だと思っていなかったが、それが憎悪にさえ近かった理由は、四時間の余も安枝の死に懸りきりになっていたおかげで、子供の死を忘れていたというその事に懸っていた。

良人が両親と安枝の話をして、老嬢のまま死んだ可哀想な妹の死に涙をこぼしていると、朝子は良人にさえ微《かす》かな憎悪を感じた。

「子供と妹とどっちが大事だと思っていたのかしら」

——心の中でそう言った。

朝子はたしかに気が張っていた。お通夜《つや》のあとなど、眠れるべきものが眠れない。それでいて頭痛一つするではない。頭はむしろ堅固に締って爽《さわ》やかである。弔問客がしきりと朝子の健康を気づかうので、一度はうるささのあまり、「あたくしの体なんぞ放っておいて下さい。もう生きたって死んだっておんなじことなんですから」などとはしたなく言ったりした。

自殺も狂気も、今の彼女の心境には程遠かった。克雄のいることが、差当り、朝子の生き永らえるもっとも妥当な理由になった。しかし時には、喪服の夫人たちにかわるがわる絵本を読んでもらっている克雄の姿を見て、あの時自殺しないでよかったと今彼女に言わせるものは、卑怯《ひきょう》へ堕《お》ちた勇気、無気力へ堕ちた情熱であるように思われることもあった。そういう晩は、良人《おっと》の胸で、スタンドのひろげる光りの輪の周辺へ、兎《うさぎ》のような無垢《むく》な目を向けたまま、訴えるでもなく、こう繰り返して言うことがあった。

「やっぱりあたくしが悪かったのね。あたくしが無責任だったのね。安枝さんに子供三人を任すなんて、無理がはじめからわかっていた筈《はず》じゃないの」

その声は山に向って反響をためしているように空虚である。

勝は妻のこのしつこい責任感が何を意味するかを知っていた。彼女の待っているものは或《あ》る種の刑罰である。このごろ朝子は貪婪《どんらん》と云ってもよいほどである……。

二七日《ふたなのか》がすぎると、夫婦のまわりにはやっと日常生活が還《かえ》って来た。今度こそは心身を休めるために、子供づれで保養に出かけることをすすめる人が多かったが、朝子には海も山も温泉もおそろしかった。「不幸は踵《きびす》を接して来る」という迷信にとらわれていたのである。

晩夏の一日、朝子は克雄を連れて夕方の銀座へ行った。勤めのかえりの良人と待合せて、食事をしに行く約束があったのである。

このごろ克雄は母におねだりをして、叶《かな》えられなかったことがない。父も母も気味がわるいほどやさしい。その代り硝子《ガラス》の玩具《おもちゃ》のように慎重に扱われ、電車通りを渡る時などは大へんである。停止線に車輪を並べているトラックや乗用車の群を、母は敵視するように見て、克雄を手に擁して駈《か》ける。

店の飾窓にある売れ残りの海水着は、朝子の目をおびやかした。殊《こと》に安枝の水着とよく似た緑いろのが、マネキン人形に着せられていたので、目を伏せてその前をとおった。とおったあとで考えると、その人形は胴体だけで首がなかったように思われた。あるいは首があって、安枝の屍の顔をそのまま、濡《ぬ》れたほつれ毛のからまる中に目をつぶっていたようにも思われた。マネキン人形というマネキン人形が土左エ門を摸《も》しているように思われた。

はやく夏がすぎればいいと朝子は思った。夏という言葉そのものが、死と糜爛《びらん》の聯《れん》想《そう》を伴っていた。かがやかしい晩夏の光りには糜爛の火照《ほて》りがあった。

待合せの時間にはまだ夙《はや》かったので、母子《おやこ》は百貨店へ入った。もう三四十分で閉店の時刻である。克雄は玩具売場へ行きたがったので、朝子は三階へ行って、子供用の海水浴用品の売場の前を、大いそぎで素通りした。母親たちが見切品の子供用海水パンツを血眼《ちまなこ》で択《よ》り取っていた。一人の母親は小さな紺のパンツを、西日のさして来る窓のほうへ高くかかげた。日は留金に当ってまぶしく目を射た。母親たちはああして血眼で経帷子《きょうかたびら》を択っていると朝子は思った。

積木を買ってもらうと、克雄は屋上へ行きたがった。屋上庭園は涼しかった。可成《かなり》強い海風が日覆《ひおおい》をはためかせていた。

金網を透かす都会の眺望《ちょうぼう》の彼方《かなた》に、勝鬨《かちどき》橋や月島桟橋《さんばし》や港内に碇泊《ていはく》している貨物船の数々が見えた。

克雄は母の手を離れて、猿《さる》の檻《おり》の前に立っていた。朝子は気がついて克雄を擁して立った。風のせいか、猿は大そう臭かった。額に皺《しわ》を寄せて、まじめな顔でじっと母子を見た。片手で尻《しり》を大事そうに押えたまま別の枝に移ったとき、小さな老成《ませ》た頭の横に赤い血管の透いた汚れた小さな耳が見えた。……こんなにしみじみと動物を見たことが朝子はなかった。

檻の横に水の出ていない噴水を央《なか》にした池がある。煉瓦《れんが》の周辺を松葉牡丹《ぼたん》の花壇がとりまいている。克雄と同い年ぐらいの子が、煉瓦の上を伝わって歩いている。両親の姿はない。

『落ちればいい！　池に落ちて溺《おぼ》れればいい！』

朝子は熱心に、その覚束《おぼつか》ない男の児《こ》の足取を眺《なが》めた。子供は落ちなかった。一巡すると、熱心な目つきに気づいて朝子を見て得意そうに笑った。朝子は笑わなかった。子供が自分を嘲笑《ちょうしょう》していると感じたのである。

――彼女は克雄の手を引いて、屋上庭園からいそいで下りた。

食事のとき、やや永びきすぎた沈黙を破って、朝子がこう言った。

「あなたったら、おたのしそうね。ちっとも悲しがっていらっしゃらないみたいね」

勝は愕いて、周囲の客を見廻した。

「わからないかなあ。お前の気を引立てようと思って、これだけ俺《おれ》が苦労しているのが」

「あたくし、別に気分を引立てられなくてもいいの」

「それは我儘だよ。克雄に暗い翳《かげ》が出たらどうするんだ」

「どうせあたくしには母親の資格なんかないんですもの」

これでその晩の食事は台無しになった。

勝は妻の悲嘆に対して日ましに受身になった。男には仕事がある。仕事でもって気を紛らせることができる。その間《かん》朝子は自分の悲しみを育てている。家へかえればこういう朝子の一本調子の悲嘆に附合わねばならない。勝の帰宅がともすれば遅くなるのはこのためである。

朝子は昔の女中を呼んで、身のまわりに在った清雄と啓子の衣類や玩具をやってしまった。同じ年恰好《としかっこう》の子供がいたからである。

ある朝、朝子はすこし寝すごして目をさました。ダブル・ベッドの一方の端には、昨夜おそく酔って帰った良人が丸くなって眠っている。床の中には暗い酒の匂《にお》いがまだ淀《よど》んでいる。良人が寝返りを打ったので敷蒲団《しきぶとん》のバネがきしんだ。子供が克雄一人になったので、よくない事であるが、朝子は克雄の子供用寝台を二階の夫婦の寝室に入れた。夫婦の寝台の白い蚊帳《かや》と克雄の蚊帳と二重《ふたえ》を透かして、息づいている克雄の寝顔が見える。この子は口を尖《とが》らせて寝る癖がある。

朝子は蚊帳の中から手をのばして、カアテンの紐《ひも》を引いた。麻の手ざわりに包まれて固い紐のしこりが、彼女の朝の熱っぽい掌《て》に快い。帷《とばり》がすこしあく。窓の前の青桐《あおぎり》の葉が下から光りを受けて、影が重複して、闊《ひろ》い葉叢《はむら》がいよいよ柔かく見える。やかましく囀《さえず》っているのは雀《すずめ》である。その雀たちが、毎度のことであるが、目をさまして囀りだすとすぐ、多分列を作って、屋根の樋《とい》のなかを渡るのである。固いあわただしい小さな跫音《あしおと》が、一端から一端へ引続いて渡る。それがまた往復する。朝子はこれを聴いて、思わず微笑した。

恵みの深い朝である。そう感じる理由はないのに、そう感ぜずにはいられない。枕《まくら》に頭を委《ゆだ》ねたままじっとしていた。幸福感が体じゅうに行き亙《わた》りそうに思われた。そのとき朝子のはっとしたことがある。なぜこんなに愉《たの》しい気持で目をさましたかがわかったのである。今朝はじめて、死んだ子供たちの夢を見なかった。毎晩欠かさずに見ていたのに、昨夜はそれらしい夢がなかった。見たのは何か気楽な莫迦《ばか》々しい夢である。

それに気づくと、今度は自分の忘れっぽさと薄情がおそろしくなって、母親にあるまじきこんな忘却と薄情を、子供たちの霊に詫びて泣いた。目をさました勝は、泣いている妻を傍《かたわ》らに見出《みい》だした。その泣顔には棘々《とげとげ》しさの代りに、一種の平和があった。

「また思い出したんだね」――そう良人が言った。

妻は説明の労を省いて、嘘《うそ》を言った。

「ええ」

そう嘘をついた以上、良人が貰《もら》い泣きをしないのが不満であった。良人の涙を見れば、自分の嘘を信じることができると思ったのである。

こうして朝子は徐々にあのような大きな怖《おそ》ろしい事件に出会うだけの資格が自分たち夫婦に在ったかどうかを、疑わしく思うようになった。あれは全く偶然の作用であったが、それが偶然であればあるだけ、自分たちにふさわしくないように思われた。こう考えるにつれて、あの事件の記憶をそのままの形で心に保持することは、力に余るわざと考えられた。自分たちも、世間の人たちと同様、それを素直に忘れてゆくべきではあるまいか？

しかし朝子はこんな心弱りが芽生えるにつけ、力をふるいおこして、「何事も天命です」と慰める老人たちの言葉に、はげしく逆らったときの憤怒《ふんぬ》を思い出そうと力《つと》めた。何故《なぜ》ああして逆らい、何故ああして怒ったかを省みた。多分あのとき、朝子が怖れたのは諦念《ていねん》であった。われわれには死者に対してまだなすべき多くのことが残っている。悔恨は愚行であり、ああもできた、こうも出来たと思い煩《わず》らうのは詮《せん》ないことであるが、それは死者に対する最後の人力の奉仕でもある。われわれは少しでも永いあいだ、死を人間的な事件、人間的な劇の範囲に引止めておきたいと希《ねが》うのである。朝子は思うさま悔恨の苦悩を味わい、また悲しみや涙の貧しい表現力に絶望を感じたが、自分はまだなかなか諦《あき》らめないつもりでいた。そのあいだに諦念とは別のところから、異様な根強い懐疑が生れてきたのである。あの事件には何かまやかしものの感じがある。ひどく疑わしいところがある。それまで送って来た一家の安泰な生活への冒瀆《ぼうとく》のようなものがある。あらゆる幸福に対する悪意のようなものがある。あの事件は、並々の死や殺人とはちがって、何か根本的に非人間的なものである。はじめから人力のいかんともしがたく、その事件が辷《すべ》り出した最初の瞬間から最後の瞬間にいたるまで、一度たりと人間的な事件の相貌《そうぼう》を帯びなかったのではないかと思われる……。

彼女は自分の涙と悲嘆のすべてが徒労にすぎないという別の恐怖を知った。夏が終ろうとしていた。あれほど夏の立去るのをのぞんだ彼女が、今ではそのことにさえ一種の恐怖を持った。夏が去ってしまえば、一年のあいだ、再び人は夏を味わうことができない。朝子は夏というものが存在しないと感じるかもしれない。ひいてはあの事件が存在しなかったと感じるかもしれない……。

勝はどうかというと、彼は自分に理解できないものは存在しないと考える性質だった。彼が多少いつもの彼と変っていたのは、A浜へ着くまでの車中だけである。その後彼は新聞に出ている自分たち一家の記事を見て、安枝の年を三つほどまちがえて書いてあるほかは、総体によく纏《まと》めてあると思って感心した。彼の悲しみにはほとんど理由が要らなかった。まことに健康なこの男は、食欲《しょくよく》を感じるように悲嘆を感じた。ものを喰《た》べることによって食慾が満たされるように、涙を流すことによって悲嘆が満たされた。

勝の虚栄心は、朝子のそれよりもたしかに上廻《うわまわ》っていたので、彼は自分が人の目に不幸な悲しめる父と映るのを好んだ。彼ほどの手腕も生活力もある男が、こういう不幸に参っている図は、人の嫉妬《しっと》を減殺《げんさい》する効能があるのみならず、強者の弱点というロマネスクな魅力をも成立たせる筈である。

妻の悲しみ方に特権的なものを感じると、彼は反撥《はんぱつ》して呑《の》みに出かけて遅くかえったが、どこの酒も美味《おい》しく思われず、自分の内部にこれほど覿面《てきめん》な証人のあることが、いつも彼の良心に安堵《あんど》を与えた。酔わない酒を無暗《むやみ》に呑むことには、克己的な快楽があったのである。

克雄のために土産を欠かさないのが、勝の近頃《ちかごろ》の習慣になった。克雄は贅沢《ぜいたく》にもなりしたか、一方ほしいものは何でも手に入るので、何を望んでいいかわからず、ぼんやりした目つきをしていることがたびたびあった。おしまいには、何もほしくない、というのであった。すると両親は、自分たちの無思慮を忘れて、克雄を病気ではないかと心配した。

七七忌がすぎる。夫婦は多磨《たま》墓地に土地を買った。分家の最初の墓がそこに建ち、最初の死者が埋められることになるのである。安枝は二人の児の守役を彼岸でも押しつけられて、同じところに葬《ほうむ》られる相談が、国許《くにもと》と勝の間にできた。

悲しみは、朝子の危惧《きぐ》に反して、また日に新たに日に濃まやかになった。夫婦は買った土地を見に、子供づれで墓地へ出かけた。すでに初秋である。

三年以上たった夫婦の間には、まじめな事柄《ことがら》というものは何一つありえないのが本当だが、悲嘆は二人を別々な色合でまじめにしていた。一緒に出かけるときなどは一層そうであった。第三者の目には、これだけが夫婦の共通点とも紐帯とも見える筈だから、勝と朝子は生真面目《きまじめ》さに惚《ほ》れ合って結ばれた夫婦のように見えたであろう。

その日はまことによい日で、暑さはすでに空高く遠のいていた。

記憶はわれわれの意識の上に、時間をしばしば並行させ重複させる。朝子はこのふしぎな作用を、その日に二度経験した。それはその日の空気と日光があまりに澄明《ちょうめい》で、朝子の心の無意識の領域までが、日を浴びて半透明に明るんでいたせいかもしれない。

あの事件の二ヶ月ほど前、勝は無傷であったが自動車事故を起したことがある。事件後朝子は克雄を連れて出かけるときには、決して良人の車に乗らなかった。今日は御相伴で、勝も電車で行かねばならない。

多磨墓地行の小さな汽車に乗り換えるために、M駅で省線電車を降りた時のことである。勝は克雄を抱き上げて先に降り、朝子はこれにつづいて降りた。降車の客はかなり多かったので、朝子が降りたのはドアが閉まる寸前であった。彼女は自分のうしろに鋭い呼笛《よびこ》と共に閉まる扉《とびら》を見た。そして殆《ほと》んど叫んで、その閉まらんとするドアを自分の力で引き開けようとした。一緒に連れて来た清雄と啓子を、車内へ残して来たような気がしたのである。

不審そうに良人が朝子の腕をとらえた。彼女は人中で刑事に腕をとられた女のように、一種不敵な態度で良人を見返した。次の刹那《せつな》には冷静に返って、その錯覚を丹念に話したが、きいている良人は何かきまりのわるさを感じた。妻が感情を誇張していると感じたのである。

追憶をわが手の中に、あるいは一つの身振、一つの現前の行為の中に、とらえようとするこうした衝動的な熱情を、勝がわざとらしいと感じたのは正当であろうか？朝子は生きることのもどかしさを、大へん拙《つたな》く訴えたのである。

墓地行の古風な小さい汽罐車《きかんしゃ》が、幼ない克雄を喜ばせた。それは喇叭《らっぱ》型の煙突を持ち、奇妙に背が高くて、高下駄《たかげた》を穿《は》いているようであった。黒く煤《すす》けて、機関士の肱《ひじ》を掛けている木製の窓枠《まどわく》は、炭で作ったもののように見えた。汽罐車は、永いこと、呟《つぶや》いたり、溜息《ためいき》をしたり、歯ぎしりをしたりしてから、郊外の平凡な田園の中へ旅立った。

朝子ははじめて訪れた多磨墓地の明るい景観におどろいた。死者のために、こんなに広大な土地がある。こんなに美しい芝生と並木の緑と、広闊《こうかつ》な道がある。それらの上にひろがるすばらしく見晴らしの利《き》く青空がある。死者の町は、生きている人たちの町よりも、はるかに秩序立って、清潔である。一家はこういうものと無縁に暮して来たのであるが、今ではこういう場所を訪れる資格の出来たことが、少しも忌《いま》わしいことに思われなかった。

勝も朝子も別して御幣かつぎの人間ではなかったが、すべてが縁起のわるい事柄ばかりで成立つ喪中の生活から、一種の安心を与えられていた。こういう生活は不動で、寧《やす》らかで、殆ど居心地がよくさえあった。すでに一家は死に馴《な》れてしまって、堕落に馴れた人がそう感じるように、怖いもの知らずの生活を送っているような感じがした。

勝の買った敷地は遠かったので、三人は正門から大分歩き、少なからず汗ばんだ。

彼らはものめずらしげに、T元帥《げんすい》の墓所をのぞき、又ある一代分限《ぶげん》の墓らしい大そう悪趣味な、鏡をはめこんだ墓を見て笑った。

朝子はかすかにこもってきこえる秋蟬《あきぜみ》の声を聴き、木蔭《こかげ》の葉叢の匂いにまじって漂って来る香煙の匂いをかぎながら、感に堪えたようにこう言った。

「いいところねえ。こんなところにお墓があれば、清雄も啓子も、遊び場所が沢山あって退屈しないでしょう。変ね、あたくしって、ここだったらあの子たちの健康にいいような気がするのよ」

克雄は咽喉《のど》が渇いた。道の中央に褐色《かっしょく》の高い塔がある。その周囲に円形の階段が刻まれ、水が流れてコンクリートの階段の一部を黒く染めている。塔の中心に水呑場があるのである。蜻蛉《とんぼ》釣りの子供たちが、めいめいの竿《さお》を塔に立てかけて、水を呑んだり、水の噴出するところに指を宛《あ》てがって、友達に引っかけたりして、騒いでいる。たまたま脇《わき》へ外《そ》れて、塔の外へ迸《ほとばし》ったその水は、一瞬、淡い虹《にじ》をえがいた。

克雄は物を言わずにすぐ実行に移しがちな子供である。そこへ行って水を呑みたくて仕方がない。母は手を離して歩いていたので、彼は急に駈《か》け出した。どこへ行くの、と母が鋭い声で叫んだ。お水を呑むんだ、と彼は駈けながら言った。母はすぐ追いついた。その手は彼の両腕をしっかりとうしろからつかんでいた。痛いや、と子供は言った。言いながら恐怖に搏《う》たれた。背後から怖ろしいものに抱き緊《し》められているような気がしたのである。

朝子は道の玉砂利の上にしゃがんで、子供をふりむかせた。克雄はやや遠い緑の生《いけ》垣《がき》の前に呆然《ぼうぜん》と立っている父を見た。

「あんなお水を呑んじゃいけません。ちゃんとここにあるんだから」

母は、膝《ひざ》に抱えた更紗《さらさ》の袋から首を出している魔法罎《びん》の蓋《ふた》をまわした。

三人はかれらの小さな所有地に到着した。それは多くの墓が背を向けている新らしい分譲の一劃《いっかく》で、柘植《つげ》の弱々しい若樹《わかぎ》がまばらに、しかしよく見ると規則正しく植えられていた。まだ檀那寺《だんなでら》に預けられている遺骨は移されず、従って卒塔婆《そとば》もない。縄《なわ》を張った平坦《へいたん》な四坪の地面があるだけである。

「ここへ一度きに三人も入るんだからなあ」

勝がそう言った。

朝子はこの言葉に思い出の悲嘆をそそられなかった。事実らしさということを超えて事実がありうるのはふしぎなことだ。子供が一人海で溺《おぼ》れれば、誰しも在りうることと思い、事実らしいと思うであろう。しかし三人となると滑稽《こっけい》だ。しかし又、一万人となれば話は変ってくる。すべて過度なものには滑稽さがあるが、と謂《い》って大天災や戦争は滑稽ではない。一人の死は厳粛であり、百万人の死は厳粛である。一寸《ちょっと》した過度、これが曲者《くせもの》なのである。

朝子の心は、実は、今までこの悲嘆の尺度に迷っていた。そのため安枝の死を除外して考えたり、清雄と啓子を双児《ふたご》の死のように結びつけて考えたりした。こういう機械的な努力が、再びこの地所を目の前にした彼女を強《し》いた。自分の悲嘆に、放蕩者《ほうとうもの》の浮気がありはしないかと惧《おそ》れもした。しらずしらずに犯す母親の偏愛の傾きを、一度も知らなかった幸福な朝子は、今にして奇妙な道徳的反省の虜《とりこ》になった。以前彼女は母親としての博愛を信じていたが、今、悲嘆の博愛を信じろと云《い》っても困難である。悲しみは最もエゴイスティックな感情だからである。その結果、彼女は又しても清雄と啓子を悲しみの複合体として感じようとする努力に立戻ったが、この努力はますます悲嘆の実体を、抽象的にすることにしか役立たなかった。

「三人なんて！　莫迦にしている！　三人なんて！」――朝子はそう言った。

この数は、一家族にとっては大きすぎ、社会にとっては小さすぎた。しかも戦死者や殉職者のような社会的な繋《つなが》りのない、孤独な個人的な死であった。朝子の女らしい利己的な心は、いつまでもこの謎《なぞ》のような数に戸惑いしていた。勝はというと、多少とも社会的なこの男は、いつか社会の目でこれを見るほうが便利だと気づいていた。つまり社会に殺されたのではなかったのを幸福だとする見方である。

朝子が追憶の中に生れる時間の並列状態を、二度目に味わったのはかえりの駅前に於《おい》てである。汽車が来るにはまだ二十分ほども間があった。克雄が駅前で売っている狸《たぬき》の玩具《おもちゃ》を欲しがった。青梅綿《おうめわた》をふくらませて、これを焦《こ》がして狸の毛色に似せ、耳と目と尻尾《しっぽ》をつけて、上から吊《つる》すようにした玩具である。

「まあこんな古い玩具がまだあるのね」

「今の子供にもまだ魅力があるとみえるね」

「なにしろあたくしの子供のころからある玩具だわ」

朝子は小柄な老婆の手からこれを買って克雄にもたせた。ふと周囲の物売りを物色している自分に気づいた。留守番をしている筈《はず》の清雄と啓子に年相応な土産物を探したのである。

「何だい？」――勝がそう訊《き》いた。

「私って今日はどうしたんでしょう。ほかの子供にもお土産が要るような気がしたの」

朝子は小肥《こぶと》りした白い腕を上げて、掌《て》で、大ざっぱに、目から顳顬《こめかみ》のほうへ擦《こす》るような身振をした。すると鼻孔が、歔欷《きょき》の兆《きざし》を示して慄《ふる》えた。

「いいじゃないか。買えばいいじゃないか」――勝はたのみ事をする口調で、せかせかと言った。「仏壇へお土産を飾ってやればいい。ね」

「それではだめなのよ。何にもならないの。二人が生きているつもりで買わなければだめだったの」

朝子は手巾《ハンカチ》で鼻を押えた。自分たちは生きており、かれらは死んでいる。それが朝子には、非常な悪事を働らいているような心地がした。生きているということは、何という残酷さだ。

彼女はもう一度、駅前の飲食店の赤い旗や、墓石屋の店先に堆《うずたか》く積まれた花崗岩《かこうがん》の純白にきらめく断面や、その煤けた二階の障子や、屋根瓦《がわら》や、暮れなずむ空の陶器のような澄明な青を見た。すべてのものがこんなにはっきり見えると朝子は思った。この残酷な生の実感には、深い、気も遠くなるほどの安堵があった。

＊＊＊

秋が深まるにつれ、一家の生活には、日ましに安堵と平和の影が濃くなった。夫婦はむろん悲しむことを罷《や》めはしない。しかし勝は妻が落ちつくにつれて、居心地のよさと克雄に対する愛情とから、できるだけ帰宅を早め、克雄が寝たあとなどは、たとえお互いに言うまいと力《つと》めている悲しい話題が出ても、その悲しみを語り合うことを、お互いの慰めとするまでになったのである。

あんな怖《おそ》ろしい事件をこうして徐々に日常生活の中へ融《と》かし込んでしまう成行には、自分たちの犯した罪がとうとう露《あら》われずじまいになったような、羞恥《しゅうち》のまじった別の恐怖もあった。しかし三人の死者が家族の中に欠けているというこの不断の感じは、ある時にはそのこと自体がふしぎな充実感を以《もっ》て生活を支えているようにも思われた。

一家は気も狂わなければ、自殺者も出さなかった。病気にさえ罹《かか》らずにすんだ。あれだけの悲惨事がほとんど影響を及ぼさず、何も起らずにすんだことはほぼ確実であった。すると朝子は退屈した。何事かを待つようになったのである。

芝居見物やさまざまな享楽《きょうらく》は、永いあいだ夫婦の禁忌に属していたが、退屈した朝子は、そのうちにもっともな理由を考えだし、ああいう慰安は悲しめる人々のためにこそあるのだと考えた。そのころ米国から名高い提琴演奏家が来朝し、夫婦はその切符を手に入れて聴きに行った。克雄はお留守番を余儀なくされたが、これは半ばは、朝子が良人《おっと》と自動車の相乗りをして、音楽会場へ赴きたいためであった。

朝子の化粧は永くかかった。髪ふり乱して暮した月日を修正する化粧は永くかかった。鏡の中に出来上ったその顔は、朝子の久しく忘れていた逸楽を思い出させるのに十分である。自分の顔をじっと見ることのこの忘我のよろこびを、何にたとえたらいいだろう。鏡を見るたのしみを忘れて久しいが、蓋《けだ》し悲嘆はその自我的な固執によって人を忘我のよろこびから遠ざけるためである。

朝子は着物を撰《よ》り、帯を撰った。気に入らなかったので何度もとりかえた。江戸紫の疋田《ひった》絞りの訪問着に、綴《つづ》れ錦《にしき》の帯を締めた。これは女の身装《みなり》の中でも最も奢《おご》ったものである。車の運転台で待っていた勝は、門口へ出た妻の姿の美しさにおどろいた。

公会堂の廊下のいたるところでその姿は人目に立ち、勝は一方《ひとかた》ならず満足であった。朝子はしかし、どんなに自分が美しく見えてもそれで足りるということがない気がした。以前はこれだけの視線を集めれば、満ち足りた気持で家へかえった朝子であったが、今の飽きるところのない不本意は、こうした賑《にぎ》やかな場所へ出てみるとまだ自分の悲しみの治っていないことを思い知らされるせいだと考えられた。そうではなかった。これこそ子供たちの死のあとで彼女が感じた得体の知れない不満、あれほどの不幸と釣合のとれるほどの待遇をうけていないと考えたあの不満の別のあらわれだったのである。

朝子は音楽の情緒的な影響もたしかにあって、淋《さび》しい目つきで廊下を歩き、知人に挨拶《あいさつ》した。その目つきは相手方ののべるいたわりの挨拶によなく似合った。知人が連れの一人の青年を紹介した。青年はあの不幸な事件を知らない。そこで慰めの言葉を述べずに在《あ》り来《きた》りの会話をし、提琴家に対する二三の穏当な批評がましいことを言った。

『あの人には一寸無躾《ぶしつけ》なところがある』と、すでに遠ざかったその若い髪のかがやきを、群衆のむこうに眺《なが》めながら朝子は思った。『他の人のように、慰めの言葉を言ってくれはしなかった。私の淋しそうな様子に気がつかなかった筈はないのに』

青年は背が高い。群衆のむこうにその頭部が際立《きわだ》ってみえ、頭を転じると、笑っている目もとと眉《まゆ》と、額に危うく懸ったほつれ毛とが見える。話の相手は髪の頂きがわずかに見える。女である。

朝子は嫉妬《しっと》を味わった。自分が青年からかけられたいとのぞんだ言葉は、別の特定の言葉ではなかったろうか？　そう思うと、彼女の道徳的な魂は戦慄《せんりつ》した。こんな気持は理に叶《かな》っていないと思わねばならない。一度も良人に不満を感じたことのない朝子である。

「咽喉が渇きはしないかい？」

知人と別れて妻の傍《かたわ》らへ来た良人が言った。

「あそこにオレンジエードを売っているんだ」

むこうの売場の前で、人々がストロオを挿《さ》し込んだ柑子《こうじ》いろの液体の罎を傾けていた。朝子は近眼の人がよくするような、眉をひそめた疑わしそうな目でそちらを見た。咽喉はすこしも渇いていなかった。克雄に湯ざましの水を与えて、水呑場の水を呑むことを禁じた墓地の一日を思い出した。危険は克雄にだけあるのではない。その柑子いろの液体の中にも、誰も気のつかない微量の毒がまざっているように思われた。

音楽会を堺《さかい》に、朝子には多少狂おしいくらいの享楽慾《よく》が目ざめだした。娯《たの》しまなければならないと考えるこの当為の意識には、復讐《ふくしゅう》の熱情に似たものがあった。と謂って、彼女が不貞を志すようになったというのではない。どこへ行くにも良人と一緒であり、また朝子はそれをのぞんだのである。

むしろ彼女の良心の咎《とが》めは、死んだ者たちのまわりをいまだにうろついていた。遊び事からかえって、女中が夙《はや》く寝かしつけた克雄の寝顔を見ると、その寝顔から失われた二人の寝顔を思い出し、こんな気散じにうつつを抜かしている己れを責める気持で一杯になった。時には彼女の享楽慾は、こうした良心の苛責《かしゃく》を不断に醸成しておく方便のようでもあった。

良人は仕事の関係で、外国人を料亭や待合に招待することがある。子供たちが死ぬまえの習慣はよみがえって、客を迎えるときは朝子も進んで出るようになった。その応対はまことに行届き、彼女自身芝居のつもりでいる晴れやかさや快活さは、何の悩みもたない頃《ころ》のそれよりも、はるかに生彩を帯びて客の心を搏った。

「お前は客扱いが巧《うま》くなったね」と勝も言うのであった。「芝居だと思い込むのが社交の秘訣《ひけつ》なのね。本当に自分もたのしんでいたころは、あたくしって却《かえ》ってぶっきらぼうに見えたでしょうね」と朝子は言った。

日曜日の昼間は克雄のための外出の予定が組まれた。親子は動物園へゆき、ピクニックへ行った。ちやほやされてばかりいる子供は我儘《わがまま》になりがちだが、夫婦ともこんな危険には目をつぶって、およそ子供にかける未来の期待のすべてを代償にして、子供の長命があがなえるような錯覚に陥った。教育者の理性というものが、かれらには愚かしく見えたのである。

朝子の衣裳《いしょう》道楽に恐慌《きょうこう》を来した勝は、妻が何かの芸事にでも打込むことを期待したが、彼女にはそういう素質がもともと欠けていたという他はない。別の或《あ》るものに打込んで悲しみを忘れるという常套《じょうとう》手段には、自分を欺《だま》すことの卑《いや》しさがあった。享楽慾はというと、そこに断じて熱中はない。先立つものは空《むな》しさである。促して鞭打《むちう》つものは空しさである。

朝子は漠然《ばくぜん》と新らしい興行物や活動を見てまわり、良人が留守のあいだの連れを、昔の学校友達の閑《ひま》な夫人たちの中からえらんだ。ある夫人は少女歌劇の男役に夢中になっていた。それを莫迦《ばか》らしいと思いながら、朝子はそういう一組と一緒に食事をした。

夫人はたえず男役に贈物をして喜んだ。そしてこの罪のない放蕩を、大そうな秘密のように朝子に話してきかせるのが好きである。

楽屋を訪れることがある。男役は白の燕尾服《えんびふく》を着て、友禅《ゆうぜん》の座蒲団《ざぶとん》の上に横坐《ずわ》りに坐っている。まわりの壁には第二場以後の西班牙《スペイン》風の衣裳が掛け並べられ、その下に目白押しに崇拝者たちが居並んでいる。彼女たちは殆《ほとん》ど一語も発しない。男役の一挙一動を凝視して、息を殺しているのである。

朝子が少女歌劇を好まないのは、その俳優と観衆のほとんどが処女だというところにあるらしかった。友達の夫人のような異例も多い。しかし少くとも俳優のほとんどが処女であることは疑いを容《い》れない。

この白い燕尾服の男役は処女である。彼女は何も得ず、何も失わない。手鏡を見て、細い指先で口紅を直しながら、借り物の男の中へどうして身を投げ入れようかと苦慮している。ここの観衆が男を想像するように、彼女自身も男を想像しており、そこには錯覚以上のもの、想像力の共感が成立つにいたり、宣伝文はこうした心理作用を「夢」という言葉で一括するのがならわしである。

今や朝子は、人生に対する経験と夢との複合状態に、もどかしさをしか感じなくなっていた。並の女が夢を捨てるようにして捨てたのではない。もう一つの確乎《かっこ》たる夢のほうが、処女の抱く夢よりも、彼女の現実を圧服するのに力があった。むしろ朝子のほうがより「ロマンチック」でありうる筈だ。

『子供をこの体から生み落して』――と朝子は考えた。『そうしてその子供を失《な》くしてしまったということより大きな破れない夢はない筈だわ。ここにいる人たちなんか一人としてそんなことを知ってやしない』

急に朝子は次の子供が欲しくなった。就中《なかんずく》女の児《こ》がほしくなった。まだ一向に懐胎のけはいはない……。啓子を鏡の前に連れて来て、おしゃまな化粧をさせるのは実に面白かった。猫《ねこ》が生れつき鰹節《かつおぶし》が好きなように、女の児は白粉《おしろい》や口紅が好きなのだ。啓子は母親のまねをして、すぼめた口に棒紅を塗って、舌を出して唇《くちびる》を舐《な》めた。ちっともおいしくないのね、と啓子は言った。啓子はスキン・ローションという言葉をおぼえた。幼稚園でカーネーションの花を出されて、「これは何でございますか」と訊かれたとき、彼女は「スキン・ローションでございます」と答えたものだ。また先生が黒板にお琴の絵を書いて、「これは何でございますか」と質問すると、しばらく考えていて、「お廊下でございます」と答えたものだ。それから、何でも歌の名前をうろおぼえにおぼえ、海兵出の若い叔父から教わった歌を朝子に報告して、「啓子、愛国提灯曲《ちょうちんきょく》と、鮪《まぐろ》も攻むるもと、ホテルの光をうたえるの」なんぞと得意になって言ったものだ……。こういう回想のうちに朝子は生れるべき児も、母親の回想の中を生きるにすぎないのではないかという危惧《きぐ》を感じた。すでに朝子は三人の子がそろって生きていた間のような、未来に対する無邪気な放任の態度を持することに自信がない。子供を生むには、今の彼女はまだ自分が生きることに懸命になりすぎている。少くともこの状態は、悲しみが忘れ去られるまではつづくであろう……。

友達の夫人が彼女を促した。あたりはざわめき立っていた。出の時間が来たのである。

舞台裏を抜けて客席へかえるために、朝子と友達の出足はすこし遅すぎた。階段を下りてきた半裸の踊り子たちの間に揉《も》まれて、二人はお互いに相手を見失った。朝子はこの白粉の匂《にお》いと絹のざわめきの中に、自分が享楽と呼んでいるものの救いがたい混乱と雑駁《ざっぱく》を見出《みいだ》した。踊り子たちは短い大阪弁の会話を投げ合いながら舞台のほうへ雪崩《なだ》れてゆく。一人の踊り子の黒絹のパンツに、大きな鍵裂《かぎざ》きの跡の縫われているのが目についた。この質実な縫目は、朝子の質実な心に親しく触れた。ふいに安枝を思い出し、あの洋裁好きの処女が一家の生活に与えていた意味を思い出した。それは一家の脚註のような役割である。若い夫婦と子供たち一家の幸福の何も語らない難解さを、一人の老嬢の存在がそれと知らずに説明してくれていたその役割である。

継ぎをした黒絹の腰は、ほかの大ぜいの黒い腰に紛れてしまい、張物の裏の薄明の彼方《かなた》へ去った。朝子は幕開きに間に合おうとしてあわてている上気した顔の友達を見出した。彼女は遠くから手提《てさげ》で以て朝子を招いていた。

朝子はこのパンツの継ぎの話を、その晩かえってすぐ良人に話した。勝は多少好色な興味を感じたが、妻がどういうつもりで話しているのかわからないので、黙って笑ってきいていた。そのあとで急に洋裁を習いたいと言い出したのにはおどろかされた。

女の考えの辿《たど》る突飛な筋道が、彼に呑《の》み込めないのはこの時ばかりではない。

朝子は洋裁を習い出した。あまり遊びに出たがらなくなった。むやみと家庭的な女になったつもりになり、自分の周囲を改めて点検した。事実彼女は「生活を直視する」気持になったのである。

見直された生活の周囲は、永いあいだ放置されたあとが歴然としていた。彼女は永い旅からかえったあとのような心地がした。一日中片附物をし、そうかと思えば、一日中洗濯《せんたく》をした。中年の女中は急に自分の仕事を奪われて戸惑いした。

下駄箱《げたばこ》の中から清雄の靴《くつ》が出る。啓子のフェルトの小さな空いろの靴が出る。そういう思い出の品々は、不幸な母親を、しばらく物思いに沈ませたり、快い涙に暮れさせたりしたが、こういう形見のすべてが不吉なものに思われたので、朝子は克雄に合うものも敢《あえ》て残さず、大へん崇高な気持になって、慈善事業に凝っている友達に連絡して、そっくり孤児院へ寄附してしまった。

朝子がミシンを踏むたびに、克雄はだんだん衣裳持ちになった。洋裁のほかに流行の帽子作りも彼女を魅したが、それに凝るだけの心のゆとりはなかった。ミシンを踏んでいるとき朝子は悲しみを忘れた。この機械音と単調な運動は、感情の不規則な起伏とゆるい音律とを寸断したのである。

自分の感情を機械にとじこめてしまう一種の精神の体操を、なぜ今まで朝子が試みようとしなかったかふしぎである。もっとも機械が感情を殺してしまうこんな成行に、以前ほど朝子の心が抵抗しない時期に来ていたことも事実である。あるときミシン針を指にさした。痛みのあとに、血がためらいがちにふくらみ出て、赤い滴《しずく》を結んだ。朝子は怖《おそ》れた。この痛みが死に繋《つな》がっているような気がしたのである。

次には感傷的な気持になって、たとえこういう小さな奇禍が死を招いても、子供たちの後を追えるという神だのみから、ますます熱心にミシンを踏んだが、安全な機械はその後一度も指を刺さず、まして彼女を殺してくれそうにもなかった。

……かかる間も、朝子はそれで満足しきっているわけではない。彼女はなお何かを待っていた。そしてこの説明しようのない期待は、時には良人にむけられて肩外《かたすか》しをされ、それがお互いに一日口を利《き》かずにいる陰性の夫婦喧嘩《げんか》の種子《たね》になったりした。

冬が近づいていた。墓はすでに建てられた。手続は一先《ひとま》ず終った。

冬の季節の寂しさが、いつも夏を恋しく思わせるので、夫婦の生活には夏の怖ろしい思い出が一層鮮明な影を投げるのであった。しかしこの思い出は、物語に近づいていた。冬の炬燵《こたつ》や煖炉《だんろ》のかたわらでは、こういう風に、すべてが物語の色を帯びるのは避けがたい。

朝子には事実自分のあれほどの悲しみが、物語の一種であった、ということはつまり、一種の感情の怠惰であった、と省みられるふしもあった。こう考えると、すべての「在り得ないこと」は判然とする。あの事件の異様な偶然も、物語となれば判然とする。

しかし彼女は二人の子と安枝の生きていた頃のあの生活をまで、物語の中に塗り籠《こ》めてしまう勇気はなかった。今にしてみればあれこそ物語のように思われる幸福の喚起ほど、今の彼女にとって現実的なものはなかったからである。

＊＊＊

冬のさなか、朝子に懐胎の兆《きざし》があった。このころから、はじめて忘却が当然の権利のように夫婦の心に訪れた。今度の妊娠《にんしん》ほど、良人《おっと》も朝子自身も慎重を期したことはなかった。無事に生れることがふしぎで、仕損じることが当然のように思われたからである。

すべてはうまく行っていた。新らしい状況は、古い記憶との間に境界を立てた。悲しみは本当のところすでに治っていて、あとはただ一つ、その治癒《ちゆ》を自ら認める勇気が要るばかりになっていたのを、朝子は懐胎という一種の他力に縋《すが》って、はじめて勇気を得たのである。

あの事件はそもそも何事だったか、夫婦は見究める余裕なしにすぎてしまった。もしくは見究める必要なしにすぎてしまった。あれ以来、朝子が味わった絶望は、単純なものではなかった。あれほどの不幸に遭いながら、気違いにならないという絶望、まだ正気のままでいるという絶望、人間の神経の強靱《きょうじん》さに関する絶望、そういうものを朝子は隈《くま》なく味わった。人間を狂気に陥《おとし》いれ、死なせるのには、どれだけの大事件が必要なのか？　それとも狂気は特殊の天分に属し、人間は本質的に決して狂気に陥らないのか？

われらを狂気から救うものは何ものなのか？　生命力なのか？　エゴイズムなのか？　狡《ずる》さなのか？　人間の感受性の限界なのか？　狂気に対するわれわれの理解の不可能が、われわれを狂気から救っている唯一《ゆいいつ》の力なのか？　それともまた、人間には個人的な不幸しか与えられず、生に対するどんな烈《はげ》しい懲罰も、あらかじめ個人的な生の耐えうる度合に於《おい》て、与えられているのであろうか？　すべては試煉《しれん》にすぎないのであろうか？　しかしただ理解の錯誤がこの個人的な不幸のうちにも、しばしば理解を絶したものを空想するにすぎないのであろうか？

朝子の心にもこうした理解の焦躁《しょうそう》があった。ああいう事件に直面して、直面しながら、理解することは困難である。理解は概《おおむ》ね後《あと》から来て、そのときの感動を解析し、さらに演繹《えんえき》して、自分にむかって説明しようとする。そうするには、事件に直面したときの自分の感情の反応に、朝子は不満をおぼえざるをえない。その不満は、たしかに悲しみそのものよりも永く心に残り、澱《おり》のように心を立去らないが、今一度それをやり直そうと思っても、出来ることではない。

彼女は自分の感情の正確さを諦《あき》らめない。母だからである。それと同時に、自分の感情の不正を疑うことを諦らめない。

こういう場合、現実は人を慰めるに足りないが、とうとう彼女の肉体の内部に芽生えた現実は、永くその力を見くびった人への復讐《ふくしゅう》をした。それは生育し、動いた。内部の現実に使役されるというこの感情生活は、受胎することのない男にとっては、ただ思想を抱いた男だけが知っているところのものである。

何か本当の忘却というのではないが、池のおもてに張った薄氷《うすらひ》のような忘却が、まず朝子の悲しみの記憶を覆《おお》った。この氷は稀《ま》れに破れた。しかし一夜にしてまた同じ氷が水面を覆い隠した。

忘却が本当の力をふるい出したのは、夫婦が気づかない間である。それは浸潤した。

ごくわずかな隙間《すきま》をみつけて浸潤した。目に見えない黴菌《ばいきん》のように組織を犯し、根気のよい、しかし着実な作業を営んだ。夢の中で夢に抵抗している人のような無意識の身振を、朝子は自分でも気づかずにしていることがある。そういうときは大そう不安である。彼女は忘却に抵抗していたのである。

忘却が自分の中に育ってゆく力は、育ってゆく胎児の力だと考える朝子には、多少自分をいつわった誤算があった。それは別のものである。忘却は懐胎によって力を得たにすぎなかった。事件の輪郭は徐々に崩れて来て、ぼんやりし、あいまいになり、風化し、解体した。

たしかに一度夏空の中に、白いくっきりした輪郭をもった、怖ろしい風姿の大理石の彫像が現われたのである。それは雲のような模糊《もこ》たるものになり、腕は落ち、首は欠け、手に捧《ささ》げていた長剣は脱落した。記憶のなかの、身の毛もよだつような石の表情は、徐々に柔和な、不明瞭《ふめいりょう》なものになった。

われわれの生には覚醒《かくせい》させる力だけがあるのではない。生は時には人を睡《ねむ》らせる。よく生きる人はいつも目ざめている人ではない。時には決然と眠ることのできる人である。

死が凍死せんとする人に抵抗しがたい眠りを与えるように、生も同じ処方を生きようとする人に与えることがある。そういうとき生きようとする意志は、はからずもその意志の死によって生きる。

朝子を今襲っているのは、この眠りであった。支えきれない真摯《しんし》、固定しようとする誠実、こういうものの上を生はやすやすと軽やかに跳びこえる。もちろん朝子が守ろうとしたものは誠実ではない。守ろうとしたのは、死の強《し》いた一瞬の感動が、意識の中にいかに完全に生きたかという試問である。この試問は多分、死もわれわれの生の一事件にすぎないという残酷な前提を、朝子の知らぬ間に必要としたのである。もしかすると彼女は、子供たちの死を見た瞬間に、悲嘆がおそうその以前に、すでに彼らの死を裏切っていたのかもしれない。

まことにやさしい単純な朝子の心は、もとよりこうした分析には適しなかった。彼女の表情には以前よりも、何か愚かしいものがあらわれていた。何事かを知り、何事かを疑いだした者の愚かしさの表情である。何も知らなかったころの無邪気な朝子は、むしろきびきびした賢こそうな一人の若い母親と見えた筈《はず》である。

あるときラジオが、子供を喪《うしな》った母親の劇を放送していて、それをきいた朝子はすぐスイッチを切ってしまったが、追憶の圧力を処理するこの手際《てぎわ》のよさに、彼女はわれながらおどろいた。悲しみに身を沈めることの、堕落のよろこびに似たよろこびに対して、生れるべき四人目の児の母親は、一種道徳的な嫌悪《けんお》を催おすのであった。数ヶ月まえの彼女と何というちがいであろう。

胎児のためには暗い激情を拒まねばならない。心の均衡を保たねばならない。これら精神衛生上の禁忌は、ずるずるべったりの忘却よりも、よほど朝子の気に入った。まず彼女は自由を感じた。あらゆる戒律の中に自由を感じた。それが何よりも忘却の力であったが、朝子は自分がこうも自分の心を思うがままに扱えることにおどろいていた。

思い出の習慣もいつのまにか失われ、命日の読経や墓参の時に涙の流れないのがふしぎとも思われなくなった。彼女は自分が寛大になり、何でも恕《ゆる》してやれるようになったと思った。たとえば春が来て、克雄をつれて近くの公園まで散歩に行って、砂遊びに興じている大ぜいの子供たちを見ても、不幸の直後、他所《よそ》の生きている子供たちを見て感じた憎悪《ぞうお》や嫉妬《しっと》は、感じようとしても感じることができない。彼女が恕しているといるおかげでこの子供たちもみんなのびやかに生きている。朝子は社会の活力をそういう風に感じた。

忘却は勝の場合は、妻よりもたしかに早く来たが、それだけ勝が薄情だったというのではない。むしろあの悲しみに感傷的に惑溺《わくでき》したのは勝であって、男性は通例その移り気に於て女性よりも感傷的なものである。勝は感情の持続に耐えず、自分の悲しみがそうしつこくは自分を追いかけて来ないことをたしかめると、俄《にわ》かに孤独を感じて、妻に内緒でささやかな浮気をした。彼はすぐ飽きた。朝子が懐胎した。彼は母のところへかえるように、いそいそと朝子のところへかえった。

事件は、漂流者が船の残骸《ざんがい》と別れるように、一家の生活と別れて行った。その当日、新聞の読者が社会面の一角に見たのと同じ見方を、時が彼等にも可能にさせた。かれらはあの事件の当事者でさえなかったのではないかと疑われた。ただ単にいちばん近い見物人だったのではあるまいか？　当事者はのこらず死んでしまい、死によってあの事件と永遠に附合うことになったのであるが、われわれが歴史の事件にあずかるためには、その事件にわれわれの存在が幾分か賭《か》けられていることを必要とする。勝夫婦は何を賭けたろうか？　第一賭けるひまがあったであろうか？

事件は遠く、岬《みさき》の燈台《とうだい》の灯《ひ》のように燈《とも》っていた。A浜の南に見えた爪木ヶ崎の廻転《かいてん》式燈台のように明滅していた。無害であるよりは有益な教訓になり、具体的な事実から観念的な比喩《ひゆ》に変貌《へんぼう》した。それは生田家の所有を離れ、一個の共有物になり、燈台の燈《あか》りが、荒磯《ありそ》や、夜もすがら白い牙《きば》を立てて寂しい巌《いわ》を嚙《か》んでいる波や、岬の周辺の森を照らすように、日常生活の錯雑した社会の周辺を照らしていた。そこから人は教訓を読む筈だった。わかりやすい言い古された単純な教訓で、子供を持つほどの親は、当然銘記していなければならない。それはこうである。

「海水浴へ行ったら、子供をたえず監視していなければならない。まさかと思う場所で人は溺《おぼ》れるものである」

勝たちはこんな通念のために、二人の子と一人の老嬢を犠牲に供したわけではない。たまたま三人の死が、こうした通念の裏附にしか役立たなかっただけである。英雄の死もこれと同じような効能をしか生じなかった例は沢山ある。

朝子の第四子は女児である。生れたのは晩夏である。一家の慶《よろこ》びは限りなく、しらせをきいた金沢の勝の両親は、新らしい孫を見に上京した。ついでに勝は多磨墓地へも案内した。

女児は桃子と名附けられた。母子共に健康である。朝子は育児にすでに経験がある。克雄はまた妹の出来たことがうれしくてたまらない。

＊＊＊

又翌《あく》る年の夏のことである。事件があってから二年後、桃子の生れた翌年の夏である。朝子が急にA浜へ行ってみたいと言い出して勝を愕《おど》ろかせた。

「どうしたんだい。もう一生A浜へは行かないと言っていたじゃないか」

「でも何だか行ってみたいの」

「へんな奴《やつ》だな。俺《おれ》は少くとも行きたくない」

「そう、そんならよすわ」

二三日、朝子は黙っていた。そのあとで又こう言った。

「やっぱり私、A浜へ行ってみたい」

「そんならお前一人で行け」

「一人でなんか行けないわ」

「なぜだ」

「だって何だか怖くて」

「怖いところへどうして行くんだ」

「みんなで行ってみたいの。あのときだって貴方《あなた》がいて下されば安心だった。貴方と御一緒なら」

「永くいると、その間にどんな事が起るか知れないぜ。それにそんなに永く休暇はとれない」

「一晩泊りでいいの」

「不便なところだからなあ」

勝はもう一度朝子の行きたいという理由を問うた。朝子はわからないと言うだけである。勝は日頃《ひごろ》愛読する探偵《たんてい》小説の定石を思い出した。そしてこう思った。『人殺しは奇妙に自分の殺人の場所を、危険を犯して見にかえるというが、朝子も子供たちの死んだ海岸を、もう一度見たいという奇妙な衝動にかられているのかもしれない』

三度、朝子が同じ提言を、非常な熱意を以《もっ》てではないが、同じ単調な口調でくりかえしたとき、勝は週末の混雑を慮《おもんぱか》って、一日平日の休暇をとって出かける算段をしようと決心した。宿は永楽荘一軒しかない。不幸な部屋からなるべく離れた一室を予約する。朝子はあいかわらず良人のドライヴを肯《がえ》んじない。夫婦と克雄・桃子の四人は、伊東からハイヤーを雇って行った。

夏はたけなわである。沿道の家の裏手に、向日葵《ひまわり》が獅子《しし》のように鬣《たてがみ》をふるい立たせている。自動車の埃《ほこり》が、向日葵のあからさまな花の面《おもて》にかかる。しかし向日葵は自若としている。

車の左の窓に海が見えると、克雄は二年ぶりで見る海に歓声をあげた。すでに五歳である。

夫婦は車中であまり語らなかった。車の動揺が甚《はなは》だしいので、ゆっくり話して行くには適しない。桃子は意味の解《わか》る言葉を時々言う。克雄が「海」という言葉を教えると、反対側の赤土の禿山《はげやま》を窓から指さして「海」と言う。勝は克雄が、何か忌《いま》わしい言葉を赤ん坊に教えているような気がした。

永楽荘へつく。先年と同じ番頭が出て来て迎える。勝は心附をやる。あのとき慄《ふる》えの止《や》まない手でこの男に与えた千円の心附を、ありありと思い出した。

宿は今年は不景気で閑散である。部屋へおちつくと、勝はいろいろなことを思い出して、大そう不機嫌《ふきげん》になった。子供の前で妻に叱言《こごと》を言った。

「行くにも事を欠いて、どうしてこんなところへ来なきゃならないんだ。思い出すのはいやなことばかりじゃないか。折角忘れていたことを又すっかり思い出さなくちゃならない。桃子が生れて最初の旅行だというのに、他にもっとたのしいところがいくらもあるんだ。いそがしい最中に休暇をとって、こんなところへ来る馬鹿《ばか》があるもんか」

「でも一度承知なすったくせに」

「お前があんまりしつこいからじゃないか」

庭の芝生は午後の日に赫奕《かくえき》と燃えている。すべてが一昨年のままである。白瀝青塗《ペンキ》りのぶらんこには、紺や緑や赤の海水着が干してある。輪投げの台のまわりには、輪が二三ころがって、半ば草に埋っている。庭の一角にそこに安枝の屍《むくろ》が横たえられていた木かげがある。木洩《こも》れ陽《び》は何もない芝生の上に斑《はだ》らをえがき、それがふと目の加減で、安枝の緑いろの水着の起伏の上に斑点《はんてん》を落しているように見える。光りのたえず風にうごいているのが、そういう幻覚を起させるのである。勝はそこに安枝の横たえられていたことを知らない。幻覚を見たのは朝子一人である。知らない間の勝にとって、既に起っていた事件も存在しなかったように、そこに安枝の横たえられていたことを知らない彼は、永久にその一隅《いちぐう》を何事もない静かな木蔭《こかげ》として見るにちがいない。まして知らない宿泊者たちはそうである。……朝子はそんなことを思わずにはいられない。

妻が黙っているので、勝は叱言を言い疲れた。克雄は縁側から庭へ下りて、輪投げの輪をとった。それを投げずに、芝生の上にころがした。輪のころがる行方を、しゃがんだまま熱心に見ている。輪は影を伴って芝草の凹凸《おうとつ》の上を無器用に転がった。ふいに躍り上るように倒れて、影の上に重なった。克雄は身を動かさずにじっと見ている。輪が起き上りそうな気がしたのである。

沈黙の中を占めている一面の蝉《せみ》の啼声《なきごえ》に、勝は頸《くび》のあたりににじんで来る汗を感じた。父親の義務を思い出して立上った。さあ克雄、海へ行ってみよう、と言った。

朝子は桃子を抱いてついて来る。四人は庭の生垣《いけがき》の門から松林の中へ出た。海が見え、このあたりの磯の上を、足早に波が駈《か》けて来て、かがやいてひろがるのが見える。

築山《つきやま》をめぐって浜へ出ることのできる干潮の時刻である。勝は克雄の手を引いて、熱い砂の上を宿の下駄《げた》で歩いた。

浜の人出は少ない。海浜傘《がさ》が一つも見られない。築山の下をぬけると、すでにそこは海水浴場の一角であるが、浜を見わたして二十人と見られない。

四人は波打際に立止った。

沖には今日も夥《おびただ》しい夏雲がある。雲は雲の上に累積《るいせき》している。これほどの重い光りに満ちた荘厳な質量が、空中に浮んでいるのが異様に思われる。その上部の青い空には、箒《ほうき》で掃いたあとのような軽やかな雲が闊達《かったつ》に延び、水平線上にわだかまっているこの鬱積《うっせき》した雲を瞰《み》下《お》ろしている。下部の積雲は何ものかに耐えている。光りと影の過剰を形態で覆い、いわば暗い不定形な情慾《じょうよく》を明るい音楽の建築的な意志でもって引締めているように思われる。

海はその雲の真下から、こちらへ向って、ほとんど遍在している。海は陸地よりもはるかに普遍的で、入江も海をとらえているという印象を与えない。殊《こと》にここの湾口はひろいので、海が正面からすべてを犯しているように見えるのである。

波がもち上る。崩れようとする。崩れる。その轟《とどろ》きは、夏の日光の苛烈《かれつ》な静寂と同じものである。それはほとんど音ではない。耳をつんざく沈黙とでも言うべきである。そして四人の足許《あしもと》には、波の抒情的《じょじょう》な変身、波とは別のもの、波の軽やかな自嘲《じちょう》ともいうべき、名残の漣《さざなみ》が寄せては退《しりぞ》いている。

勝はかたわらの朝子を見た。

朝子はじっと海を見ている。髪は海風になびき、強い太陽光線にひるんでいるけはいもない。目は潤《うる》みを帯びて、ほとんど凜々《りり》しく見える。口は頑《かたく》なに結ばれている。その腕には小さな麦藁《むぎわら》帽子をかぶった一歳の桃子を擁している。

勝はこういう妻の横顔を何度か見たことがあるように思った。あの事件があって以来、妻は時々放心しているようなこんな表情をする。それは待っている表情である。何事かを待っている表情である。

『お前は今、一体何を待っているのだい』

勝はそう気軽に訊《き》こうと思った。しかしその言葉が口から出ない。その瞬間、訊かないでも、妻が何を待っているか、彼にはわかるような気がしたのである。

勝は悚然《しょうぜん》として、つないでいた克雄の手を強く握った。

——一九五二、八、一五——

（昭和二十七年十月『新潮』）

花火

昔の大将の身代り首というものがある。活動写真のスタンド・インというものがある。他人の空似というのは実際にあることだ。

そろそろ夏休みがはじまるので、C大学の僕は夏休み中の何か収入《みいり》のいいアルバイトを探していた。そこで僕はアルバイトなら何でも一とおりやっている苦学生のA君にその相談をした。夏休みの後半は、仙台の郷里へ帰省して、そこで送るとして、前半のあいだを大いに稼《かせ》ぐ必要があったのである。

一日僕はA君に伴われて、彼の心当りの口を二、三当ってみた。どれもが旨《うま》く行かなかったり、条件が悪かったりしたので、A君は一日の失敗に疲れた僕を慰労するために、彼の時たま行く飲み屋へ僕を連れて行った。

その飲み屋というのは、両国の国技館の近辺にあって、褌担《ふんどしかつ》ぎだの男衆だのが呑《の》みに来る大そう安直で心安い店である。どうしてA君がここを知ったかというと、夏場所大相撲の時に、男衆の学生アルバイトに応募して、裁著袴《たっつけばかま》を穿《は》いて働らいているあいだ、朋輩《ほうばい》に誘われてここへ呑みに来たのがはじめである。

行ってみると、相撲は地方巡業へ出かけた留守なので、客種にはこれと云《い》った特徴は見られない。

僕たちはすぐ飯台《はんだい》の前に腰かけた。すると小肥《こぶと》りした機敏に体の動く女将《おかみ》が、A君の注文する焼酎《しょうちゅう》とつまみものを運んできた。A君は二言三言世馴《よな》れた冗談を言い、そのあげくに、僕の友達にいいアルバイトはないかなあ、と言った。僕は間《ま》が悪かったので、A君がそんなことを言わなければいいのにと思いながら、黙って焼酎の盃《さかずき》を舐《な》めていた。

「まあ、こちらも学生さんなんですか」

と女将は鳥渡《ちょっと》おどろいたように言った。

僕たちはワイシャツに制帽の姿で、帽は椅子《いす》の上に置いていたのである。

「同級生だよ。こいつ学生に見えないかねえ」

とA君は僕の帽をつまみあげて、飯台の上に置いた。

「そんなことはありませんけど、ふだんはいつも粋《いき》な恰好《かっこう》でいらっしゃるから、学生さんだとは思わなかったわ。そういえば、お揃《そろ》いで見えたのは今日がはじめてですね」

「おいおい、君はここがはじめてじゃなかったのかい」

「はじめてだよ。両国へ来たのだって、はじめてさ」

「まあ、しらばっくれて、にくらしい」

僕の冤《えん》はなかなか雪《そそ》がれなかった。女将は僕が数度ここへ顔を見せたことを執拗《しつよう》に主張するし、A君は僕の「理由のない嘘《うそ》」を責め立てて罷《や》まなかった。

とこうするうちに、入口の縄《なわ》のれんが揺らいで、紺のポロシャツに白っぽいズボンを穿いた男が入って来た。下駄《げた》をそこらへぶつけるように騒々しく入って来て、

「やあ、こんばんは」

と愛想よく女将に言った。

われわれの愕《おどろ》きは一通りではなかった。その男は、容貌《ようぼう》といい、年恰好といい、僕と瓜《うり》二つだったからである。就中《なかんずく》、女将は奇声を発した。

「双児《ふたご》かもしれませんよ、兄さん方《がた》は」

自分でその月並な空想にうれしくなったらしく、兄弟分の盃をなさいなどと言いながら、女将の勘定で酒を運ばせた。そこで僕たちは、大して望みもしなかったのに、その男を紹介され、一緒に酒を呑む破目になった。

女将の紹介は気のきいたものではなかった。

「こちらはナアさん」

「こちらは河合さんと仰言《おっしゃ》るんでしたわね。C大学の学生さんですわ」

女将はその男の姓名を知らないらしかったが、男も進んで名乗ろうとはしなかった。しかし快活で愛想のよい若い者だったので、僕もA君も席を共にすることにそう異存はなかった。大方そこらの職人か御用聞きのような男で、こちらが大学生というので、職業を名乗りにくくなったのだろうと思われた。

「全くよく似ていますなあ」

はじめのうちは、こういう嘆息だけが共通の話題であった。呑むほどに、僕とその男の差異が徐々にあらわれて来た。たとえばその男が酒を呑むときに、頭を低くして盃の縁へ口をもってゆく仕草、歯切れがいいが何か話の途中でふっと口をつぐんでしまう癖、理窟《りくつ》っぽいことを無暗《むやみ》と回避する態度、笑うときにも目だけは笑っていない感じ……こういう差異がだんだんはっきりしてくるにつれ、それらのものから僕とちがう別の人格が、確乎《かっこ》として目前に組み立てられてゆくように思われ、それが僕を安《あん》堵《ど》させた。自分と同じ顔を目の前に見つづけることが、僕を些《いささ》か不安にしていたのである。

男は相撲の話には興味を示した。その話題を持ち出したのは、勿論《もちろん》A君である。

「あんたは相撲のことをよく御存知ですね」

と男が言った。磊落《らいらく》なA君は、

「アルバイトで、たつけを穿かされて男衆をしていたんですよ」と言った。それから、様子に気づいて僕が引止めようとしたときはすでにおそく、「河合君に何かいいアルバイトはないですか」と切り出していた。

「アルバイトねえ」

男はちらと盃の上から僕のほうを見た。

眼《め》は鋭くて、瞳《ひとみ》が少しも動かない。快活で愛想もよいのに、全体から暗い印象をうけるのはこの眼のせいらしい。僕はこういう風にして見られたとき、自分が物品になって見られたようないやな心持がした。

「そうだ。花火はどうですか。お友達が相撲で、あんたが花火、ちょっと縁があって面白いじゃないか」

「花火って何です」

きけば、七月十八日の両国の川開きのために、柳橋の一流の待合が、相撲の男衆の好例に鑑《かんが》みて、当日限りの男衆に学生アルバイトを募集している。待合の名は菊亭と云って、柳橋でも一、二を争う店である。ここの収入《みいり》はずいぶんいい筈《はず》だというのである。

「どうです」と男は、熱心な、とも、無関心なともつかない単調な口調でつづけた。

「……今思いついたんだが、収入もいいが、うんと祝儀の出る筋があるんです。河合さん、あんた、今の運輸大臣の岩崎貞隆って人、知ってますか」

「新聞の写真で見たことがあります」

僕は漫画によく扱われるそのひどく長い、出っ歯で、白髪《しらが》で、しかし妙に荘重な顔を思い出した。

「長い顔の……」

「ええ、知ってます」

「あの大臣がきっと花火見物にやって来ますよ。そうしたら、二、三度、じっと顔をみつめておやんなさい。口を利《き》いちゃいけません。ただちょっとのあいだ、穴のあくほど相手の顔をみつめてやるだけでいいんです。そうすりゃ、あとでたんまりお祝儀が出ます。嘘は云いませんよ。ただ、じっと顔を見てやれば、それでいいんです」

「へんな話ですね」

「私とそっくりのあんたのその顔をね」

僕は改めて男の顔を見た。下手な鏡なら、こうまで如実《にょじつ》に僕のそのままの顔を映しはしない。僕は美男ではない。そうかと云って、醜男《ぶおとこ》というほどでもない。特徴といえば、顔つきがいくらか険しいことである。眉《まゆ》と目が迫っていて、鼻筋はなかなか小粋なほうだが、口が大きくてだらしのない恰好をしている。僕は自分の口を犬のような口だと思って憎んでいる。額はせまく、顔は浅黒いと謂《い》うのを、もう少しとおり越している。

僕が返事のしようもなくていると、

「まあ、応募するかどうかは御勝手だけど、もし応募して、(受かることは請合ですが)、うんとお祝儀が出たら、そのお祝儀だけは、山分けと行こうじゃありませんか。花火のあくる晩、私はこの店で待っています」

この会話は、すでに他の客にかまけている女将や店の者にはきこえなかった。

A君は反対したが、僕は好奇心を抑えかねて応募した。そして男の言ったとおり、すぐ採用された。

七月十八日は、川開きの日には、早朝から出て来るように申し渡された。生憎《あいにく》のことに朝来の雨が降ったり止《や》んだりしていた。それまでの数日は、曇りがちなりに降らない日がつづいていたのである。

朝行くと、一同に通行証というものを渡された。午後三時からは各所に交通遮断《しゃだん》が行われるので、走り使いの折などは、この紙片を見せなければならない。

通行証には番号が附され、

昭和二十八年両国川開き
日時　昭和二十八年七月十八日（土曜日）雨天順延
午後一時――九時半
観覧席入口　国電、都電浅草橋駅前より
（本証を警備員にお見せ下さい）
主催　両国花火組合

と刷ってある。端に「きく亭」という朱の判が捺《お》してある。

午前中、麻裏草履を穿き「きく亭」と染めぬいた法被《はっぴ》を着て、僕は天候を危ぶみながら、座敷へ卓を運んだり、庭の椅子席の板を打ちつけたり、警察へ連絡に走らされたり、いそがしく立働らいたが、午後になって一時雨が上ったので、今日やはり花火大会が決行されることになったという達しがあった。

僕は今までついぞ花柳界というものをのぞいたことがない。田舎出の学生の好奇心をこれほどそそるものはなかろう。一夜の花火のために費される莫大《ばくだい》な金は、もちろんそれを裏附ける客の落す金があるからだが、これだけの浪費がどういう目的を以《もっ》て行われるかという段になると、アルバイト学生には皆目わからなかった。芸妓《げいぎ》たちも花やかな装いをこらして座敷の中をうろうろしていたが、僕たちには目もくれなかった。目の前で別世界が廻転《かいてん》していて、その廻転に僕たちの小さな歯車の動きも加わっていると感じることは至難であった。

菊亭の門内には男衆たちの掛ける床几《しょうぎ》が置かれ、打水をした石畳の左右に、下足の棚《たな》が設けられていた。ふだんの下足だけでは足りないからである。花火のみえる座敷には、縦横に白布をかけた急ごしらえの卓がめぐらされ、重箱弁当とお土産と花火の番組と、コップ、盃、箸置《はしおき》に凭《もた》せられた紅白の寿《ことぶき》の割箸などが、めいめいの客を待って整然と並んでいた。河に接した庭は、俄作《にわかづく》りの椅子テエブルが三段に並び、それぞれ客の会社の名を墨書した紙が懸っている。枝から枝へ、色とりどりの麦酒《ビール》会社の無数の提灯《ちょうちん》が、コードにつらねられて川風にゆれている。川の上にまでせりだした席は、数艘《そう》の舫《もや》い舟の席であった。

舟はすでに隅田川のあちこちに動きまわっていた。仕掛花火の格子《こうし》を組んだ舟も川の中央にいくつか浮んでいた。川岸には椅子や床几をもちだした人々が群れ、あらゆるビルの窓や屋上に人の頭がひしめき合っていた。交通整理の警官たち、そこかしこに張られた町会の天幕、何ということもない雑然たる人のゆきかい、これらの上にまたぱらつきだした雨空をつんざいて、たえず見えない昼の花火のとどろきがあった。そうして見えない花火のその匂《にお》いだけは、漂ってくる焔硝《えんしょう》の煙に嗅《か》がれた。ときどき煙は川面《かわづら》を包み、鉄橋をおぼろげに見せる。すると、はげしい汽笛が斬《き》り込んで来て、電車があたりをとよもして鉄橋の上を通った。

三時すぎると、高級車がそろそろ路次にひしめいて来る。玄関の応接は遑《いとま》がない。女将は玄関口の緋毛氈《ひもうせん》にきちんと坐《すわ》って、客に挨拶《あいさつ》したり、芸妓や女中に指図をしたりしている。とにかく皆が昂奮《こうふん》して、むやみと忙しく体を動かしたり、甲高い声で話したりしている。ときどき花火の轟音《ごうおん》に会話がさえぎられる。そういうとき、だんだん本降りになってくる空を見上げて、生憎だねえ、などと云うのも、昂奮のうちなのである。

門前の僕たちの床几の上には天幕が張られた。お客がつくと、そろいの法被の男たちが立上ってお辞儀をすればよいのである。走り寄って自動車のドアをあける役は、祝儀にありつける役なので、男衆のうちから、元の棟梁《とうりょう》でもあるらしい小柄《こがら》で利かん気の顔をした老人が、ひとりで引受けていた。他の男衆たちは用があるまで待機していて、万一、胡乱《うろん》な奴《やつ》が入って来ようとしたら、追い返せばよいのであった。

学生アルバイトは数人しかいなかった。かれらの二人が、交わしている会話に僕は聴耳を立てた。

「今日は大臣が二人来るんだってさあ」

「ふうん」

「運輸大臣と農林大臣とな」

「何ていう奴だい」

「運輸大臣のほうは、岩崎何とか云うんだろ。農林のほうは、内山なんとかだ」

「おい、花火が見えなくてつまらねえな」

「そろそろ暗くなるのにな」

川に背を向けた門のところからは、花火はもっとも見えにくい筈であった。

「ちょっとその花火の番組見せろよ。……ああ？　『柳に雨後の日月時雨《しぐれ》』『引先錦紅露』……何のことだかわかりやしねえな」

僕はのぞき込んで、提灯の明りで照らされているその番組を瞥見《べっけん》した。

『咲き競う名妓の舞』

『シルバーガーデン』

『玉追玉吹龍』

『千代田の誉れの輝き』

『五色の瓔落《えいらく》』

『七重八重と煙る花吹雪』

『昇天銀龍五種の花』

などというむやみに絢爛《けんらん》として抽象的な名前が並んでいる。

五時すぎると、沛然《はいぜん》たる雨になった。路上を頭に手巾《ハンケチ》をのせた男女が駈《か》けてゆく。花火はたえず轟然と鳴っている。屋根の上に小さい雨のはねかえりを沢山笹立《ささだ》たせて、高級車が次々と門前にとまる。

漸《ようや》く日が暮れて、僕は空にひろがる大きな花火の輪の片鱗《へんりん》を、たびたび天幕の軒端《のきば》に見るようになった。

すると例の、ドアをあける係りの老人が落着かなくなった。客の絶え間には、

「畜生。見てえなあ。お手当をみんな返上しても、二階座敷へ上って見てえなあ」

と舌打ちをして僕たちを笑わせていたが、それは冗談ではなくて本音らしかった。

というのは、雨のおかげで舟や庭の椅子席の客を一階の座敷へ移したことから生じた混乱を整理するために、四、五人の男衆の手伝いを呼びに来たとき、老人は今まで一人占めにしていた役目を放棄して、まっさきにその四、五人に加わったからである。とにかく庭の手伝いに廻《まわ》れば、花火だけは見られるのだ。

門の天幕にのこったのは三、四人であった。刻々に情報が齎《もたら》され、湿りをおそれて、今仕掛花火を全部先に点火しているところだ、という人があった。番組のところどころに配分されていた仕掛花火が、こうして宵《よい》のうちにのこらずすんでしまうわけである。

六時がすぎた。客足はいくらかまばらになった。

顔馴染《かおなじ》みの女中が忙しげに顔を出して、

「岩崎さんはまだですね。お遅いこと」

などと云《い》うなり、返事もきかずに姿を消したりした。

七時をいくらかまわったころである。一台の漆黒の高級車が門前にとまった。官庁の自動車である。

僕は思わず立って、傘《かさ》をかざして進んでそのドアをあけに行った。門燈《もんとう》がほのかに照らし出した車内には、一人の紳士がうずくまったように坐っていた。何か見かけていた書類を、内かくしにしまうのが、うまく行かなくて手間がとれた。そのおかげで、僕は漫画で見なれた岩崎運輸相の顔を、はっきりそこに認める余裕があった。

長い顔と出っ歯と、白髪とは、写真のままであった。しかし最初の印象では、いかにも疲れた、不健康な青黒い肌《はだ》をしている、と僕は思った。大臣というものはもっと血色のよいものかとばかり僕は思っていたのだ。

　書類の始末があまり永かったので、雨が車内に降り込まぬように、僕は一度勢いよくあけたドアを、又半ば閉めるようにした。その気配に気づいて、何げなく大臣は顔をあげた。それはほとんど彼が腰をあげて、車を下りようとしたのと同時であった。窓硝子《まどガラス》を隔てて、大臣の目と僕の目とが会ったのはほんの一瞬である。

　しかしこの時ほど、僕は人間の顔が、「色を失う」という感じにぴったりした変化を起したところをまだ見たことがない。恐怖が彼の顔を一瞬のうちに染めたのである。顔の筋肉と神経の瞬時の収縮が、僕にはありありと見てとれた。そこで僕は、車を降りがけに、大臣が恐怖のあまり、却《かえ》って僕へ襲いかかってくるのではないかという危惧《きぐ》を抱いたほどである。

　しかし岩崎貞隆は、僕の傘のなかへ無言で頭をさし出すと、今度はひどくよそよそしい緊張した頬《ほお》を見せながら、玄関口まで僕に送られて行った。女将《おかみ》や芸妓の歓呼が大臣を迎えた。彼は一度も僕のほうをふりむかずに、女たちに囲まれて檜《ひのき》の光沢を放った廊下を遠ざかった。

　……僕は呆然《ぼうぜん》と天幕へかえって来た。

「どうだい。祝儀は呉《く》れたかい」

遠慮のない学生アルバイトの一人が訊《たず》ねた。その質問で、僕は祝儀を一文ももらわなかったことにはじめて気づいた。その次に僕を襲った感情は、つまらない金銭的不満ではなかった。大臣の顔に、得体のしれない、あれほどの恐怖の色が泛《うか》んだことを思い出すと、今度は僕が一層得体の知れない恐怖に襲われたのである。

……三十分ほどして、女中が、女将が呼んでいると云って、僕を呼びに来た。妙な動悸《どうき》がする。自分の演じている役割が、何か途方もないことに思われて来る。しかしそれは僕の一種の強迫観念にすぎなかった。女将は、学生アルバイトでなくては危ぶまれる、可成《かなり》頭の要る連絡の仕事をたのむために、僕を呼んだので、朗らかな調子で、町会の天幕まで一走り行ってくれ、と云って用件を言った。

女将は二階の座敷の廊下へ僕を呼んだのである。座敷には緋毛氈が敷き詰められ、その緋の色が女将の話をきいているあいだも僕の目を射た。美しい芸妓がたえず立ったり坐ったりしている影がその上に動いた。ちらとのぞいた卓上は大そう乱れていた。近くで爆音がして室内に閃光《せんこう》がたてつづけに走ると、客や芸妓たちの発する嘆声がざわざわと波立った。

僕は用件を承って、玄関のほうへ長い廊下を戻った。

そのとき階段をどよめきながら降りて来る人たちがある。僕は壁際《かべぎわ》に身を除《よ》けた。それは二、三人の芸妓に囲まれて降りてくる岩崎運輸相であった。すでに多少酔っているらしかったが、顔には出ていなかった。花やかな衣裳《いしょう》に囲まれたその不恰好《ぶかっこう》な黒い背広は、妙に孤独な印象を与えた。

彼は今度ははっきりと僕を見た。最初のときほど恐怖はあからさまにあらわれなかったが、一度意識した何か真暗な恐怖と必死に闘って来たあとが見えた。そして眉《まゆ》一つ動かさず、目ばたき一つせずに僕を見終ると、そんな一介の男衆に注目したことを芸妓たちに感づかれぬうちに、すばやく目を転じて、僕のすぐそばを向うへ行った。しかし僕は、その岩崎の動かない表情が、一層つのる恐怖を、却って露《あら》わにしていると感じた。

連絡の用事のために出た戸外では、雨がよほど小降りになっていた。花火のためには皮肉な天気である。行人は、雨に濡《ぬ》れて今年の花火は見映えがしない、などと噂《うわさ》をして通った。

女将に返事をすませると、庭の片附けにまわってくれと命ぜられたので、僕は雨に濡れそぼった戸外のテエブルの上のものを片附けだした。麦酒《ビール》会社の提灯は雨のために絵具が流れて、しおたれていた。あまりみっともない提灯は、破いて落してしまうほうが見場《みば》がよかった。

僕は雨が少し底にたまった空《から》の麦酒罎《びん》を片附けがてら、まだしきりに花火のあがっている川面《かわづら》を眺《なが》めた。風の加減で、焔硝の煙が菊亭の庭から川にかけて、一面を覆《おお》うことがある。煙の中から屋台船のモータアの音が近づいて来て、その軒の提灯の一列《ひとつら》がおぼろげにあらわれる。……とこうするうちに、花火から落ちて来た白い小さな紙の落下傘《らっかさん》が、濡れたテエブルの上へすっと落ちて貼《は》りついたりした。

僕たちが汚れた皿を重ねて運んでゆくと、舟から上って来る外人の客の、傘をさしかけられて来るのとすれちがった。外人の女は草いろのレインコートの襟《えり》を両手でそば立てて、のこりおしそうに今乗っていた舟のほうへ何度もふりかえった。

雨はほんの霧雨ほどになった。対岸はそのために却って朦朧《もうろう》として見え、そびえ立つ鉄橋は平板な影絵になった。

僕は空を仰いで、はじめて心おきなく花火を見ることができた。

砲声のような響きと共に火柱が突然川のおもてにあがる。火柱の頭は、勢い込んで天頂へむかって翔《か》けのぼってゆく。昇り切ると炸裂《さくれつ》する。銀いろの無数の星が円形にひろがるあとを追って、内側から紫と紅と緑の同心円がひろがってゆき、内側の輪のほうが早く消える。外側の輪が崩れると、又別の橙色《だいだいいろ》の一輪が低いところにひらいて、夥《おびただ》しい光りの滴《しずく》がそこから落ちて来る。すべてが消える。矢継早《やつぎばや》に次の花火が上る。いくつもの花をひらきながら、ジグザグに昇ってゆく花火がある。そしてまた更に次の花火の爆発の光りが、前の花火の残煙を立体的に照らし出したりする。

僕はざわめきと笑い声をきいて、何気なしに二階を見上げた。ざわめきの源は見えなかった。ただ手摺《てすり》に凭《よ》って、下を眺めている一人の顔があった。顔は暗くて見えない。轟《とどろ》いて、花火が又あがる。青っぽい不自然な光りが、その白髪の頭と長い顔を照らし出した。

岩崎貞隆は、恐怖に蒼《あお》ざめて、ひどく孤独な、虐《しい》たげられた表情をして、じっと僕の姿を目で追っていた。

三度、僕の目が彼の目と会った。その刹那《せつな》、僕も正確に、彼と同じ得体の知れない恐怖に搏《う》たれていた。ともすると僕の恐怖が、それほど的確に、相手の深い、身の置き場もない恐怖を、僕に直感させたのかもしれない。

……やがて運輸大臣は、僕の視線をごく自然に外すような身振をし、その白髪の頭は手摺のむこうに隠れた。

三十分ほどすぎて、見知らぬ若い芸妓が、縁先から庭の僕を手招きした。行ってみると、すばやく厚ぼったい紙包みを渡して、

「岩崎さんからよ」

と云って行こうとした。

「岩崎さんはもうおかえりですか」

「今おかえりになったところ」

芸妓はにこりともせずにそう言い捨てると、花火を紫で染めた白ちりめんの着物の肩が、廊下の奥の人ごみに紛れてしまった。

――勿論《もちろん》、僕はあくる晩、例の男に会いに両国の飲み屋へ行った。山分けにしても過分なほどの大枚《たいまい》の祝儀だったからである。

男はやってきて、ありがとうとも云わずに自分の取分《とりぶん》をうけとると僕の盃《さかずき》に一杯注ぎながら、

「どうです。私の言ったとおりでしょう」

と言った。

「おどろきましたね」

「別におどろくことはありゃあしません。あんたが私と瓜《うり》二つだったからですよ。つまり私とまちがえられたからですよ」

「そうかなあ」と僕は努めて明朗に、異を樹《た》てた。「……もしかすると僕があんたではないということがわかったんで、それで安心して、祝儀をくれたのとちがうかなあ」

僕のは理窟《りくつ》にもならない理窟だったが、こんな罪のない議論を肴《さかな》にして、僕たちはおそくまで呑《の》んでそのまま別れた。僕にも勿論、怖《おそ》ろしいことを訊《き》きだそうという危険な好奇心がないではなかったが、男のあの眼《め》が、それを訊くことを妨げたのだ。

（昭和二十八年九月『改造』）

貴顕

(上)

私の学生時代は、貴顕というものがまだこの世にあった時代であった。今、そういうものがなくなってみても、何の哀惜も感じないのは、私が貴顕の出でないからであろう。貴顕であった人たちの間では、いまだに哀惜の念の深いものがあるにちがいない。

私はここに、嘗《かつ》ての時代のそういう一人の肖像画を描こうとするのであるが、私の筆致にうかがわれるだろう懐《なつか》しさは、決して貴顕の人そのものにではなく、亡友への追憶であると解してもらいたい。

さて、私の描く肖像画は、初期銀板写真の額縁のような螺鈿《らでん》や金銀のアラベスクに飾られた楕円《だえん》形でありたく、又その胸像は横向きであったほうがいい。なぜなら彼の横顔は日本人にまれに見る秀麗さで、その鼻は正確な羅馬《ローマ》鼻であるし、唇《くちびる》のはじのくびれは希臘《ギリシア》彫刻の唇のそれに似ていたからである。ほとんど血の気のないほど白皙《はくせき》のその顔には、唇の淡紅が目立っていた。

又私のこれを描く筆致は、多分ペイターの短篇小説、「エメラルド・アスワト」とか、「セバスティアン・ファン・ストオク」とか、「ロウゼンモルトのカアル公」などの筆致に似るであろう。そういう筆致はことさら私が志すのではなくて、対象の性質が要求するのである。

私はどういう風にその肖像画を描きはじめたらいいか？　ペイターが主人公の容貌《ようぼう》を描くときの、微妙な写実と透明な抽象性の入りまじった態度、ああいうものがどうしても必要だ。彼は人物の顔をえがくときに、和蘭《オランダ》派の肖像画家のように、同時にその精神生活をありありとえがいてみせるが、おそらく彼にとっては、或《あ》るすぐれた美しい風貌を微細に描くことが、その精神生活を描くことと同じだったので、ペイターの小説は、いたるところで、この二重写しを示しているのである。彼の自然描写の抽象性は、同時に薄黄に暮れてゆく風景の疲れた官能味を如実《にょじつ》に示し、彼の作品すべての透明すぎるような抽象性は、同時に官能にじかに接していて、物象の明瞭《めいりょう》な輪郭は、最後まであきらかにされずに終る。

私はそういうふうに柿川治英《かきがわはるひで》を描いてみるほかはないと思う。それに少年時代から、死にいたるまで、治英の関心は絵画の上を離れなかった。

彼はのちに宗達のすぐれた鑑賞家になったが、絵画に対して、彼が不断に惹《ひ》かれていたのは何だったかと私は考える。静止がまず彼をとらえた。画面の完結性がついで彼をとらえた。彼の父が蒐集家《しゅうしゅうか》であったので、治英の育った環境は、東西の各種の名画に埋もれていた。

絵画を前にすると、われわれは画家の営為が、凝集し、押し寄せ、むらがり寄って、われわれの数歩前で、突然静止し完結したような感じに襲われることがある。それは隊伍《たいご》を組んで行進して来る軍隊が、命令によって、われわれのすぐ前で突然停止するときの感じに似ている。

治英は少年時代から、陶酔的な生や外界の事物に対する或る疎遠《そえん》な感じを抱《いだ》いていたらしく思われる。生れつき熱狂的なものから遠ざかり、彼の有名な伯父のような、猛獣狩に出かけてそのたびにゴシップをふりまくと謂《い》った花々しい稚気に欠けていた。私は彼をほんの少年のころから知っているのだが、（そして私は彼よりもさらに年少であったが）これほど稚気を免《まぬ》かれた少年は見たことがなかった。

しかし熱狂から遠ざかって、冷笑や皮肉を投げかける気質の人だったと云《い》うのではない。彼には生れながらの、やさしい、穏やかな無関心があったのである。

彼の絵画に対する関心は、おそらくこの無関心からはじまった。治英は何事をも彼に強制しない芸術として絵画を愛した。画家は絵画のこんな定義に多分憤然とするだろうが、彼にとってはそうだったのだから仕方がない。

　後年私は加州パサディナの美術館で、ゲインスボロウの有名な「ブルウ・ボオイ」を見たことがある。それはすでに治英の死後であったが、私はそこに少年時代の治英の面影《おもかげ》を見いだした。

　非常な美少年、しかし生気も潑溂《はつらつ》さもなく、傲慢《ごうまん》な白い秀《ひい》でた額と疲れたような眼《まな》差《ざし》と小さな朱唇《しゅしん》がその顔を特長づけている。この疲れたような眼差こそ、まさに治英のものであった。

　音楽や芝居や小説などの、人を刺し、包み、押し流すような芸術とちがって、治英にとって、美術殊《こと》に絵画は、鑑賞の対象としてのほとんど完全な特質を備えているように思われた。なぜなら物静かな芸術鑑賞家の受動的な態度を、決して脅《おび》やかしたりすることがなく、それに礼節を以《もっ》て同じ受動的な態度でこたえる芸術は、絵画に他ならなかったからである。それは一つの枠《わく》のなか、一つの平面のなかに、その薄い、傷つけられやすい素材をあらわにしていた。美は必ずこの平面のなかではじまってそこで終り、決して洪水《こうずい》の危険のない浅い湖のように、ただそこに湛《たた》えられているのであった。音楽はもちろんのこと、文字でさえ音を想起させる。しかし絵画だけは、完全な静寂を守ることができた。のちになって治英の夭折《ようせつ》を考えると、彼がその短かい人生のあいだに、何か時間を占領し、時間を埋めるような特質を持った芸術を、生への脅やかしと感じたことは理会できる。彼にとっては時間が生であって、絵画はその短かい生をつかのまでも停止させ、延長させるよすがになった。一方どんな短かい音楽でも、それは時間を蝕《むし》ばみ、生を陶酔によって短かくし、常よりも早く終らせてしまうように思われた。

治英はたしかに陶酔を避けていた。しかしいかに多くの人が、生きることは陶酔することだと考えていることであろう。治英は生と陶酔とをほとんど反対概念として考え、生れながらに生を限られた長さの巻尺のように考え、しかも決して急《せ》いたりあせったりせず、同じ速度でそれを繰り出してゆくことに馴《な》れていた。ひょっとすると彼が音楽を愛さなかったのも、彼自身の生が、音楽と同じ機構を持っていると感じていたからかもしれない。音楽自体が決して酔わないということを、夙《つと》に知っていたからかもしれない。

おそらく世の常の少年にとっては、いささかの熱狂もない静かな鑑賞家の幸福なぞというものを信じることはできまいが、彼はその疲れた眼差のおかげで、生れながらに鑑賞家の資格をそなえていた。平静な美のみならず、大胆な美をもみとめ、画家の狂気や不幸を、やわらかな無関心な視線で包んだ。ふしぎな貴族的特質から、彼はふつうの青年のようには、それらの狂気や不幸に関する自分の共感の欠如を、ほんの少しでも恥じたりすることはないように見えた。

あの戦争時代にあって、多くの青年が戦争を自分の熱情の証《あか》しにしている時、治英は持ち前の癖でかるく鼻を鳴らしながら、おだやかな敗北主義をとなえていた。軍帽やサーベルや短剣にあこがれたことは一度もなく、彼は冷酷な子供が不具者を軽蔑《けいべつ》するのとおなじ調子で、軍人というものを軽蔑していたのである。

はじめて相知ったときから、私はこの強さにおどろいていた。行為の世界を軽蔑する青年は何らかの哲学的矜持《きょうじ》なしにはすまされないものだが、治英には何らの哲学もなく、ただその疲れた優美な本能の命ずるまま、かつて行為の世界に魅了されたことがなかったのである。

そこでこの行為への嫌悪《けんお》は、もっと深いところ遠いところから来ているもののようにも思われた。彼は将軍家の一分家であり、祖先はまぎれもない武家だったので、先祖代々の血の中に、彼の戦争と軍人と行為への嫌悪を育てるものがあるように思われるのであった。

……夏のある日、多分暑中休暇がはじまるかはじまらないかのころ、治英の邸《やしき》を訪ねたことを私は覚えている。

それは旧市内の古い町の一角にあって、電車の停留所から二三分ゆくと、曲った道がそのまま巨大な鉄の門前に通じていた。

前庭はそこらの小学校が一つ入りそうに広かった。見わたすかぎりの玉砂利の中央に松の生い繁《しげ》った島があり、それが馬車廻《まわ》しをなしていた。門を入った右手には平屋の御長屋がつづき、古い車庫が御長屋の外れに見えた。

中央の奥に聳《そび》えているのは、青銅のドオムを戴《いただ》いた洋館で、左右に翼楼を控え、左は庭を隠す舟板塀《ふないたべい》につづいていた。洋館の中央は三階になっており、その窓はあかあかと西日を受けていた。何の物音もなく、深い蟬《せみ》しぐれにあらゆるものが包まれていた。

しかしこの広大な館《やかた》には、治英の眼差と似た疲弊の影が刻まれていた。それはただ建築の古さだけから来る印象ではない。何かそこには、大廈《たいか》を支えていた精力の甚《はなは》だしい衰退が感じられて、潮《うしお》の引いたあとのような印象がファサードの大理石の色にもあった。

ゆくりなくも私は彼の美術上の好みを思いうかべた。彼は牧谿《もっけい》を愛し、セザンヌを愛しもしたが、本当に好きなものを言えと迫られたら、結局西からワットオの「シテエルへの船出」を、東からは宗達の「舞楽図」の二つを挙げたにちがいない。こういう選択は必ずしも青春の絢爛《けんらん》とした好みをあらわすものではなくて、あまりに孤独な芸術よりも、権力の影に守られた幸福な芸術のほうを、彼が愛した証拠になるかもしれない。いずれにしろ、それはかなり大胆な選択で、ふつうの青年なら心に思っていても、容易に口に出しては言わぬような好みなのであった。

決して荒廃しているという程ではないが、戦争中のことで修理も行き届かず、ことさら疲れてみえるこんな館に住んでいる治英は、多少とも君侯の庇護《ひご》の下に生れた古美術を愛して、そこにむかしの君侯の力をしのび、失われた権勢の幻影を見ることをよろこぶ傾きがあったのかもしれない。

彼の父が大そう体が弱く、若いころからあらゆる公職を退いて、美術蒐集家、芸術愛好家として、二三の著書を持っていることも私は知っていた。私は治英の死後はじめてその父の顔を見たが、それはかつての私の想像と寸分たがわぬものであった。

……さて私は玉砂利の馬車廻しをめぐって、自動車が横附けにできるようになっている暗い巨《おお》きな玄関の前に立った。その青銅の扉《とびら》には浮彫がしてあり、楕円の小さな双の覗《のぞ》き窓の周囲も、紋章の葵《あおい》の花々でふちどられていた。呼鈴を押す。永いこと待たされる。ようやく扉の懸金を外す音がきかれる。

屋内は大そう暗かった。案内に出たのは、眼鏡をかけた中年の痩《や》せた男で、羽織袴《はかま》に白足袋の姿で、にこりともしない。

玄関の中央には緋《ひ》の絨毯《じゅうたん》を敷いた大階段がある。大階段の下の左方のひろい廊下のようなところに、壁にはタペストリイがかけられ、古風な木の椅子《いす》テーブルが並べられて、寄付《よりつき》の間《ま》の体《てい》をなしている。家職はそこへ少年の私をうやうやしく案内して、

「少々お待ち下さいませ」

と言った。

私は椅子の一つに掛けて待った。玄関のわきのステンドグラスの窓が血の色を流していた。家職が去ったあとでは、家のどこにも物音一つなく、ここには一体人が住んでいるのかと疑われた。そして暑い夕凪《ゆうなぎ》にもかかわらず、寄付の間はひんやりとしていた。

ややあって大階段の絨毯を踏む軽い足音が下りて来て、治英は階段の途中から、手摺《てすり》に胸をあてて、私を見下ろして、「やあ」と云った。私より三つ年長であるにすぎないのに、友に対するその呼びかけには、若者の潑溂さはなかった。

私は今まで彼のユーモアを愛する一面や、彼にして免かれない虚栄心の一面などを、

ことさら避《よ》けて通って来たのだが、柿川邸へ何度も行くにつれて、治英がいつもちがった部屋へ私を案内するのを、私はへんに思った。そのうちにわかったことだが、彼は色々さまざまの豪奢《ごうしゃ》な部屋を、私の訪問のたびごとに見せるのがたのしみだったのである。

そのはじめての訪問の日も、彼ははじめ私を廊下の外れから、ひろい森閑とした座敷へ連れて行った。その部屋はきれいに磨《みが》かれていたけれども、やはり人の住居らしい感じはなかった。南むきの庭の芝生は、木々の影にすっかり涵《ひた》され、ただ前栽《せんざい》の木賊《とくさ》だけが西日の余光を浴びて、暗い緑を際立《きわだ》たせていたのを私は憶《おぼ》えている。この木賊の叢《くさむら》の、いかにも植物らしくない無機的な緑は、庭じゅうの木々や下草や芝生の青のうちに、それだけが無気味に生々《いきいき》としてみえた。風が来てもそよがない植物。必要以上にしんとしたその叢……。

「坐《すわ》るのは辛《つら》いね。やっぱり腰かけたほうが……」

治英は先に立って、日本間と洋館のあいだをつなぐ杉戸をあけた。窓が小さいので洋間は仄暗《ほのぐら》く、夥《おびただ》しい家具や飾戸棚《かざりとだな》につまずきそうに思われた。

「待っていてね。電気をつけるから」

私は大きな花瓶《かびん》を置いた円卓のかたわらで待っていた。

室内に灯《ひ》がついた。しかしそれは尋常の灯ではなかった。頭を圧するほどの巨きなシャンデリヤが、天井の中央から垂れて、ほとんど部屋の上半分を占めている。それが燦然《さんぜん》と灯《とも》ったのである。硝子《ガラス》のゆらめきと反映とが複雑に光りを放射して、部屋のすがたは一変した。

壁に掛けつらねた絵を指さして治英は言った。

「この部屋は明治時代の油画《あぶらえ》ばかりなんだけれど」

それは黒田清輝《きよてる》や岡田三郎助などの、落ちついた色彩の写実的な、サロン・ド・パリの画風のコレクションであった。

……こういう絵に囲まれて、治英と私の間にはじまった話は、残念ながら高遠な美術談ではなかった。二人は学校の教師たちの滑稽《こっけい》な癖をいろいろとあげつらい、治英は持ち前の鼻にかかった調子で、巧みに教師の一人一人の口真似《くちまね》をした。しかしそれは学生らしい陽気な物真似とは少しちがって、いかにも高所から見下ろした、それだけにひどくユーモラスな、冷やかな戯画であった。

(中)

治英に、全く自己表現の欲望が欠けていたわけではない。彼はいくつかの小説を書き、数多い油彩の風景画や静物画を描いた。しかしそこには何らの才能も見られず、気品ある凡庸ともいうべきものに充《み》ちていた。

彼は庭に出没する蛇《へび》に興味をいだき、蛇を主題にした小説を書いたこともある。そのだるそうな眠そうな筆致は、全くこの小動物の光彩を逸していたけれども、丹念にたのしんで書かれていることはよくわかった。

自分の人間的な感情の不足に、少しも思い悩むことのなかった彼は、当然自分の才能の不足にも、一切思い悩むことのない人であった。学校の雑誌の合評会などで、自分の作品に容赦のない悪評を浴びせられているときの、彼の泰然自若はひとつの見物《みもの》だと謂《い》ってよかった。おしまいには、誰も治英を傷つけることができないのを知って、黙ってしまった。

美のなかを、彼は実に悠々《ゆうゆう》と散歩していた。たとえば海の饗宴《きょうえん》のような夕映えの移りゆきを、彼は倦《う》むことなく詳細に眺《なが》めたが、それに彼が感動していると言ったら当らなかったであろう。どこかに自然を粗野なものとして信用していない風《ふう》があって、そればかりか少しばかり、彼には自然を軽蔑する傾きさえあった。夕映えを見るときにその欠点《あら》を探し、色づく雲の不均整な形を構成の瑕瑾《かきん》と見なし、……彼の目はその色彩の過度な使い方をも、やさしく咎《とが》めているように思われた。

烈《はげ》しい自然、嶮阻《けんそ》な山々、嵐《あらし》、荒海、そういうものにも、治英は何ら関心を寄せなかった。彼は稲妻や雷鳴や地震を決しておそれることはなかったけれども、それらについて、明らかに趣味の悪さを発見していたように思われる。

初夏の日の暮れがた、庭の木立の下草のあいだから、白く洩《も》れうごいている蛇の鱗《うろこ》は、こういう彼にも、或《あ》る説明しがたい喜びの心を生んだ。そうして蛇に恋する男の凡庸な物語を書いた。それにしても彼が恋したことがあるかどうか、私にはあやしく思われた。摸《も》索《さく》と定かならぬ当《あて》推量で恋を描いて、しかもその描き方がいかにも不本意に見え、感情の均衡をやぶるそんな経験を、彼がはじめから避けていることがよくわかった。

月がどんなに仄白《ほのじろ》く庭の果てから昇ってきたか、風がどんなに微妙に下草を這《は》って伝わってきたか、そういうものを描くときには、治英の筆は多少の熱を帯びた。自然の排列を正し、不均衡を癒《いや》そうとする絵画的欲求が彼にはたらき、彼が決してありのままではみとめようとしない外界が、その均整のとれすぎた構図の裏から、かえって露《あら》わにのぞけた。

彼は不潔なものも許さなかったが、青年らしい偏狭《へんきょう》な潔癖にも与《くみ》さなかった。

そしてこういう何事にも中庸のとれすぎた生活態度の秘密が、彼が徴兵検査で不合格になったことから、はじめて私たちにもはっきりしてきた。治英にはおそらく不治だろうと言われている心臓弁膜症の持病があったのである。それでその日頃《ひごろ》からすぐれぬ顔色の原因もわかり、過労をたえずおそれている理由もわかった。友人たちは治英の謎《なぞ》がすべて解けたような気にさえなった。彼の貴族的特質だと思われたものは、みんな心臓のせいだと考えられたのである。

しかし私はそうは考えなかった。人は病気を自分の特質にうまく合致させ、うまく着こなすこともできる。とりわけ永い病気であればそうである。治英の調和に対する敏感な意識は、早くからこの病気をも調和のなかに取り入れ、もともと持っていた性格の一部としてしまったのかもしれなかった。過労を避けるというその病気の要請は、陶酔や情熱を避けようとする彼の性向を、むしろ力強く庇護するものであったかもしれない。なぜなら後年私は、もっと血色もよく、性向もまるでちがった弁膜症の人たちを見たからである。

治英はよく夢の話をすることがあった。それはみんなを退屈させたが、彼は斟酌《しんしゃく》しなかった。その夢はときどき色彩を帯び、夕日にひたされた野面《のづら》をすぎる巨きな鳥影が見えながら、鳥の姿が見えなかったり、自動車の車庫のなかで深夜おそろしい音がして、いつもの車とはちがって、霊柩車《れいきゅうしゃ》があわただしく出て行ったり、庭の芝生がたちまち紫いろに変り、その紫いろがだんだんに縁先を侵して、そこにあそんでいた嬰《えい》児《じ》を紫いろにしたり、……いずれも不安に充ちた夢であったのに、治英はいかにもたのしそうに、軽く鼻を鳴らしながら、ユーモラスな口調で縷々《るる》と語るのであった。彼はおそらく夢に関するかぎり、不調和も破壊もゆるしていたが、それは彼がこういう夢にさえ無関心だったせいかもしれない。

治英は猫《ねこ》を愛していて、親戚《しんせき》の津軽の城主の旧領地をたずねたとき、そこの方言で猫をチャッペと呼んでいることを発見して、面白がってたびたびその話をした。あるとき猫が椅子づたいに彼の机に飛び移り、読書している彼の顎《あご》へ頭をすりつけて来た。無類のしなやかさによって生存の恐怖にうっちゃりを喰《く》らわせているこの小動物、その懶惰《らんだ》、その貴族的なわがまま、その媚《こ》びを治英が愛していたのは尤《もっと》もである。

彼は猫のなめらかな頭部が自分の顎を撫《な》でたときに、薄黄におぼめいているけだるい官能の世界に触れたような気がした。彼の人間的関心をすこしも要求しないような、つかのまの、おぼろげな官能的世界。

青春の不透明をすこしも怖《おそ》れず、自若として生きてきた治英にも、或る感覚的発見を通じて、自分の存在を奥深く規制しているものに目ざめる日が近づいていた。猫のなめらかな毛の触感は、彼の今まで求めてきたものが何であるかを、突然啓示したように思われた。それは対象に対する無関心の上に成り立った愛で、どんな人間的義務をも強《し》いることがなく、自己をすこしも譲らずにすむような官能の型式であった。しかしそんなものが人間相手に可能であろうかと彼は疑った。

これまで愛してきた多くの絵画に、彼が払ってきたものが、知的関心というよりは、むしろこうした官能的関心であったことが、治英にも徐々にわかってきた。調和や均整の感覚は、それと少しも矛盾するものではなかった。

実際これまでの彼の精神生活の素描からもわかるように、彼が退屈に見え、時には凡庸に見えたのも、あらゆる陶酔を避けようとして知的陶酔をも避け、そういう陶酔によって進められる知的探究をなおざりにしていたことを意味していた。かくて知的なものを彼がおそれていたのは間違いではなかった。もはやあらゆる陶酔を免《まぬ》かれる近道は、自分の官能の形式を磨き上げ、それを独自のものとするほかはないことに、治英は気づいたのである。

いかにして官能を精煉《せいれん》すべきか？　それは主として詩人たちによって試みられた修行の方法で、治英にふさわしい試煉ではなかった。たとえば一輪の薔薇《ばら》を前にして、いささかも知的な理解に愬《うった》えず、概念にたよらず、官能の命ずるままに、その薔薇をあらゆる見方で眺め変えてみること。そのふくよかに重なり合った花弁を、指さきで剝《は》ぎとってみることもせず、重い花弁のかさなり合いの天然の機構をしっかりと見分けながら、ただちに薔薇の深く包んでいる秘密に思いいたること。……しかしこうした詩人の自己鍛錬は、創造のために官能をきたえる方法で、治英のとはちがっていた。治英の独自なところは、何ら創造と結びつかぬような、絶対に不毛な意識のうちに、極度にまで官能を利用しようとしたことで、このようにして自己に目ざめると共に、治英は中途半端《はんぱ》な小説や絵の制作をやめ、断乎《だんこ》として創造と手を切ったのだった。

夏の日ぐれの高い欅《けやき》の梢《こずえ》をわたる風につれて、小鳥たちの帰巣のさえずりがひびいてくるとき、治英はそれらの自然の気まぐれな美しさを、一度はかならず自分の冷たい官能に濾過《ろか》して、うけとめようと試みた。彼にとっては、冷たい画布や画用紙は自分の心に在って、そこに定着されたものしか愛することができなかった。外界がまだ体温を保ち、彼の呼び声にこたえる状態にあることは彼を不安にした。ただ単に彼の感覚の反映であるような外界の事物だけをみとめなければならぬ。人間はこれを排除しなければならぬ。

官能を以《もっ》て陶酔に対峙《たいじ》させること、これは実に、生きることから一切の陶酔をしりぞけようとした彼の生き方の、当然見出《みいだ》すべき帰結であった。陶酔を避けるために官能をみがくこと、彼はこうした逆説を身を以て生き、自分を一個の純粋な官能的存在、それも絶対不感の官能的存在に仕立てようともくろんでいた。批評家でも制作者でもないところの、理論上もっとも純粋な美術鑑賞家が、こうして彼の裡《うち》に生れ出ていた。一つの絵がそこにすでに存在することは、何ものよりも鞏固《きょうこ》な既定の秩序がそこに存在することであった。既定の社会秩序や法律や道徳も、これに比べればものの数ではなかった。そして彼の知的無関心を保障するに、ある一つの絵のもっている既定の秩序ほど強力なものはなかった。今でなら、それを私は次のように粗雑に要約することができる。こんな考え方には、戦時中の青年の偏狭な美的生活と、彼の血の中にある祖先の権力政治の残影とが、まことにうまい具合にまざり合っていたかもしれない、と。……しかし私は、ひとまず肖像画家の職分を守らなければならない。

芸術の官能的理解ということは、芸術のもっとも幼稚な享《う》け方であるのと同時に、もっとも高度な享け方でなければならなかった。三つ揃《ぞろ》いの背広に懐中時計の金鎖をちらつかせた紳士が、裸婦の彫刻を見て劣情をそそられる場面から、治英のねがったような高度の官能的享受《きょうじゅ》にいたるまでは、無数の階梯《かいてい》、無数のニュアンスがあったであろう。治英の夢みた堺《さかい》は、芸術家の生活――意志と計算の生活――ではなくて、ごく稀《まれ》にしか成就《じょうじゅ》されたことのない芸術的生活の領域であった。そこでは官能はみずから働き出さずに、じっと寝椅子に身を横たえたままでいて、あらゆる微細な芸術的なものが彼をとりかこみ、彼の感覚に媚び、かつそれをなだめるのであった。彼のまわりの世界は静止し、完結しており、もうどんな動揺の兆《きざし》もあらわれるおそれがなかった。世界はもう終ってしまっていた。それもその筈《はず》で、終っていないもの、生成の途上にあるものは、すっかり閉め出されていたからである。

こうした密室にとじこめられた官能は陶冶《とうや》されて、ほのかな色彩の濃淡だの、風景や静物や人物の優雅な形だの、金箔地《きんぱくじ》の洲《す》の描写だの、暮れかかる空が夕映えをとどめかねている微妙な色調だの、踊り又は歌っている人々の額にさしかかる不安の影だの、大胆な構図で置かれた橋のかぐろい橋桁《はしげた》だの、画面の片隅《かたすみ》で吠《ほ》えている小さな犬だの、夕闇《ゆうやみ》のなかによろぼうているしじみ蝶《ちょう》だの、画面を幾何学的に区切った堅固な古い家具だの、絵巻のつづくかぎりほそぼそと延びている細流れや横雲だの、……そういうものすべてに治英は官能的魅惑を、われわれが異性の肉体に感じるのとことならぬ魅惑をおぼえるようになった。それは終ってしまった世界を、官能で包むことに他ならなかった。

陶酔はすぎてゆく。疾風のようにすぎる。治英はだから陶酔をかえりみない。彼の氷った官能は、あたかも氷った花のようで枯れることがなく、つかのまの喜びを永遠のものにしたのである。いみじくも昔の金碧障屏画《きんぺきしょうへいが》の画家たちが、権力者たちの視野を絢爛《けんらん》たる屛風《びょうぶ》や襖《ふすま》でかこい、うつろいやすい現象からその目を遮《さえぎ》ってしまったように、治英はおのれの観念の力で、自分のまわりに色どりあざやかな屛風をめぐらして、かくて自然を遮断《しゃだん》してしまった。この世界の中では、もう人間の悟性は働く余地もないし、また働く必要もない。

……そしてその屛風の外では、轟音《ごうおん》が渦巻《うずま》き、爆弾がふりしきり、人々は必死に逃げまどって、戦争は終局に近づいていたのである。

(下)

戦争がおわった。まもなく治英は結婚した。

　そのしらせは私たちをおどろかせた。誰一人治英が女の肉体を愛するなどという場面を想像することができなかったのである。

それからしばらく私は治英に会わなかった。彼が宗達に関する小著を出したという話をきき、又あの広大な邸《やしき》は財産税の支払のために売られて、彼の一家は小さな家に引き移っているという話もきいた。やがて夫妻のあいだに女の児《こ》が生れたというしらせがあった。そのころはもう、治英と町なかで偶々《たまたま》会うことがあっても、家へ来てくれと彼は言い出さなかった。

戦後の混乱がわれわれの交わりをばらばらにし、戦時中の交遊ははるかむかしのことのように思い做《な》された。戦争中いわばわれわれは死んでいればよかったのだが、これからは生きなくてはならなかったからである。

治英はどんな風に生きていたろう。

女の児が生れたあくる年の夏、まだ初夏のころだったが、治英は何となく気分がすぐれず、疲れやすいので医者へ行った。医者はただの過労だろうと言い、このごろつづいている微熱や盗汗《ねあせ》は、レントゲンの証明するように決して肺結核ではなく、神経のせいにすぎないと診断した。この診断は治英を安心させたけれども、なお異常な疲れやすさや、微熱や盗汗は去らなかった。

彼はそこでそれらの症状を、うつろいやすい初夏の気候の不調和のせいにした。そういうことは、むかしの彼の習慣には明らかに背馳《はいち》しており、自然の影響をおとなしく是認したりするのは、彼の主義に反していた筈であったが……。

あの戦時中、もちろん莫大《ばくだい》な財産に守られてではあるが、彼は自然を蔑視《べっし》していられたし、外界の影響から超然としていることができた。外界は彼の身に一指を触れることもなかった。一体どんな草木、どんな色づく果実が、彼の端麗な白い肌《はだ》を染めることができたであろう。

彼は自分の微熱や盗汗の原因をなしていると思われる周囲の自然をまじまじと見直した。五月は晴れたり降ったりする気まぐれな日々がつづいた。その若葉の強烈な匂《にお》い、まだいたるところに残っている廃墟《はいきょ》にふりそそぐさかんな雨、……それらを眺めながら、あれほど拒否して来た自然のうちに、自分の肉体と連繫《れんけい》を結ぶものがひそんでいるだろうかと治英は考えた。今になって自然が彼に復讐《ふくしゅう》を企てているのではなかろうか。自分の肉体を自然の一部だなどと考えることを、今までの治英は許すことができなかった。そういうことはもっとも気味のわるい、冒瀆《ぼうとく》的な思考であった。

ひとときの雨が霽《は》れて、雲間からさしてくる一条の光りが、廃墟の煖炉《だんろ》の煉瓦《れんが》や、雨に洗われた白いつやつやした石畳などを照らし出すのを見ると、それでも治英はほっとして、かつて知らなかった恩寵《おんちょう》のようなものさえ感じた。こういう澄明《ちょうめい》な日光が照りつづければいい、そうすればすべては巧《うま》く行き、不幸は葬《ほうむ》り去られるような気がしたのである。又事実そんな時には体の不快も薄らぎ、自分が再び健康へむかって、ゆるぎない一歩を踏み出しているようにも感じられた。

しかし、とこうするうちに、治英には自然の定めない変化と、わが身の病的な症状の頑固《がんこ》な不変とのあいだに、何らかの因果を見出すことがむずかしくなっていた。この症状は、彼の磨き上げた官能のように頑固に見え、もともと自然とは関《かか》わりのなかったもののように思い做された。『僕が気で病む男などである筈がない』と彼は考えた。こんな確信のほうが医者の診断よりも不確かであるべき筈はなかった。

そこで治英は自己診断を下し、どんな医学書にもない病名を自分で拵《こしら》えた。『僕は多分、あまり永きにわたってそれらに接しつづけたために、ラジウムを扱う学者がその毒に犯されるように、芸術品の毒に中《あ》てられたにちがいない』と考えた。そうだ、彼は何ら創造に携わらずに、ただひたすら純粋な官能で、芸術を享け入れてきたために、芸術の美的な毒素ばかりが彼に作用して、こうした微熱や盗汗を惹《ひ》き起したのに相違ない。夫人のやさしい進言もあって、治英は戦前から貴顕の間で名のある指圧師を呼んだ。指圧師は数回の治療による全快を請け合ったけれども、何のしるしも見えなかった。

彼のものの考え方は、すでにこのように揺れ動いていた。あれほど無害であり、かつ彼自身の手によって牙《きば》を抜かれていた幸福な芸術品は、たとえ想像にもせよ、見えない毒素を発散するもの、何か忌《いま》わしいもの、危険なものと考えられはじめたのである。ワットオのあの閑雅、宗達のあの色彩と形態の無類の礼節、それらのなかにさえ、治英はいつかしら或《あ》る種の毒を嗅《か》ぎあてるようになった。ひいては美術品の色彩そのもののうちに、自然から抽《ぬ》き出してきた或る種の毒草の薬物のように、自然の中にまじっているあいだはさほどの害毒を与えないが、ひとたび薬物になると殺戮《さつりく》のためにだけ使われる、そのような要素を見出だした。

芸術上の秩序が自然の秩序の、一部の誇張に他ならないこと、それも自然の中では他と相殺《そうさい》されて調和を保っているような一つの強烈な要素の、均衡を失った表現であること、……こんな考えはむかしは決して、治英の脳裡《のうり》にあらわれることのなかったものである。彼はかつてはすぐれた絵画を、小宇宙として考えることを好んだが、今ではそれが、宇宙の秩序の砕片、隕石《いんせき》のようなもの、秩序から見離されたもの、むしろ秩序の崩壊を暗示するもの、という風に思われてきた。彼はそこに、陶酔よりももっとわるいものを見出だしたのである。

さるほどに夏が来て、はげしい暑さが、治英の活力をすっかり奪ってしまった。彼は窓から焼跡の町のかなたにわだかまる積乱雲を眺めたが、目はもはやその雲の強すぎる光りに耐え得なかった。炎天を見れば目くるめき、日に照らされた急坂を前にすれば、登るさきから胸はただならぬ動悸《どうき》に苦しめられた。それに治英は、駅のまわりにひしめいている闇市場の尖《とが》った呼び声や、そのいやらしい活力を怖《おそ》れた。その前を急ぎ足でとおるときには、自分の病気は、適合することのできない新らしい野卑な時代の、もたらしたものではないかとさえ思われた。ある日、手足の先が痛くなり、小さな赤い腫物《はれもの》ができた。彼はそれがひろがるのをおそれ、永いこと患部をながめて、憂鬱《ゆううつ》な考えに耽《ふけ》った。しかし腫物は二三日で消えてしまった。夏だというのに、このごろの治英の顔いろは、大理石よりも白くなった。日に灼《や》けた野卑な若者たちはこの死人のように蒼《あお》い端麗な横顔へ、あらわな軽蔑《けいべつ》を示して見返るのであった。

治英が入院したのは、八月も半ばをすぎたころである。その年の残暑はひとしおきびしかった。

彼は敗血症に、それも永い緩慢な敗血症にかかっていた。血液検査によって緑色連鎖球菌が発見された。その菌が咽喉《のど》から入って、弁膜症に犯されていた心臓に附着し、敗血症をひきおこしていたのである。この長い病名、亜急性細菌性心内膜炎という病名は、ペニシリンが発明されるまでは、かならず死の転機をとる稀な病気の名として、怖れられて来たものであった。医師はあきらかに手遅れをおそれていたが、入院のその日から、三週間にわたるペニシリンの連続注射が試みられることになった。

彼は安静を命ぜられ、別棟の古い病棟の一室に、ひねもす身を横たえていた。大そう暑く、病室に立てられた氷柱はたちまち潰《つい》えた。

それは病院の本館から、長い古びた渡り廊下をわたった外れにあった。その廊下はかつての日の彼の邸の廊下よりも長かった。人が草履をはいてどんなに足音をひそめて渡っても、朽ちかけた古い板は、つつしみのない陽気な叫びをあげた。病室は雑草の生いしげった中庭に面し、その庭には汚れた八ツ手が大まかな葉をひらき、黄いろい毛の密生した幹をほの見せていた。二三の細い、葉むらのゆたかな雑木もあった。しかし何よりもおびただしい雑草が土を埋め、白い小さな野卑な花を咲かせ、板の隙《すき》間《ま》をくぐって渡り廊下の一隅にまで生い立っていた。一方むこうの棟のゆがんだ窓の下には、終日日の当らない軒下の部分に、不快な苔《こけ》がひしめいてはびこっていた。

治英はときどき枕《まくら》から頭をあげて、自分に与えられたこの何もない庭を眺めやることがあった。蟬《せみ》は夜明けから日暮れまで、乏しい立木の葉かげで啼《な》きつづけた。それはあまり間断なく啼きつづけるので、雑草の草いきれと一緒になって、庭がそれ自体、ひねもす鳴りひびいているように思われた。それでも朝のひとときには小鳥がさえずり、午《ひる》さがりにはどこからともなく、数羽の鳩《はと》が、餌《えさ》をあさりに下り立ったりした。雑草の草間《くさま》に日の縞《しま》があざやかになり、まひるの日光が庭の空間を圧《お》しつけているように感じられるとき、かたわらに妻がいないと、治英は突然不安にかられて、看護婦を呼ぶ呼鈴を、彼女がかけつけてくるまで、苛立《いらだ》たしく押しつづけることがあった。

とはいいながら、彼はやがて来《きた》るべき快癒《かいゆ》を信じていた。その既定の結末まで、しばらく人間らしい感情に生きようという志向が生れた。優雅な、無関心な、やさしい心、それを自分のありのままの心だと信じていたから、時折の苛立ちを見せこそすれ、彼は妻にも、時たま妻に抱かれてあらわれる娘にも、看護婦にも、概してやさしく物静かに振舞った。しばしば冗談をも言い、大きな目を動かしながら、笑いを含んだ罪のない皮肉も言った。当分のあいだ、彼は立派な病人であった。あせりもせず、苦しみもせず、実に淡白な気持で、療養の日々をすごしてゆくように見えたのである。

病気は細菌のせいにすぎなかった。彼の想像上の病気は、この細菌が証明されたおかげで、笑うべき空想として忘れられた。これは芸術とは関係のない病気であり、また美術の素材となる可視的な自然とも、何ら相渉《あいわた》らない病気であった。

可視的な自然は？　それは今、粗末な窓枠《まどわく》を額縁にして、彼の枕上《まくらがみ》にひろがっている何もない庭にすぎなかった。それがすべてであった。見つめていないあいだにも、庭の空虚な幻はあまりに脳裡にいきいきとしていたので、彼はその幻からのがれるために、その庭を絵に描こうかと思い立った。絵筆を握ることも許されない病状でいながら、こうして彼に久しくわすれられていた制作の意欲が生れた。何度心のなかで、彼はその構図を練り直したことであろう。排除すべきものは排除し、あまりにシンメトリカルな構築物は少しくその形を歪《ゆが》め、残すべき空間のひろさを吟味し、……治英は久々に画家の心になった。しかし想を練れば練るほどうまく行かず、庭は彼の日常にふてぶてしく座を占めて、決してその存在を、芸術品へ譲り渡そうとはしなかった。これほど粗野な画材に彼がぶつかったこともなかったが、同時にまた、画材がこれほど、薄気味わるく彼の日常にしみ入って、描かれるより先に、それ自身のなまなましい絵具で、彼の生活を隈取《くまど》ってしまったこともなかった。

雑草の草いきれに充《み》ちた、その何もない荒れ果てた庭は、すでにどんな絵筆によっても動かしがたいものになっていた。その存在のたしかさは治英をさげすみ、すでに治英を打ち負かしていた。気力のない心で、彼はもう売り払われた邸の、三階の美しい小部屋の窓を思いうかべた。空だけを区切るあの窓は額縁であり、あの窓から望まれた夕映えはそのまま絵だった。自然をさげすみ芸術品をしか愛さなかった筈の彼が、今はいかほど、回想のなかのその夕映えの空を、「そのままで絵」であり、そのままで美術品だとみとめたことであろう。

……やがて治英は日課の注射に来る回診の医師たちの、陽気な跫音《あしおと》のきしめきを、渡り廊下のはるか遠くから聴くのであった。

『僕の人間らしい心が、芸術への愛を葬ってしまった』と考えることがあった。しかしそれはさほど耐えがたい考えではなかった。快癒は約束されていた。ここしばらく、彼の洗練された官能が閉ざされ、無防禦《むぼうぎょ》な病んだ肉体で、じかに外界に接していることから、そういう事情が生じたにすぎぬのだろう。

……こうして夏は去りつつあった。生れてこのかた、もっとも凌《しの》ぎ辛《づら》かった夏が。

三週間の注射がおわったとき、夜はすでに涼しさが増し、窓下には虫の音がきかれるようになった。治英の体は日ましに快《よ》かった。あと一二週間もこのまま静養をつづければ、すべては旧に復しそうに思われた。事実、微熱も盗汗もやみ、食欲も増し、何の胸苦しさもなく床の上に起き上ることもできて、彼は退院の日を指折り数え待った。

しかしそれは見かけの好転にすぎなかった。ある夜半、いいしれぬ寝苦しさに目のさめた彼の背はしとどに汗ばみ、目ざめと一緒に、汗は汐《うしお》の引くように、ひえびえとした不快を残して乾いた。あくる日は一日胸苦しく、午後の熱は、微熱というには高すぎた。注射をはじめる前と同じ症状、いやそれよりも心なしか篤《あつ》い症状が戻って来たのである。

医者は薬の分量の少なかったせいにして、もう一週間様子を見てから、二度目の、もっと分量を増した連続注射にとりかかろうと治英に告げた。治英は無表情にそのしらせをきいた。彼の美しい白い鼻梁《びりょう》は、長い病臥《びょうが》のおかげで、前よりも鋭く高くなったように思われた。

……私の肖像画は本当はここからはじまるのである。

このやや削《そ》げた頰《ほお》と、鋭さと白さを増した鼻梁と、……治英は二度目の連続注射のしらせをきいたその日から、あれほどまでに精練した個性を捨ててしまう。あの精妙な官能も、無関心な心も、おだやかな微笑も、高所に立ったユーモアも、軽く鼻を鳴らす癖も捨ててしまう。

しかし真の肖像画はここからはじまるのである。今では白い枕にあずけられたその美しい横顔だけが、まるで古代の悲劇俳優の仮面のように、ただ一つのこされた彼の個性の形見《かたみ》、彼の個性の隠れ家《が》になってしまう。もう彼の存在を本当に証明しているものは、疲れた眼差《まなざし》をした、この静かな大理石の顔しかない。肖像画家の職分は、正にそこにはじまるのだ。

あくる日の朝、久々に控え部屋に泊った夫人は、はやくから目をさましてじっと天井を見上げている治英に気づいた。きのうその天井に蛾《が》の卵が累《かさ》なっていたのを彼が嫌《きら》ったので、夫人は早速それを払わせたが、また治英が新らしい蛾の卵を、発見したのかと彼女は思った。

「もうお目ざめだったの？」

と夫人は訊《き》いた。治英は答えなかった。やがてこう言った。

「今、Aのことや、Sのことや、Kのことを考えていたんだよ」

それは皆、親しかった友の名であった。

「Aさんは四五日前お見舞に来て下すったわ」

「あれはああいう奴《やつ》なんだね」

「え？」

と夫人はきき返した。ついぞ治英のこういう口調を聞いたことがなかったからである。

「あいつは偽善者だね。僕はあいつが嫌いだ。あんなやつに見舞に来てほしくなかった」

「でも、快《よ》くおなりになったって、とても喜んでいらしてよ」

「あいつは出世主義で、僕が病気で足踏みしているのがうれしいんだよ」

「まあ、そんなこと」

若い夫人は、同じ貴顕の生れで、こういう思考に馴《な》れていなかった。しかし、人がよく治英の妹とまちがえるほど、よく似た色白の、調った顔立ちの彼女が、そういうことに馴れるのには、さほど時間がかからなかった。なぜなら治英は、それからというもの、たえず人を悪《あ》しざまに言ったり、憎んだり、妬《ねた》んだり、羨《うら》やんだり、はては呪《のろ》ったり、妻に邪慳《じゃけん》に当ったりするようになったからである。

死の近い病人が無意識に死の予感にかられて、自分を愛してくれる人たちを別れ易《やす》くしてやるために、殊更《ことさら》自分を嫌われ者にする、という言いつたえには、たしかに或る種の真実がある。病苦や焦躁《しょうそう》のためだけではなくて、病人のつのる我儘《わがまま》には、生への執着以外の別の動機がひそんでいるように思われる。

治英は突如として、その短かい生涯《しょうがい》の淡白な性格を捨てて、いかにも「人間らしい」人間になったのであった。人間的なものへの彼の優雅な無関心は消えてしまった。そして一日のうちに何度となく烈《はげ》しい愛着と烈しい憎悪《ぞうお》とのくりかえされる生活を、新たな習慣にしたのである。

訪れる人のまれなそのひっそりした初秋の病床のまわりには、俄《にわ》かに人間的な幻影が群れ集まるように思われた。同じクラスの友人で、同じ美術批評に志しながら、戦後たちまちおどろくべき名声をあげているAに対して、いかに治英は、あからさまな嫉視《しっし》を示したことであろう。それでも彼がAを友人の中で一等愛していることは、感情の問題に未経験な若い夫人にもよくわかった。治英は妻をかたわらに置いて、Aが自分を売り出すために弄《ろう》した策略の数々、恩師を利用する巧みなやり方、世間の喝采《かっさい》を博するために心ならずも彼がやったさまざまな曲芸、学問的疎漏《そろう》、なかんずく彼の美的感覚の凡庸さをあげつらって果てしがなかった。しかしその言葉はいつにない熱を帯びていて、人間の解きがたい野望の心理について、急に彼が貪婪《どんらん》な探究慾《たんきゅうよく》を起したかのようであった。生きることに関する治英の関心はたしかにさかんになった。彼は他人が、巧拙の別はあっても、多くの障害をのりこえて生きてゆこうとする、その生の技術に興味を寄せた。経済的な条件も治英の吟味の対象になった。そして少なくとも富めるものより、もともと貧しいもののほうが、向上し出世し名声を博するための精力に恵まれているということを、いかにも憎さげな口調で語った。

一方、あれほど涙から縁遠かった筈《はず》の治英が、このごろでは時たまあらわれる小さな娘、まだ物心もつかぬ一粒種を見ては泣き、時にはむずかって妻を泊らせて、深夜叫び声をあげて妻を起し、そのかよわい、まだ少女らしい胸に頭をもたせて、「死にたくない！　死にたくない！」と叫び泣いたりした。涙はしかし、治英のあまりに整った冷たい顔立ちには似合わなかった。

秋が深まるにつれて、治英の衰弱はひどくなった。それでも彼の目はいきいきとして、たえず憎悪や怨嗟《えんさ》のたねを探し、もうたびたびは見ることもできなくなった枕頭《ちんとう》の荒れた中庭の様子を妻に語らせては、あれほど毒々しい草いきれを吹き上げていた夏の逞《たく》ましい雑草が、黄ばみ、枯れ衰えてゆくのを喜ぶのであった。

彼の憎悪は、何のしるしもない医療を試みつづけている医者たちにも向けられた。もちろん身についたたしなみから、彼らを面罵《めんば》することはなかったが、彼らの跫音が廊下を遠ざかるか遠ざからぬかに、妻に向って医師の一人の息の臭かったことを非難したりした。何かの禁忌に妨げられて、治英は治療の巧拙については何も言わなかった。ただその医者たちの言葉づかいの無礼さとか、一見して不潔を感じさせる顔立ちとか、看護婦長のいやらしい尊大さとか、そういうものについて、事こまかに非を鳴らした。

彼はまた秋の月の満干《みちひ》について、いかにも感情的に、月が自分の窓辺を訪れる日の少ないことを発見して、妻をいじめた。枕頭の机の上に置かれている薄黄の水薬の罎《びん》の位置は、彼の気むつかしい命令によって、一分一厘《りん》動かすことも叶《かな》わなかったが、それは彼の計算によれば、満月の夜、月が枕頭からさし入って、その水薬の淡い液体の色をさしつらぬき、微妙な硝子《ガラス》の凹凸《おうとつ》で区切られた目盛を明るませることになるからであった。が、その当夜も、月は窓のかなたを照らし、彼の視界の外れで退いた。

ついに治英は、あれほどまでに愛し、かつそれに彼が護《まも》られていると感じていた芸術品をも憎んだ。まだ病気が恢復《かいふく》の希望にみちていたころ、彼の病床のかたわらには、かわるがわる画集が運ばれて来、それらは病人の目をたのしませ、心を慰めたけれども、このごろでは画集は悉《ことごと》く枕頭から遠ざけられた。美はもう、何と云《い》おうか、重すぎる蒲団《ふとん》のように、病人の胸には重すぎた。美はもう重すぎた。

彼は幸福でなかったとはいえない過去について、いろいろと思いめぐらしはしたが、どこにも完全な美術品が、完全な屏風《びょうぶ》が立ちふさがっていて、回想の素直な流露を妨げてしまうのに気がついた。他人の作った芸術品が彼の人生を要約してしまっていた。ああ、たとえ自分の力が及ばなくとも、他人の創造した色彩や形態のうちに至上なものを見出《みい》だし、それが他のありふれた色彩や形態より美しいからと云って、それに自分の人生を委《ゆだ》ねたのはあやまりだった、と治英は切に思った。よりよい色彩、よりよい形態、そういうものをあらかじめ選択して、それで自分の人生を網羅《もうら》してしまってはならないのだ。よりよいものは、いつも薄明のうちに、いつもおぼめける未知の霧のうちに、隠れていなければならないのだ。

彼は今さらながら、むかし学校の雑誌の合評会で、あまりにも忌憚《きたん》のない批評で彼の作品を押し殺してしまったあの率直すぎる友人たちを怨《うら》んだ。そしてそれを無関心に受け入れていた彼自身の姿をも、返らぬ後悔を以《もっ》て思いうかべた。彼はもっと怖《おそ》れずに創《つく》るべきだった。創造のよろこびという、不たしかな粗雑なよろこびに、もっと身を委ねるべきだった。……

＊＊＊

十二月上旬のある寒い朝、私は治英の訃《ふ》に接した。私はそれをしらせてくれた友人と誘い合わせて、はじめて訪れる治英の新居を探した。それはわかりにくい迂路《うろ》の奥にあって、鋪装《ほそう》のない小径《こみち》には霜が崩れていた。

探しあてた家はひっそりしていた。見たところ、二間《ふたま》か三間《みま》しかない家である。玄関の小さなドアを押す。するとすぐそこが、客間兼居間になっている。火鉢《ひばち》をかこんで、十数人のきびしい顔つきの人たちが目白押しに並んでいた。

喪服を着た若い夫人が私たちを次の間に案内した。彼女の目は赤く泣き腫《は》れていて、私たちはその目を正視することを憚《はばか》った。

次の間にも膝《ひざ》をつき合わせて、無言の人たちが並んでいた。六畳の部屋の央《なか》に、治英の遺骸《いがい》が横たわっていた。

夫人が顔の白布を除《の》けた。私はその美しさにおどろいた。人間の皮膚の色を脱した白さが、希臘《ギリシア》風の横顔を包んでおり、その鼻梁の正しさは似るものがなく、その口もとの括《くび》れは彫刻としか思われなかった。しかし死顔のうかべている云おうようない晴朗さは、私を安心させた。実際、内心のあらわれとしての晴朗さではなくて、顔の正しい形態そのものの放つ晴朗さは、こうして死後までも残るものである。

枕頭には羽織袴《はかま》の一人の初老の人が坐《すわ》っていた。むしろこの人の顔のほうが死者よりも生気がなく、晴朗さに欠けているように思われた。大そう瘦《や》せていて、髪は悉く白かった。目は今にも閉じられそうに疲れ、鼻は退屈そうに垂れていた。そして頑固《がんこ》に閉じた口もとはときどきかすかに慄《ふる》えた。

私は袴の上に置かれた彼の手を見た。これほど白い、これほど清潔なままに衰えた無力な手を、人はなかなか見ることができない。しかし形はいかにも美しく、繊細な指は一本一本、青い静脈の際立《きわだ》った手の甲から延びていた。その指は少しの風にもそよぎそうに思われた。

若夫人が私たちにその人を引き合わせた。

それは治英の父、柿川侯爵《こうしゃく》であった。

（昭和三十二年八月『中央公論』）

葡《ぶ》萄《どう》パン

1

ジャックは由比《ゆい》ヶ浜《はま》ホテルのわきから、八月の午後十一時半の、海の波の白い歯噛《はが》みに背を向けて、広い切通しの砂地の坂を、ひとりで登りだした。

彼は東京から何とかここまでヒッチ・ハイクで来たのである。そのために江ノ島電鉄稲村《いなむら》ヶ崎《さき》駅での、ピータアやハイミナーラやキー子との、待合せの時刻にはずいぶん遅れた上、あらぬところでトラックから下ろされたが、こちらからも会場へ行く道はひらけている。ただずっと迂路《うろ》になって、道のりが遠いだけである。

ピータアたちはとっくに彼を見限って、会場へ直行している筈《はず》である。

ジャックは二十二歳で、透明な結晶体だった。自分を透明人間にしてしまおう、とつねづね思っていた。

英語が得意で、アルバイトにSFの飜訳《ほんやく》をしていて、自殺未遂の経験があり、痩《や》せて、美しい白い象牙《ぞうげ》づくりの顔をしていた。どんなに殴ったって、反応を示しそうもない顔だから、誰も殴りはしなかった。

「あいつに向って、ぴゅっと駈《か》け出して行ってぶつかったらよ、知らない間《ま》にあいつの体を通り抜けちゃってるような気がするぜ、ほんと」

とモダン・ジャズの店に来ていた一人がジャックを評した。

——両側から切通しの崖《がけ》が大きく迫り、空には星の数は少なく、登るにつれて、背後の波の轟《とどろ》きと、有料道路の車のひびきが遠ざかると、濃密な闇《やみ》がすべてになった。ゴム草履のあらわな足の甲を砂が流れた。

闇がどこかで結ばれちゃってる、とジャックは思っていた。闇の大きな袋の口が結ばれ、小さな袋を併呑《へいどん》していた。そのあるかなきかの小さな綻《ほころ》びが星で、ほかに光りの綻びは一つもなかった。

彼が身を浸して歩く闇は、だんだん彼に浸透してゆくようだった。自分だけの跫音《あしおと》の、ひどく自分から疎遠《そえん》な感じ。空気をわずかに波立たせているだけの彼の存在。その存在は極微にまで押しちぢめられ、彼が闇を拓《ひら》いてゆくまでもなく、彼が闇の微粒子の間隙《かんげき》を縫ってゆくことさえできた。

あらゆるものから自由になり、完全に透明であるために、ジャックには邪魔な筋肉も脂肪もなく、鼓動している心臓と、白い砂糖菓子のような「天使」という観念だけがあった。……

これらは多分みんな睡眠薬《スイク》の影響だったろう。アパートを出てくる前に、ジャックは一杯の麦酒《ルービ》に五錠の睡眠薬《スイク》をまぜて呑《の》んでいた。

するうちに登りつめた坂は、茫漠《ぼうばく》とした台地を展《ひら》き、かなたに車が二台、固い砂地の上に捨てられた古靴《ふるぐつ》のようにうずくまっているのが見えた。

ジャックは駈け出した。駈け出したぞ、俺《おれ》が駈け出した、と彼は呆《あき》れて自分を追った。ひろい道は台地の向うへもつづいていたが、そのあたりから右方に深い谷間がひらけ、ひとしお濃密な闇の澱《よど》んだ谷底に、突然、なめらかな焰《ほのお》がひらめき昇るのをジャックは見た。丁度堤の穴から洪水《こうずい》がはじまるように、その一点から闇は音を立てて瓦解《がかい》するかと思われた。

ジャックは乾いた叢《くさむら》を踏みにじり、道ともつかぬ砂の斜面を辷《すべ》りながら谷底を目ざして駈け下りた。砂糖壺《つぼ》の中へ辷り落ちてゆく蠅《はえ》みたいな感じがした。

谷底の人々のざわめきが近づいたが、谷の内はなお屈折していて、さっき見た巨《おお》きな焰はまた見えなくなり、声だけが身近にあって、人影はあらわれなかった。足もとには石が多くなった。石が、夢の中のように、突然大きくふくれ上って、歩行を妨げ、又砂にまぎれて平らになったりした。

崖の一角まで来たとき、ジャックはかなたの斜面に躍り上る一群の巨大な影を見た。

ついで焚火《たきび》が見えた。しかしその火勢は急に衰え、あたりの石と砂のでこぼこな地面をゆききする人たちは、織るような足もとだけが明るんで、顔はなお闇に包まれて浮んでいた。

その中で笑っているキー子の、甲高い声だけがそれとわかった。

「よしなよ。私なんか、カゾクの出よ、八人家族の。蝶《ちょう》よ花よ蚤《のみ》よ虱《しらみ》よ、って育てられたお嬢さまなんだからね」

――そのときジャックは黒い、闇よりも黒い塊りにつまずいて、思わずそれに手をかけて、あやまった。手は、汗ばんでいるくせに異様に冷たい、ひどく肌理《きめ》のこまかい、まるで練り上げた黒い粘土のような肩の肉に触れたのである。

「Never mind!」

と黒人《ロイク》のハリイは言った。そして膝《ひざ》の間にはさんだコンガに最初の平手搏《う》ちを、それが忽ち《たちま》溷んだ響きを周囲の山肌《やまはだ》につぎつぎと谺《こだま》させる一打を加えた。

2

モダン・ジャズの店に集まる連中は、今年の夏の名残に、どこかの海辺で、あまり人のやらないようなティーパーをやろうと考えたのだった。そこでは砂の上でツウィストが踊られ、豚の丸焼きが供されなければならなかった。それから何だか由緒《ゆいしょ》は知れないが、野蛮な踊りの儀式みたいなものが必要だった。みんなは昂奮《こうふん》して手分けして場所を探した末、ここの無人の谷間を選んだ。府中まで豚を買いに行った連中は、予算の不足のため、半身《はんみ》をかついで帰って来た。

あんな俗悪な海水浴場、あんな退屈な藷《いも》たちの洗い場から、程遠からぬところに、こういう蛮地がみつかったなんて、誰が信じよう。いずれにしろ、彼らはすりきれたGパンが繻子《しゅす》の光彩を放つような場所を夢みていたのだ。

場所——、それは選ばれ、洗われ、聖化されなければならない。彼らはネオン・サインを、汚れてやぶけた映画の広告を、自動車の排気ガスを、ヘッド・ライトを、彼らの野の光り、畑の匂《にお》い、苔《こけ》、家畜、自然の花々にしていたので、今度は、技巧を凝らした絨毯《じゅうたん》のような砂地や、人工を尽した装飾品のような「絶対の星空」が欲しくなったのである。

この世界の愚劣を癒《い》やすためには、まず、何か、愚劣の洗滌《せんじょう》が要るのだ。藷たちが愚劣と考えることの、一生けんめいの聖化が要るのだ。あいつらの信条、あいつらの商人的な一生けんめいさをさえ真似《まね》をして。

これらがいわば、ティーパーの趣旨の概略だった。三、四十人の彼らは深夜に集まった。すなわち彼らの時刻、彼らの執務時間、彼らの大切な昼に。

焚火が急に衰えていぶったり又急に燃えさかったりするのは、豚の脂《あぶら》のためだとジャックは知った。豚はすでに太い鉄串《てつぐし》に刺されて焼かれ、誰かがときどき、安い赤葡萄酒《あかぶどうしゅ》を肉の上に注《そそ》いだ。顔はわからず、手だけが焔のあかりの中へあらわれてそうするのである。

黒人《ロイク》のハリイのコンガはつづき、砂の上で数人がツウィストを踊っていた。石だらけの砂地なので、蹠《あなうら》をしっかり踏み定めて、膝と腰だけをくねらせて、ゆるやかに踊っている。

一方の崖際《がけぎわ》には麦酒《ルービ》やジュースが箱積みになっている。その空罎《あきびん》が石のあいだにころがって、夜の光りをかすかに罎のおもてに集めている。

すでに闇に馴《な》れている筈のジャックの目が、そこに群がっている人たちの顔を見分けることができない。焚火の低く這《は》う焔が、却《かえ》ってそれを邪魔するのである。闇のところどころに、閃《ひら》めいては消えるライターや燐寸《マッチ》の火も、視界の端《はじ》を射て、識別の邪魔をする。

声もまた、識別のたすけにならぬ。大きな声で笑ったり、騒いだりしても、忽ち周囲の闇に圧せられて、闇のにじんだ声になるからだ。そしてその闇をたえずハリイのコンガと、桃いろの口腔《こうこう》のまともに覗《のぞ》けるような彼の甲高い懸声とが引裂いている。

しかしキー子だけは例外で、ジャックはすぐその声をたよりに、そのかぼそい燈芯《とうしん》のような腕をつかんだ。

「来たのね。一人で来たの？」

とキー子は言った。

「ああ」

「みんな、稲村ヶ崎の駅であんたを待ってたのよ。でも、どうせ気紛《きまぐ》れなんだから、先に来ちゃった。よく迷児《まいご》にならなかったね」

とキー子は闇の中で唇《くちびる》をつき出した。その頰《ほお》から唇へかけての動きと、ちらと光った白眼《しろめ》が見えたから、ジャックはいつもの挨拶《あいさつ》で、キー子の唇に自分の唇をつけて、軽くこすって、離れた。竹の皮の裏側に接吻《スーキ》したみたいだ。

「みんな、どこにいるんだい」

「ハイミナーラもピータアもあっちにいる。ゴーギもいる。あいつは女《ナオン》がやってこないんで、頭蓋骨《ずがいこつ》に来てるらしいわ。あんまりさわらないほうがいいよ」

ジャックの名は何となくみんなが呼びならわしたのだが、ゴーギの名は何の意味だかわからない。豪気から来たのだろうか。

キー子がジャックの手をひいて、ツウィストの踊り手の間を縫って、崖ぞいの岩のあたりに腰かけている一同の前へ連れて行った。

「ジャックが来たよ」

ハイミナーラはゆっくりと睡《ねむ》そうに手をあげて応《こた》えた。この闇の中でもサン・グラスをかけていた。

ピータアはわざわざライターの火をともして、自分の顔の前で左右に揺らしてみせた。目の上縁に沿うて青い線が描かれ、目尻《めじり》でそれが鋭く延び上るところに、銀粉が火を受けて煌《きら》めいた。

「何だ、その顔は」

「ピータアがあとでショウを見せるんだって」

と横からキー子が説明した。

ゴーギは半裸で、不機嫌《ふきげん》そうに傍《かたわ》らの樹《き》に凭《もた》れていた。しかしジャックと知ると、闇の中をうごめいてきて、草むらの間の砂にあぐらをかいて、麦酒《ルービ》の匂いを吹きかけて、

「よお」

と言った。

ジャックはゴーギがあまり好きではなかったが、ゴーギのほうではしきりに親愛の情を示し、いつかも女を連れて彼のアパートへ遊びに来たことがあった。

ゴーギはボディー・ビルをやっていて、体自慢だった。鬱陶《うっとう》しいほどの筋肉の持主で、一寸《ちょっと》手足を動かしても、稲妻のような動きが敏感に筋肉の連鎖を伝わった。世界は無意味で、人間どもは愚劣だという点については、ゴーギもみんなと同意見の筈だったが、彼は徒《いたず》らに筋肉をふやして、その屏風《びょうぶ》で以《もっ》て無意味の風を防ごうとしているうちに、いつか筋肉それ自体の性質である盲目的な力の闇の中で眠りこけてしまうのだった。

ジャックにとって困るのは、ゴーギのような肉体的な存在の、不透明な特質だった。それは、目の前に立ちはだかって来ると、透明な世界の展望を遮断《しゃだん》し、その汗くさい体臭のつよい体で、ジャックがいつも保とうと力《つと》めている透明な結晶を濁らせるのであった。彼のひっきりなしの力の誇示、それは何とうるさかったろう。彼の甘いしつこい腋臭《わきが》、彼の全身の毛、彼の不必要に大きな声、それらは闇の中でさえ、汚れ果てた下着のように存在が明らかだった。

こんな嫌悪《けんお》が、ジャックの心をへんな風に顚倒《てんとう》させて、言わでものことを言わせた。

「丁度こんな晩だったんだよな、俺が自殺したとき。一昨年《おととし》の今ごろだから、今日あたりが命日になってたかもしれないんだよな、ほんと」

ハイミナーラの薄笑いのまじった声が、こう言った。

「ジャックを火葬にしたら、ジュッって云《い》って、氷のかけらみたいに溶けちゃうだろう」

とにかくジャックはもう治ったのだ。彼が自殺すれば、それと同時に、あのいぎたない誰たちの世界も滅びるだろうと思っていたのはまちがいだった。彼が意識を失って病院へ運ばれ、やがて意識を取り戻してまわりを見廻《みまわ》したとき、誰たちの世界は依然いきいきとして彼を取巻いていた。……あいつらが不治ならば、こっちが治ってやるほかはない。

やがてピータアが立上って、ジャックを焚火のほうへみちびきながら、言った。

「ゴーギの女《ナオン》を知ってる？」

「知らない」

「強力にハクい女《ナオン》だってゴーギが言うんだよ。どうだかわかったもんじゃないけどさ。もしゴーギが完全にすっぽかされたんでなければ、女《ナオン》は朝までにここへ現われるだろう」

「もう来てるかもしれねえな。こう暗くっちゃお面もわからない。朝の光りで見分けられるように、効果をお狙《ねら》い遊ばしてるんだ、カタイよ」

かすかな風のそよぎで脂くさい煙がまともに来たので、二人は顔をそむけた。

3

ジャックは麦酒《ルービ》を探しに歩いた。そのわずかな距離で、いくつもの石や、ボストン・バッグや、それから柔らかい固まりに躓《つまず》いた。荷物のように、しっかりと丸まって唇を合わせている一組は、ジャックのゴム草履が軽く蹴飛《けと》ばしても、身じろぎもしなかった。

ゴーギの女《ナオン》はどこにいるのだろう。それはざわめいている新顔の一団の中にいるようでもあるし、闇の草むらのかげ、煙が巻きついている雑木のかげ、あるいは崖の斜面の触れれば崩れる夜の砂かげにひそんでいるようでもあった。しかし「強力にハクい」顔ならば、その顔の存在するところにだけ、闇を穿《うが》って、微光が漂ってもいい筈だ。この暗い谷間、潮風に充《み》たされた星空、そのどこにでも、美しい顔は光りを放って現われていい筈だ。

「さあ儀式のはじまり、はじまり。踊りがおわったら、豚の丸焼きを分配します。いいな、みんな。焚火をもっと気分《ブンキ》よく燃やしてくれ」

と怒鳴っているのは、いつもながら睡眠薬《スイク》に言葉のらりったハイミナーラで、火の近くへつき出したそのサン・グラスには、焔が微細画のように映っていた。コンガの音がやんでいるのは、ハリイが蠟燭《ろうそく》の火でコンガの革を焙《あぶ》っているからであった。そのとき谷間の人々は黙っていた。幾つかの煙草《たばこ》の火が周囲の闇に、蛍《ほたる》のように息づいていた。

ジャックはやっと麦酒《ルービ》の罎を探しあて、そばに白い歯を見せている見知らぬ男に頼んで、その勁《つよ》い前歯で栓《せん》を的確に抜いてもらった。男の口もとからシャツの胸に白い泡《あわ》が伝わり、男は再び白い歯列《はなみ》をあらわして誇らしげに笑った。

鳴りはじめたコンガが急調子になった。ピータアが海水ツンパ一つで走り出したとき、焚火の焔は高くなって、彼の体のそこかしこに塗られた絵具の紋様や銀粉がおどろに光った。

ジャックにはピータアの陶酔が理解できなかった。どうして彼は踊るのか？　不満だから？　幸福だから？　あるいは死ぬよりもいくらかましだから？

ピータアは一体何を信じているんだ、と透明なジャックは思った。彼の体が焚火に照り映えて踊る。ピータアがいつか、湿った厚い木綿棉《もめんわた》の蒲団《ふとん》のように、毎夜彼にのしかかる苦悩について語ったことは嘘《うそ》だったのか？　孤独が海のように吼《ほ》え、きらびやかな灯《ひ》でいっぱいな夜の都市に馬乗りになり、それからどうしてそれが踊りだそうとするだろうか？

ジャックはその地点ですべてが停止するだろうと信じる。少くともジャックは停止した。そして少しずつ透明になった。

それにしても踊りは、人間の中から何かの手が取り出す不連続な記号だ。ピータアはそれを周囲の闇へばらまく。色とりどりのカアドをばらまくように。……ジャックは知らぬ間に自分の足でも拍子をとった。

ピータアのアイ・シャドウに隈《くま》どられた目が、その白眼のところが、のけぞったときに焔に光った。闇の中に大きな一滴の涙のように。……やがて、豹《ひょう》の毛皮を腰に巻きつけた男が、片手に蛮刀を握り、片手にわなないている白い生きた雞《にわとり》をぶら下げて現われた。それはゴーギだった。

ゴーギの汗ばんだ胸の筋肉は、焚火の光りの中へつややかに現われた。ジャックはそこにあたりの闇よりも濃い、オレンジいろの肉の輝やかしい闇だけを見た。

「見ろ、やるぜ、やるぜ！」

とまわりの若者たちが言った。ゴーギは何を証明しようとするのか。彼の太い腕が、石の上へ雞を押しつけていた。雞はもがき、白い羽毛を散らし、それは夢のような速度で、焰の気流に包まれて高く昇った。白い羽根毛は翔《か》け上る！　肉体が悶《もだ》え苦しんでいるときの、こんなにも軽やかな感情の飛翔《ひしょう》をジャックはよく知っていた。だからジャックは見ないですんだ。打ち下ろされる蛮刀の頑《かたく》なな響きのあとに、すでに石の上には、叫び声もきこえず、血も見えないままに、雞はねじれた姿をして、首と体が別々になっていた。

ピータアが狂おしくその首をつまみ上げ、砂の上を転げ廻った。今こそジャックには、ピータアの陶酔が理解できた。ピータアが再び立上ったとき、その平たい少年らしい胸には、一条の血のしたたりがはっきりと見えた。

悪ふざけの中の死、こんな道化た死の結着は、雞の首自身にもよく呑《の》み込めなかったにちがいない。その生《き》まじめにみひらいた目は、質問で一ぱいだったにちがいない。……しかしジャックは見なかった。冗談の中の聖化。赤い雞冠《とさか》を戴《いただ》いた雞の首が得た気まぐれの光栄は、ジャックの少しも残酷さのない冷たい心に、ほのかな緋《ひ》いろの反映を投げてよこした。

『しかし俺《おれ》は何も感じない。何も感じはしないぞ』

ピータアは白い雞の首をつまんだまま立上り、焚火のまわりを輪をえがいて踊り、その輪は狂おしくひろがって、ついには見物の女だけを選んで、その顔へ雛の首を押しつけて廻るのだった。

悲鳴がつぎつぎと連環をなして起った。女たちの悲鳴の声はどうしてみんな同じなんだろう、とジャックは思った。そのうちに一際《ひときわ》美しい、澄んだ、ほとんど悲劇的な叫びが星空へ起って、消えた。その声にジャックは聞きおぼえがなかった。するとその悲鳴こそ、ゴーギの「強力にハクい」女のあげた叫びのように思われた。

4

——ジャックは附合のいい人間だった。

だから朝まで砂と草叢《くさむら》の上でうつらうつらし、たくさん蚊に刺され、日中《にっちゅう》はみんなと泳ぎに出かけ、夕方くたくたになって東京のアパートにかえると、そのまま何も知らずに眠りこけた。

目がさめたとき、アパートの四畳半は怖《おそ》ろしいほどしんとしていた。どうしてこんなに朝が暗いのだろう。そう思って時計を見た。まだその日のうちの午後十一時だった。

窓をあけたまま眠っていたのに、そよとの風も入らず、眠りからさめた体は雑巾《ぞうきん》のように汗ばんでいた。扇風器をかけ、書棚《しょだな》から「マルドロールの歌」を出して、寝床に腹這《はらば》いになって読んだ。

彼の一等好きな、マルドロールと鱶《ふか》との結婚の章を読み返した。

「……ものすごい速さで浪《なみ》を切り裂いてくる、あの海の怪物の軍勢はなんだろう？」

それは六匹の鱶なのだ。

「……だが、あそこに、水平線に、あのように水が騒いでいるのは何だろう？」

それは一匹の巨大な雌の鱶、やがてマルドロールの花嫁になる鱶なのだ。

枕《まくら》の前に置いた目覚時計が、扇風器の唸《うな》りにもめげず、鈍重な音を立てて時を刻んでいる。これはジャックの生活の皮肉な装飾品で、彼は決して目覚しの目的でそれを使ったことはなかった。昼も夜もかかわらず流れつづける一本の細流《さながれ》のような彼の意識、そのなかに水晶のように透明な自分を保つのは、彼の毎夜の永い習慣で、目覚時計はこんな習慣をたえず喜劇化してくれる彼の友、彼のサンチョ・パンサだった。その安っぽい機械の音は、すばらしい慰めで、彼のすべての持続を滑稽《こっけい》にしてしまうのである。

時計、自分で作る目玉焼、ずっと以前に期限の切れた定期券、……それから鱶、ぜひとも鱶だ、とジャックは力をこめて考えていた。

昨夜の無意味な上にも無意味なティーパーが心によみがえった。

雞の首、黒焦《くろこ》げの豚、……しかし一等悲惨なのは夜明けだった。みんなは美しい、千年に一度あるかなしの、壮麗な夜明けを期待していた。しかし来たのは、ひどい、ひどい、見るもぶざまな、最低の夜明けだった。

最初の薄明が谷間の西側を明るませたとき、彼らは自分たちの「蛮地」を飾っていた樹が、つまらない、潮垂れた、どこにでもある雑木の一むらにすぎないことを知った。まだそれはよかった。光りが徐々に西側の斜面を辷《すべ》り落ち、晒粉《さらしこ》のような白い光りが谷間を充たしたとき、麦酒《ルービ》やジュースやコークの空罎《あきびん》の残骸《ざんがい》、崩折れていぶっている焚火《たきび》、そこらに放り出された玉蜀黍《とうもろこし》の芯《しん》の汚ない嚙《か》み跡、無秩序にちらばったバッグの類、岩かげや草むらや砂の上に抱き合って眠っている連中の半ばひらいた口、その口の上のまばらな髭《ひげ》や、その口のまだらな口紅、散乱する新聞紙《がみ》、(ああ、深夜の街路では、あれほど詩的に見える新聞紙《がみ》が、ここでは何と無残だろう)、……これらのものが、まざまざと照らし出された。それは藷《いも》たちのピクニックの殺戮《さつりく》された現場であった。

夜のうちに消えた連中《ナオン》もあり、夜明けにゴーギの姿は見えなかった。

「ゴーギがいない。女がとうとう来なかったんで、逃げたんだろう。あいつ意外と意外に見栄坊《みえぼう》だから」

とピータアが言った。

「いつしか、不吉な日というべきだが、ぼくは美と純潔につつまれて成長していた。人々は、口をそろえて神々《こうごう》しい少年の知性と善良さを讃嘆《さんたん》するのであった。魂が王座を占めている清らかなその面《おも》だちを眺《なが》めると、わが身を恥じて顔を赤らめる良心も少くなかった。また尊敬の念なくして彼に近づこうとする者もなかった、というのも、彼の両眼には天使の眼差《まなざし》が認められたから」

ジャックの天使の観念は、こんなマルドロールの詩句から養われたものかもしれない。チクタク、チクタク、枕もとの目覚時計がこたえられないように、通俗的な笑い声を立てていた。天使の丸焼という観念がおぼろげに現われた。彼は腹が空《す》いていたのだろうか。

難破船が沈んでいる海、世界の富と愛とあらゆる意味を満載したまま難破した船を、彼らはどこかの海に見つける筈《はず》だった。遠くの空で傾《かし》いでいる硝子《ガラス》の秤《はかり》。砂浜をゆく三匹の犬たちのやさしい吐息。……ジャックは自殺の直前、自分の掌《てのひら》の中にさいころのように、地球を振っているつもりでいた。さいころが丸くていけない理由があるだろうか。あらゆる目を次々と出し、決定は浮動し、賭《かけ》は永久に成就《じょうじゅ》しないような一つの丸いさいころ。……

ジャックは腹が空いていた。それがすべての原因だった。彼は立上って戸棚をあけに行った。冷蔵庫は持っていなかった。

喰《た》べるものは何もない。

「泳ぐ男と、彼に救われた雌蟻は、たがいに向きあう。彼らは数分のあいだ、目と目を見合せ……」

ジャックは突然、空腹のために死にそうになっているのを感じた。煎餅《せんべい》の缶《かん》を振ってみる。底にかすかな粉の音がするだけだった。夏蜜柑《なつみかん》は戸棚の奥で青黴《あおかび》に凹《へこ》んで腐っていた。そのとき戸棚のへりを、小さな赤い蟻《あり》が列を作ってつづいているのを見た。

彼は蟻を一つ一つ克明につぶしながら、舌の裏に溜《たま》ってくる唾液《だえき》を呑み込みながら、とうとう戸棚の奥に、買い置きのまま忘れていた半斤《はんきん》の葡萄《ぶどう》パンを見出《みいだ》した。

数匹の蟻がパンの乾葡萄《ほしぶどう》のあいだに喰《く》い込んでいた。ジャックは蟻を乱雑に手で払ってから、又寝床に腹這いになって、スタンドのあかりの下で、丹念にパンのおもてを調べた。そしてさらに二匹の蟻を葡萄パンからつまみ出した。

かぶりつくと、苦いような酸《す》いような味がした。味には構っていられなかったので、夜の永いあいだの糧《かて》を保つために、端のほうから少しずつ齧《かじ》った。パンのうちらは、ふしぎな柔らかさを持していた。

「二人は互に見失うまいと円を描いて、ぐるぐる泳ぎまわりながら、めいめい心中ひ

そかに思うには、

『おれは今まで間違っていた。自分よりもっと邪悪なものがここにいる』

そこで、二人の考えは完全に一致し、雌鱶は鰭《ひれ》で水をかきわけながら、マルドロールは腕で水をうちながら、たがいに讃嘆の念を抱《いだ》いて水の中を滑り寄った……」

……………………。

――戸がノックされる音をジャックはきいた。

さっきから廊下に乱れた靴音《くつおと》がし、壁にぶつかる体の音がしていたが、遅い帰宅の多いアパートなので、気にとめていなかった。

ジャックは葡萄パンを齧りながら、戸をあけに立った。すると屏風《びょうぶ》が倒れるように、一組の男女が部屋の中へ倒れ込んできた。部屋は大きく揺れて、スタンドが倒れた。

ジャックはうしろ手に戸を閉めて、別に愕《おどろ》くには値いしないこの深夜の客を見下ろした。男はゴーギで、めくれたアロハ・シャツから、逞《たく》ましい背筋があらわれていた。

「靴《ツーク》ぐらい脱いだら」

とジャックは言った。すると二人は、お互いに手をのばし、相手の靴をぞんざいに脱がせ合って、それを戸のほうへ放り投げて、体を波立たせて笑った。窄《せま》い室内には二人の吐く息の酒の匂《にお》いがたちまちひろがった。

ジャックは女の目をつぶって笑いを含んでいる蒼白《そうはく》な顔をつらつら眺めた。はじめて見る女だが、ひどく美しい。目をつぶっていても、誰かに見られていることを知っているその顔は、酩酊《めいてい》の中にも取り澄まし、形のよい小体《こてい》な鼻は荒々しく息づきながら陶器のように静かに見えた。髪は額の半ばを隠し、美しく波立っていた。つぶった目のややふくらんでいるのが、眼球の敏感な動きをひそめて、長いよく揃《そろ》った睫《まつげ》を深々《ふかぶか》と鎖《と》ざしていた。唇《くちびる》の形が実に精巧で、唇の端の括《くび》れは、今そこに彫りつけたかのようにういういしく見える。それでいて、二十四五の女しか持たない成熟の威厳のようなものを顔全体が湛《たた》えている。「強力にハクい」女《ナオン》はこれだったんだな、とジャックは葡萄パンを喰べつづけながら思った。ゴーギは失った面目を取り戻すために、一日この女を探しまわって、こうしてここへ連れて来たのにちがいない。

「蒲団はないぜ。座蒲団なら二三枚あるけど」

ゴーギは答えないで、目尻《めじり》で笑ってみせた。この男は今夜、何も言うまいと心に決めているにちがいない。

ジャックは三枚の座蒲団を足で掻《か》き集め、ゴーギの背のところへ蹴《け》り寄せてから、自分の寝床に戻って、又腹這いになって、葡萄パンを喰べながら、本を読みつづけた。

女の否《いな》む声がだんだんに高くなるので、ジャックは本を置いて、片肱《かたひじ》をついてそのほうを眺めた。

ゴーギはすでに全裸になり、筋肉は汗にかがやいて蠢《うごめ》いていた。女は乳当てとパンティだけになりながら、なお譫言《うわごと》のような声音を装って拒んでいた。女の体は山梔《くちなし》いろの滑らかな肉の堆積《たいせき》だった。

そのうちに女が静かになったので、ジャックは又そちらへ背を向けて、葡萄パンを齧りながら、本を読んだ。

はじまるべき声も息づかいもジャックの背後には聴かれなかった。それがずいぶん永いあいだだったので、彼はいやになった。もう一度肩ごしにのぞくと、女は全裸になっていた。二人は組み合ったまま、何か発車のおくれて呟《つぶや》いている汽車のような息の音《ね》を立てていた。ゴーギの逞ましい背中からは、汗がしとどに流れて畳へ落ちた。

とうとうゴーギがこちらへ顔を向けた。その顔には力が喪《うしな》われ、あいまいな靄《もや》のような笑いが浮んでいた。

「どうしてもだめなんだ。ジャック。一寸《ちょっと》手を貸してくれ」

ジャックは葡萄パンを齧りながら立上った。

そのときジャックは、筋肉の塊りのような友の半ば無力になった印を見たのである。

彼は不精《ぶしょう》なレフェリーのように、のろのろと二人の枕上《まくらがみ》を廻《まわ》った。

「どうするんだい」

「足を強烈に引張っててくれ。そうすればどうにかなる」

ジャックは轢死体《れきしたい》の断片を拾い上げるように、女の片脚の足首をつかんで持ち上げた。その白い滑らかな脚の奥に、ジャックはちらと遠い小屋の灯明《ひあか》りのようなものを見た。足は大して汗ばんではいなかったが、手に辷るので、右手に持ちかえた。そこでジャックは立ったまま、二人へ背を向けて、麦酒会社のカレンダーがかかっているだけの壁に向い合っている形になった。

彼は左手で葡萄パンを喰べながら、壁のカレンダーをつれづれに読んだ。

八月五日　日曜
六日　月曜
七日　火曜　土用の丑《うし》
八日　水曜　立秋
九日　木曜
十日　金曜
十一日土曜

十二日日曜
十三日月曜
十四日火曜
十五日水曜　終戦記念日
十六日木曜
十七日金曜
十八日土曜
十九日日曜

勢いを得たらしいゴーギの息と女の息が迫《せ》り合うにつけ、ジャックが右手にぶら下げている足は、漣《さざなみ》を伝えて小まめに動き、刻々と重みを増したが、決してジャックの手の軛《くびき》をのがれ出ようとする気配はなかった。彼の葡萄パンは依然として、苦く酸っぱく、喰べるほどに口に粘《ねば》ついた。そのうちにジャックには自分の右手にぶら下げているものが、一個の女の足だとは信じられなくなったので、もう一度、スタンドの遠あかりに、たしかめて見た。足の爪《つめ》の赤いマニキュアはやや剝《は》げかけていて、小指の爪が殊《こと》に肉に半ば身をひそめた異様な中途半端《はんぱ》な形をしていた。ハイヒールの胼胝《たこ》がジャックの中指にさわっていた。

やがてゴーギの立上った気配がしたかと思うと、ジャックの肩を叩《たた》いて、

「もういいよ」

と言った。ジャックは足を畳に落した。

ゴーギは忽《たちま》ちボンズを穿《は》き、アロハを片手に戸口のほうへ歩きながら、

「じゃあ、ありがと。俺《おれ》は帰るよ。後始末《アフタ・サーヴィス》をたのむ」

ジャックは戸の閉まる音をきいた。横たわっている女を見下ろして、葡萄パンの最後の一切れを口に入れて、永い乾いた咀嚼《そしやく》をつづけた。足の先で女の内腿《うちもも》にそっとさわったが、女は死を装って、身じろぎもしなかった。ジャックはひらいた女の足のあいだにあぐらをかいた。破裂した水道管のように、いたるところから、無意味がすさまじい勢いで吹き上げていた。彼は後始末《アフタ・サーヴィス》をたのまれていた。あいつはいつも尊大で滑稽な委託をする。……彼は顔を近づけた。大げさな礼法。いくら死を装っても、女の腹はすこやかに息づき、彼の目覚時計は、おそろしく野卑な音を立てて時を刻んだ。

「腕と鰭は、恋しそうにからみつき、愛するものの肉体のまわりに組合わされ、一方、かれらの喉《のど》と胸はたちまち海藻《うみも》の臭気を発する青緑色の塊になりはて……」

（作中「マルドロールの歌」の抜萃《ばっすい》は栗田勇氏の訳による。）

（昭和三十八年一月『世界』）

雨のなかの噴水

少年は重たい砂袋のような、この泣きやまない少女を引きずって、雨のなかを歩くのにくたびれた。

彼は今さっき丸ビルの喫茶店で、別れ話をすませて来たところだ。

人生で最初の別れ話！

それは彼がずっと前から夢みてきた事柄《ことがら》で、それがやっと現実のものになったのだ。

そのためにだけ少年は少女を愛し、あるいは愛したふりをし、そのためにだけ懸命に口説き、そのためにだけしゃにむに一緒に寝る機会をつかまえ、そのためにだけ一緒に寝て……さて、準備万端整った今では、ずっと前から、一度どうしても自分の口から、十分の資格を以《もっ》て、王様のお布令《ふれ》のように発音することを望んでいたところの、

「別れよう」

という言葉を言うことができたのだ。

その一言を言っただけで、自分の力で、青空も罅割《ひびわ》れてしまうだろう言葉。とてもそんなことは現実に起りえないと半ば諦《あきら》めながら、それでも「いつかは」という夢を熱烈に繋《つな》いで来た言葉。弓から放たれた矢のように一直線に的をめがけて天翔《あまが》ける、

世界中でもっとも英雄的な、もっとも光り輝く言葉。人間のなかの人間、男のなかの男にだけ、口にすることをゆるされている秘符のような言葉。すなわち、

「別れよう！」

それでも明男《あきお》は、それを何だか咽喉《のど》に痰《たん》のからまった喘息《ぜんそく》患者みたいな、ぐるぐるいう咽喉の音と一緒に、（ソオダ水をその前にストロオから一呑《の》みして咽喉を湿した甲斐《かい》もなく）、ひどく不明瞭《ふめいりょう》に言ってしまったことが、いつまでも心残りだった。

そのとき明男は、その言葉が聴きとられなかったことをもっとも怖《おそ》れた。相手に訊《き》き返されて、もう一度繰り返すくらいなら、死んでしまったほうがましだった。永年金の卵を生もうと思いつめた鵞鳥《がちょう》がとうとうそれを生んだとき、そしてその金の卵が相手の目に触れる前に潰《つぶ》れてしまったとき、すぐもう一度同じものを生むなどということができようか。

しかし幸いにもそれはきこえたのだ。それがちゃんときこえ、訊き返されずにすんだのは、すばらしい幸運だったとしか云《い》いようがない。ついに明男は、久しい間山頂に遠く望んでいた関所を、自分の足で踏み越えたのだ。

それがきこえたという確証は、つかのまに与えられた。自動販売器からチューインガムが跳び出すように。

まわりの客の話し声や、皿の音、レジスターの鈴音などが、雨に締め切った窓のために、一そう弾《はじ》け合って、内にこもって、窓のうちらのむしあつい水滴に微妙に反響して、頭のもやもやするような騒音をなしている。その騒音をとおして明男の不明瞭な言葉が、雅子《まさこ》の耳に届くやいなや、彼女はそのやせた引立たない顔立ちから、まるで周囲を押しのけて、押し破ったようにみひらかれた、大きすぎる目を一そう大きくした。それは目というよりは、一つの破綻《はたん》、収拾のつかない破綻だった。そこから一せいに涙が噴出したのである。

雅子はすすり泣きの兆《きざし》を見せたわけでもない。泣き声を立てたわけでもない。ただ、すばらしい水圧で、無表情に涙が噴き出した。

もちろん明男は、そんな水圧、そんな水量のことであるから、すぐ止《や》むだろう、と多寡《たか》をくっていた。それをじっと眺《なが》めている自分の心の、薄荷《はっか》のような涼しさにうっとりした。それは正《まさ》しく彼が計画して、作り上げ、現実の中へもたらしたものであって、すこし機械的なきらいはあるが、立派な成果だった。

これが見たかったために雅子を抱いたんだ、と少年は自分に改めて言いきかせた。俺《おれ》はいつも欲望から自由だったんだ。……

そして今ここにある女の泣顔は現実なんだ！　これこそ正真正銘の、明男によって

「捨てられた女」だった。

——それにしても、雅子の涙があんまり永くつづき、少しも衰えを見せないので、少年は周囲が気になり出した。

雅子は白っぽいレインコートを着たまま、きちんと椅子《いす》に身を正していた。コートの襟元《えりもと》から赤いスコッチ縞《じま》のブラウスの襟がのぞいていた。両手を卓の端に支え、その両手にひどく力を入れて、そのままの姿勢で硬直してしまったように見えた。

正面を見つめたまま、涙がとめどもなく流れるに任せている。ハンカチを出して拭《ぬぐ》うでもない。そしてその細い咽喉のところで呼吸が切迫して、新しい靴《くつ》の鳴るような音を規則的に出し、学生風の依怙地《いこじ》で口紅をつけないその唇《くちびる》は、不平そうに捲《まく》れ上ったまま顫動《せんどう》している。

大人の客が面白そうにこちらを見る。やっと大人の仲間入りをした心境に明男がいるのに、こんな心境を擾《みだ》すのは、こういう目である。

雅子の涙の豊富なことは、本当に愕《おどろ》くのほかはない。どの瞬間も、同じ水圧、同じ水量を割ることがないのである。明男は疲れて、目を落して、椅子に立てかけた自分の雨傘《あまがさ》の末を見た。古風なタイルのモザイクの床に、傘の末から黒っぽい雨水が小さな水溜《みずたま》りを作っていた。明男はそれも、雅子の涙のような気がした。

彼は突然、勘定書をつかんで立上った。

六月の雨は、ふりつづけてもう三日になる。丸ビルを出て、傘をひろげると、少女は黙ってついて来る。傘を持たない雅子を、明男は自分の傘に入れてやる他はない。彼はそこに、冷たい心のまま世間体《てい》を気にする大人の習慣を見出《みいだ》し、それを今では身についたもののように感じた。別れ話を切り出したあとでは、相合傘だって、ただの世間体のためだと考えること。割り切ること。……どんな隠微な形にもせよ、割り切ることは明男の性《しょう》に合っていた。

広い歩道を宮城のほうへ向って歩くあいだ、少年が考えていたのは、どこでこの泣き袋を放り出そうかということだけだった。

『雨の日も噴水は出ているかな』

何となくそう考えた。何故《なぜ》自分は噴水のことなんか考え出したのだろう。さらに二三歩あるくうちに、彼は自分が考えていたことの、物理的な冗談に気がついた。せまい傘の下で、冷たく邪慳《じゃけん》に触れる少女の濡《ぬ》れたレインコートの、爬虫類《はちゅうるい》みたいな感じに耐えながら、明男の心は強《し》いて快活に、一つの冗談の行方を追っていた。

『そうだ。雨のなかの噴水。あれと雅子の涙とを対抗させてやろう。いくら雅子だって、あれには負けちゃう筈《はず》だ。第一、あれは還流式なんだから、出る涙をみんな滾《こぼ》しちゃう雅子が敵《かな》うわけがない。いくら何でも、還流式噴水とじゃ勝負にならねえもんな。こいつもきっと諦めて泣きやむだろう。このお荷物も何とかなるだろう。問題は雨の中でも、いつものように、噴水が出ているかということだけだ』

明男は黙って歩く。雅子は泣きつづけながら、同じ傘に入って、頑《かたく》なについて来る。だから雅子を振り切ることは困難だが、思うところへ引張ってゆくことは簡単だった。明男は雨と涙とで体中が湿ってしまうのを感じていた。雅子は白いブーツを穿《は》いているからいいが、スリップ・オンの靴を穿いた明男の靴下は、濡れた若布《わかめ》を穿いているような気がした。

オフィスの退《ひ》けどきにはまだ間《ま》があるので、歩道は閑散だった。二人は横断歩道を渡って、和田倉橋のほうへ歩いた。古風な木の欄干と擬宝珠《ぎぼし》を持った橋の袂《たもと》に立つと、左方には雨のお濠《ほり》に浮ぶ白鳥が見え、右方にはお濠を隔てて、Pホテルの食堂の白い卓布や赤い椅子の列が、雨に曇ったガラスごしにおぼろに見えた。橋をわたる。高い石垣《いしがき》の間をとおって左折すると、噴水公園へ出るのである。

雅子はあいかわらず、一言も発せずに泣きつづけている。

公園へ入ったところに大きな西洋東屋《アーバー》があり、葦簀《よしず》をかけたその屋根の下のベンチは、いくらか雨を禦《ふせ》いでいるので、明男は傘をさしたままそこに腰を下ろしたが、雅子は泣いたまま斜めに坐《すわ》って、彼の鼻尖《はなさき》へ白いレインコートの肩と、濡れた髪だけを見せている。その髪には香油に弾かれて、雨滴も白い微細な滴《しずく》をふりかけたようにみえる。泣いている雅子が、目をみひらいたまま、一種の人事不省に陥っているように思われるので、明男はふとその髪を引っぱって、正気に返らせてやりたいような気がした。

いつまでも雅子は黙って泣いている。明男が言葉をかけてくるのを、待っているのがはっきりとわかるだけに、彼はそれが業腹《ごうはら》で、何も言い出せない。思えばあの一言《ひとこと》を口に出して以来、彼はまだ一言も喋《しゃべ》っていないのである。

彼方《かなた》に噴水はさかんに水を吹き上げているのに、雅子はそれを見ようともしない。ここからは大小三つの噴水が縦に重なってみえ、水音は雨に消されて遠くすがれているが、八方へ別れる水の線は、飛沫《ひまつ》のぼかしが遠目に映らぬために、却《かえ》って硝子《ガラス》の管の曲線のように明瞭に見えている。

見渡すかぎり人影がない。噴水の手前の芝生のみどり、満天星《どうだん》の籬《まがき》が、雨を浴びてあざやかである。

公園のむこうには、しかしトラックの濡れた幌《ほろ》や、バスの赤や白や黄の屋根がたえず移りゆき、交叉点《こうさてん》の赤いあかりははっきりと見えるのに、下方の青に変ると、丁度噴水の水煙りと重なって見えなくなった。

少年は坐って、じっと黙っていることで、いいしれぬ怒りにかられてきた。さっきの愉《たの》しい冗談も消えてしまった。

自分が何に向って怒っているのかよくわからない。さっきは天馬空《くう》を征《ゆ》く思いを味わったのに、今は何とも知れぬ不如意を嘆いている。泣きつづける雅子の始末のつかぬことが、彼の不如意のすべてではない。

『こんなものは、その気になれば、噴水の池へ突き落して、スタコラ逃げて来れば、それですむんだ』

と依然少年は、昂然《こうぜん》として考えていた。ただ彼は自分をとり巻くこの雨、この涙、この壁みたいな雨空に、絶対の不如意を感じた。それは十重《とえ》二十重《はたえ》に彼を押えつけ、彼の自由を濡れた雑巾《ぞうきん》みたいなものに変えてしまっていた。

怒った少年は、ただむしょうに意地悪になった。どうしても雅子を雨に濡れさせ、雅子の目を噴水の眺めで充《み》たしてしまわぬことには気が済まなかった。

彼は急に立上ると、あとをも見ずに駈《か》け出して、噴水のまわりの遊歩路よりも数段高い、外周の砂利路《みち》をどんどん駈けて行って、三つの噴水が真横から眺められる位置まで来て、立止った。

少女は雨のなかを駈けて来た。立止った少年の体にぶつかるようにやっと止って、彼のかかげている傘の柄《え》をしっかりと握った。涙と雨に濡れた顔が、まっ白に見えた。彼女は息をはずませてこう言った。

「どこへ行くの？」

明男は返事をしない筈であったのに、まるで女の側からのこんな言葉を待ちかねていたように、すらすらと喋ってしまった。

「噴水を見てるんだ。見てみろ。いくら泣いたって、こいつには敵わないから」

そこで二人は傘を傾けて、お互いから視線を外《そら》していられる心安さで、中央のはひときわ巨《おお》きく、左右のは脇士《きょうじ》のようにいくらか小体《こてい》の、三つの噴水を眺めつづけた。

噴水とその池はいつも立ち騒いでいるので、水に落ちる雨足はほとんど見分けられなかった。ここにいて時折耳に入る音は、却って遠い自動車の不規則な唸《うな》りばかりで、あたりは噴水の水音が、あんまり緻密《ちみつ》に空気の中に織り込まれているので、それと聴耳を立てれば別だが、まるで完全な沈黙《しじま》に閉ざされているかのようだった。

水はまず巨大な黒御影《みかげ》の盤上で、点々と小さくはじけ、その分の水は、黒い縁《へり》を伝わって、絣《かすり》になって落ちつづけていた。

さらに曲線をえがいて遠くまで放射状に放たれる六本の水柱に守られて、盤の中央には大噴柱がそそり立っていた。

よく見ると、噴柱はいつも一定の高さに達して終るのではない。風がほとんどないので、水は乱れず、灰色の雨空へ、垂直にたかだかと噴き上げられるのだが、水の達するその頂きは、いつも同じ高さとは限らない。時には思いがけない高さまで、ちぎられた水が放り上げられて、やっとそこで水滴に散って、落ちてくるのである。

頂きにちかい部分の水は、雨空を透かして影を含み、胡粉《ごふん》をまぜた鼠《ねずみ》いろをして、水というよりは粉っぽく見え、まわりに水の粉煙りを纏《まつ》わりつかせている。そして噴柱のまわりには、白い牡丹雪《ぼたんゆき》のような飛沫がいっぱい躍っていて、それが雨まじりの雪とも見える。

明男はしかし、三本の大噴柱よりも、そのまわりの、曲線をえがいて放射状に放たれる水のすがたに心を奪われた。

殊《こと》に中央の大噴水のそれは、四方八方へ水の白い鬣《たてがみ》をふるい立たせて、黒御影の縁を高く跳びこえて、池の水面《みのも》へいさぎよく身を投げつづけている。その水の四方へ向うたゆみない疾走を見ていると、心がそちらへとられそうになる。今ここに在った心が、いつのまにか水に魅入られて、その疾走に乗せられて、むこうへ放たれてしまうのである。

それは噴柱を見ていても同じことだ。

一見、大噴柱は、水の作り成した彫塑《ちょうそ》のように、きちんと身じまいを正して、静止しているかのようである。しかし目を凝らすと、その柱のなかに、たえず下方から上方へ馳《は》せ昇ってゆく透明な運動の霊が見える。それは一つの棒状の空間を、下から上へ凄《すご》い速度で順々に充たしてゆき、一瞬毎《ごと》に、今欠けたものを補って、たえず同じ充実を保っている。それは結局天の高みで挫折《ざせつ》することがわかっているのだが、こんなにたえまのない挫折を支えている力の持続は、すばらしい。

少女に見せるつもりで連れて来たこの噴水に、少年のほうがすっかり眺め入って、本当にすばらしいと思っているうちに、彼の目はもっと高くあげられて、いちめんの雨を降らせてくる空へ向った。

雨は彼の睫《まつげ》にかかった。

密雲に閉ざされた空は頭上に近く、雨はゆたかに、隙《ひま》なく降りつづけていた。見渡すかぎり、どこも雨だった。彼の顔にかかる雨は、遠い赤煉瓦《れんが》のビルやホテルの屋上にかかる雨と、正確に同じもので、彼のまだ髭《ひげ》の薄いつややかな顔も、どこかのビルの人気《ひとけ》のない屋上の、笹《ささ》くれたコンクリートの床《ゆか》も、同じ雨にさらされている無抵抗な表面にすぎなかった。雨に関するかぎり、彼の頬《ほお》も、汚れたコンクリートの床も同等だった。

明男の頭から、すぐ目の前の噴水の像は押し拭われた。雨の中の噴水は、何だかつまらない無駄事《むだごと》を繰り返しているようにしか思われなかった。

そうしているうちに、さっきの冗談も、又そのあとの怒りも忘れて、少年は急速に自分の心が空っぽになって行くのを感じた。

その空っぽな心にただ雨が降っていた。

少年はぼんやりと歩きだした。

「どこへ行くの？」

と今度は傘の柄にしがみついたまま、白いブーツの歩を移して、少女がきいた。

「どこへって、そんなことは俺の勝手さ。さっき、はっきり言ったろう？」

「何て？」

と訊く少女の顔を、少年はぞっとして眺めたが、濡れそぼったその顔は、雨が涙のあとを押し流して、赤く潤《うる》んだ目に涙の名残はあっても、声ももう慄《ふる》えていなかった。

「何て、だって？　さっき、はっきり言ったじゃないか、別れよう、って」

そのとき少年は、雨のなかを動いている少女の横顔のかげに、芝生のところどころに小さく物に拘泥《こだわ》ったように咲いている洋紅の杜鵑花《さつき》を見た。

「へえ、そう言ったの？　きこえなかったわ」

と少女は普通の声で言った。

少年は衝撃で倒れそうになったが、辛《かろ》うじて二三歩あるくうちに、やっと抗弁が浮んできて、吃《ども》りながら、こう言った。

「だって……それじゃあ、何だって泣いたんだ。おかしいじゃないか」

少女はしばらく答えなかった。その濡れた小さな手は、なおも傘の柄にしっかりとりついていた。

「何となく涙が出ちゃったの。理由なんてないわ」

怒って、何か叫ぼうとした少年の声は、たちまち大きな嚔《くさめ》になって、このままでは風邪を引いてしまうと彼は思った。

（昭和三十八年八月『新潮』）

解説

三島由紀夫

自作自註というのは可成《かな》り退屈な作業だが、こういうことを自分にさせる唯一《ゆいいつ》の情熱は、ありていに言って、読者のためよりも、自分のためである。即《すなわ》ち、第三者の手にかかって、とんでもない臆測《おくそく》をされるよりも、古い自作を自分の手で面倒を見てやりたい、というだけのことだ。

『煙草《たばこ》』（一九四六年）は、戦後に書いた短編小説でもっとも古いものだ。戦争直後のあの未曾有《みぞう》の混乱時代に、こんな悠長《ゆうちょう》なスタティックな小説を書いたのは、反時代的情熱というよりも、単に、自分がそれまで所有していたメチエの再確認のためであった。正直のところ、私の筆も思想も、戦争直後のあの時代を直下に分析して描破しうるほどには熟していなかった。

話はちがうが、旧作を読み返しておどろかれるのは、少年時代、幼年時代の思い出、その追憶の感覚的真実、幾多の小さなエピソードの記憶等が、少なくとも二十代の終り近くまでは実によく保たれていたということである。それらを一切失わせたのは、一つには年齢と、一つには社会生活の繁忙とであろう。きめこまやかな過去の感覚的記憶を玩弄《がんろう》していられるには、肉体的不健康が必要であり、(プルウストを見よ!)、健康体はそのような記憶に適しないのであろう。私が幼少年時の柔らかな甘い思い出を失う時期が、正《まさ》に、私の肉体が完全な健康へ向う時期と符合しているのである。それに『煙草』一編の、煙草の匂《にお》いやラグビー部の部室の「メランコリックな」匂いにしても、病弱な少年にとってこそ感覚の新鮮さをもたらすものであれ、正にその匂いの中で十何年もすごしてしまえば、ただの日常感覚になってしまうのだ。

川端康成氏がこの短編を原稿で読まれ、雑誌『人間』に紹介して下さったのが、私の文士になるキッカケになったのだが、氏がそのとき私の中に認められたものが何だったか、今では揣摩《しま》する由《よし》もない。この『煙草』の中にすでに一人の確乎《かっこ》とした小説家がいたかどうか、今の私にははっきり認めることができないのである。そしてこの短編に一番近い類縁を求めれば、それはおそらく堀辰雄の『燃ゆる頬《ほお》』であろう。

『春子』(一九四七年)は、同じく『人間』に発表したものであるが、このほうは遥《はる》かに小説になっている。只今《ただいま》大流行のレスビアニズムの小説の、おそらく戦後の先駆であろう。『人間』の別冊小説特集のために、依頼を受けた私は、大いに張りきって百余枚を書き、木村徳三編集長のところへ持って行ったが、小説の絶妙の精読者《リズール》たる木村氏は、いくつかの冗漫な個所を指定し、その場で私は氏の言葉どおりどんどん削って行って、八十枚ばかりにした。元の原稿に比べてその引締り具合はわれながら愕《おどろ》くほどで、木村氏は当時の私にとって、神の如《ごと》き技術的指導者だった。

『春子』は、ほとんど観念上の操作のない、官能主義に徹した作品である。そのこと自体が当時としては異風であり、敬意を欠いた扱いをされるもとになった。『春子』で私の狙《ねら》ったものは、文学上の頽唐《たいとう》趣味を健全なリアリズムで処理することだったが、これは今日にいたるまで、大体私の小説作法の基本になっている。

『サーカス』（一九四八年）は、『進路』という小さな雑誌に書いた。大学を出て大蔵省に入ろうという時である。そのころは、高級な評論、難解な小説を満載した新しい雑誌が星の数ほどもあった。それがみんな売れていたわけではなく、雑誌は次々と潰《つぶ》れ、又生れたが、高度の観念主義がどの雑誌をも支配していて、従ってその創作欄も、あらゆる点で商業的制約から自由だった。いわゆる中間小説が発生したのはずっとあとのことである。これを作家の側からいうと、いたるところに純文学の手習い草紙《ぞうし》があったわけで、商業主義への妥協などは一切考える要がなかった。『サーカス』はそういう間隙《かんげき》にあらわれたわがままな小品である。

しかし次第に旧ジャーナリズムが復活し、文藝春秋新社も、『文學界』や『別冊文藝春秋』で、すでに技倆《ぎりょう》の固まった新人作家たちを統合する勢いを示し、一方、戦後の荒々しい観念主義のジャーナリズムは衰亡して行った。『翼』（一九五一年）『離宮の松』（一九五一年）『クロスワード・パズル』（一九五二年）は、短編小説のメチエの完成に努めていた私が、これら恰好《かっこう》な舞台に発表した作品群である。『翼』には「ゴーティエ風の物語」という副題がついているが、ゴーティエの、リアリズムとははっきり袂《たもと》を分った短編小説を模しながら、実は戦中戦後を生きのびなければならなくなった青年の悲痛な体験を寓話《ぐうわ》的に語ったものである。私はこの種の短編で、むしろあらわな告白をしていたつもりであるが、当時この告白に気づいた人はいなかった。「告白なんぞするものか」という面構《つらがま》えを売り物にしていた罰であろう。『離宮の松』や『クロスワード・パズル』は、これとはちがって、私が短編小説の風味と考えていたものを、数理的に醸《かも》し出そうとした技術的実験であり、私は情趣よりも方法論にいつも興味を惹《ひ》かれる性質《たち》であった。

『真夏の死』（一九五二年）は、今度の集中もっとも長い、百枚のノヴェレットで、第一回の世界旅行から帰って、ゆっくり筆馴《ふでな》らしをして書いた作品である。伊豆今井浜で実際に起った事件を人から聞き、それを基にして組み立てた小説だが、もちろん眼目は最後の一行にある。

方法論としては、この一点を頂点とした円錐体《えんすい》をわざと逆様に立てたような、普通の小説の逆構成を考えた。即ち通常の意味での破局《カタストロフ》が冒頭にあり、しかもその破局には何の必然性もない。その必然性としての宿命が暗示されるのは最後の一行であり、これがギリシア劇なら、最後の一行からはじまって、冒頭の破局を結末とすべきである。それをわざわざ逆様に立ててみせたのである。

即ち、通常の小説ならラストに来るべき悲劇がはじめに極限的な形で示され、生き残った女主人公朝子《ともこ》が、この全く理不尽な悲劇からいかなる衝撃を受け、しかも徐々たる時の経過の恵みによっていかにこれから癒《い》え、癒えきったのちのおそるべき空虚から、いかにしてふたたび宿命の到来を要請するか、というのが一編の主題である。或《あ》る苛酷《かこく》な怖《おそ》ろしい宿命を、永い時間をかけて、ようやく日常生活のこまかい網目の中へ融解し去ることに成功したとき、人間は再び宿命に飢えはじめる。このプロセスが、どうして読者にできるだけ退屈を与えずに描き出せるか、という点に私の腕だめしがあった。小説のはじめに最も刺戟《しげき》的な場面を使ってしまえば、そのあと、読者は何ら刺戟を受けなくなってしまう惧《おそ》れがあるからである。

『花火』（一九五三年）は、ごく簡単な恐怖小説の技巧を用い、「他人の空似」という近代小説家の最も避ける古くさい偶然の設定をわざと施し、その中で、花火の花やかさのかげに蒼《あお》ざめる権力者の顔という、一瞬の政治的クロッキーを描こうとした短編である。

『貴顕』（一九五七年）には、これに反して、歴然たるモデルがあり、作中にも明示しているように、私の少年時代の思い出のモデルを、できるかぎり抽象化して、ウォルター・ペイターのイマジナリイ・ポートレイトの技法に忠実に倣《なら》って、描き出そうとした短編である。私はペイター流に、できるだけ冷たく高雅な、氷のような官能性を表出しようと心がけ、その手法が、主人公の貴族的性格を、おのずから作品自体の性格にしてくれることを望んだのである。

この『貴顕』は『女方』という短編と一対《いっつい》をなす作品だが、次の『葡萄《ぶどう》パン』（一九六三年）は、『月』という短編と一対をなしている。

当時東京ではツウィストが流行しはじめ、ビート・バアがいくつか店を開いた。その一つの店へ通ううち、その店で知り合った少年少女たちの話をきき、特殊な語法に馴れ、隠語を学び、……次第に、かれらの生活の根底的な憂愁に触れて、この二つの短編が出来上がった。この二作以後、私はかれらについて書いたことはない。多分、かれらの生活は、短編小説の題材にしか適しないのであろう。流行は去り、かれらも年をとり、さらに滅茶苦茶《めちゃくちゃ》な新しい世代へ代が替ってかれらも、かれらの青春も、一時期の新宿界隈《かいわい》も、そして作者の私自身も、過去に向って埋もれることになった。深夜の流行。浅薄であるが故《ゆえ》にいよいよパセティックな流行。……今も私は隔意なく私と附き会ってくれたかれらの一人一人を懐《なつ》かしく思い起すのである。

『葡萄パン』の鎌倉の谷のパーティーも、実際に行われたそれのスケッチである。『雨のなかの噴水』(一九六三年)の少年少女は、これとはちがって、ごくふつうの少年少女である。私にはこういう可愛《かわい》らしく見えるコントに対する好みがあり、その可愛らしさには残酷さと俗悪さと詩がまじっている必要があり、そしていつもこの種のものの私の理想は、リラダンのあの意地悪な『ヴィルジニーとポオル』なのだ。

(昭和四十五年六月、作家)

解説

津村記久子

三島由紀夫自選の第二短編集だという。端正で美に厳格でときに退廃的、というどこまでも凡庸な三島由紀夫に対する個人的に持っているイメージに反して、わたし自身は本当にぼーっとした美のことも退廃のことも疎《うと》い人間で、遠くから見て「共有するものは何もない。いいんだろうけれども自分にはたぶん良さが理解できない」とずっと思っていた。わたしは三島由紀夫にはふさわしくない読者に違いない。本書を通読して、そのイメージが変わったかというとそのままな部分ももちろんあるのだが、三島由紀夫がそんな一面的な解釈におさまるような書き手ではなく、実に鋭くいろいろな事象をとらえて、さまざまな書き方で自分の感性でつかまえたことを誠実に考え抜いて書こうとしていたかがよくわかる短編集だと思う。

「煙草《たばこ》」は、華族学校に通いながら、周囲の生徒たちに違和感を感じている少年が、煙草を吸う吸わないというとても小さな、しかし切実な選択を通して、それにまつわる虚無感のようなものを知る話だ。「私の友達は、常人の間に置くと異様な大仰さとある陰翳《いんえい》とで目立つような顔立の人が多く、本なぞは殆《ほとん》ど読まないで、その無智なこと云《い》ったら気高く見える程であった。（中略）彼等は幼くして、苦悩とか激情とか、振幅の大きな感情をよけて通るのが巧みであった。（中略）彼等はあの人たちの子孫なのである。威嚇《いかく》や暴力を以《もっ》てでなく強い麻痺《まひ》力を持った無為で以て、多くの人を服従させて来た人たちの」。少し引用が長くなったが、この部分にはやはりただならない洞察の力と説得力を感じる。この部分で作者が解説するような、「貴族的な心の起伏のなさ、無関心さ」というモチーフは、本書では何度か愛憎のような印象を含んで語られる。

「春子」は、本書を読む前のわたしが「三島由紀夫ってこういう話を書くんでしよ？」と考えていた典型のような話だと思う。伯爵《はくしゃく》令嬢だったが、運転手と駆け落ち事件を起こした語り手の叔母、佐々木春子が、夫の死を機に三十歳で一族の生活の中へと呼び戻され、その周囲に夫の妹である路子も伴ってくる。語り手である十九歳の宏は、路子に惹かれながら、春子と関係を結び、その中で春子と路子のただの女同士の仲の良さでは説明できない関係を知り、その間に踏み込むような、踏み込まないような微妙な逡巡《しゅんじゅん》を見せる、という話だ。宏が、終盤で女の浴衣《ゆかた》を着せられて化粧をされる場面が、どうにも示唆《しさ》的で心を波立たせるものがある。まさに、小説をちゃんと書き始め学び始める前の私が「文学ってこういうのだろう」と思っていた文学で、ある意味で三島由紀夫がセルフイメージを理解した上で大盤振る舞いしてくれているような作品だと思う。「女性同士の紐帯《ちゅうたい》の中に割って入りたいという男の都合のいい欲望」を小説化している話と言えばそれまでかもしれないが、そういう欲望を持つ多くの男が望むのであろう、女性二人の男の側への転換を描かず、むしろ男がその世界観に意識しない間に取り込まれていくという展開がとても批評的だ。そして佐々木春子もまた、貴族的な投げやりさと倦怠《けんたい》を漂わせている人物でもある。

「サーカス」は、探偵の弟子だった団長が、自分の天幕であいびきをしていた少年と少女をつかまえて、馬乗りと綱渡りの芸人に仕立て上げる話。少年が暴れ馬を操り、その上で綱を渡り転落する少女を受け止めるという芸をする二人を団長は愛しながら、「サーカスの人らしい危機と其日《そのひ》暮しと自暴自棄の見事な陰翳がそなわるであろう」という理由で折檻《せっかん》しながら働かせる。少年と少女はきれいに装《よそお》って人気者になるものの、駆け落ちに失敗して連れ戻され、やがて悲劇が訪れる。間違いなく幸せな結末はないことが容易に予想できるあらすじではあるものの、悲しみの中である感動的な達成が用意される展開はものすごく巧みだ。

「翼」は、祖母の家であいびきをしている十代のいとこ同士である杉男と葉子の話で、満員電車で知らずに背中合わせになった時に、その感触から自分たちが翼を隠しているような気分になるというようなナルシスティックな陶酔を経た後、戦争が彼等の運命に影を落とす。祖母による「しばらく見ないうちに好《い》い男になったね。好い男と云ったって、亡《な》くなったお祖父《じい》様には敵《かな》やしないがね。あんたはまあまあってところですよ。葉子とおんなじで、十人並よりちょっと上というところで、いい塩梅《あんばい》だよ。おみくじでも大吉はかえっていけないんだからね」というルッキズムばりばりの冗談に、妙な話かもしれないけれども、わたしは強烈でトラディショナルな文学の酔いを感じた。好きな相手と背中合わせになると翼が生えたように感じる彼らの結末は、時代の残酷さと同時にある種の神話性を漂わせる。

「離宮の松」の主人公は、西銀座の忙しい鰻《うなぎ》屋に子守として雇われている美代という十六歳の女の子だ。日ましに重たくなってゆく赤ちゃんの睦男の世話をしながら、「こんな重荷を公然と背負っていては、人並の仕合せに到底めぐりあえないような気がした」と感じている美代が、睦男を連れて浜離宮公園をうろつく様子がとても楽しい。前の四編とは打って変わって、庶民の子供の生き生きした何をやらかすかわからないおもしろさが十全に描かれる。美代は古代の天皇の銅像によじ登って抱きしめてみたり、周りの人々が睦男にばかり注目することに対して拗《す》ねたり、アメリカ人の兵隊からチョコレートをもらったり、汽船にハンカチを振ったりする。モーターボートに乗って去ってゆく兵隊に向かって「カムバックよお。兵隊さん、カムバックよお」と覚えたての英語で呼びかける場面の滑稽《こっけい》さと愛らしさには、思わず笑ってしまった。美代は、実はある男が来るかもしれないと思って浜離宮公園に来ているのだが、その淡い意図はあっさり敗れることになる。けれどもその先で美代がやらかす、ドラマとしての跳躍がすごくいい。美代はだめな子守なんだが、すごくいい。

「クロスワード・パズル」は、美男子の給仕と、彼が勤めるホテルに宿泊した「謎《なぞ》のいい女」との伸縮する距離を描いた話で、探偵ものの趣がある。給仕の男が、男女が泊まっていった後の部屋を掃除していると、「(女が) みんな嘗《かつ》ては僕の所有物だったような気がして来る」と打ち明ける部分は興味深い。また、自分の担当する部屋のドアに関する「それらのドアが一つ一つのパン焼き炉のように思われるのである」という妄想も秀逸だ。めんどくさくて何を考えているかわからない「謎のいい女」とのチェイスの後、給仕が醜女と結婚するという筋書きもシニカルで良い。

表題作「真夏の死」は、旅行先で夫の妹に三人の子供の子守を任せていたら、海で義妹と上の子二人が水死する、という想像を絶する災難に見舞われた夫婦の物語だ。

事件の発生から形式的な喪を経て、彼らが本当にこのような悲劇から再生できるのか、ということが、まるで実験のように克明に描かれる。イベントのような一連の弔いの中で、傍目には狂わないものの、内面ではほとんど自分を完全に見失ったかのような朝子《ともこ》が、いくつかの迷走を経て再生してゆく様子が静かに胸に迫る。

「花火」は、アルバイトを探している青年が、気晴らしに入った居酒屋で、自分とそっくりな男に出会い、その人物から仕事を頼まれるという話だ。両国の川開きに伴う花火見物の男衆という一日限りのアルバイトで、自分にそっくりな男は、運輸大臣の岩崎という男が来るからその顔をじっと見ろ、そしたら金がもらえるからそれを山分けにしよう、というあやしい指示をする。スリラーに近い趣向もある小説だと思う。

「貴顕」は、紳士のことを意味するそうだ。「煙草」の同級生たちの印象よりは、いくぶん物柔らかなものの、やはり優雅だがエネルギーに欠ける柿川という語り手の友人の生と死の話で、ほとんど起伏のない柿川の人格と人生が、滅びゆく階層の人間の有様として精細に描かれる。体調を崩して心を乱すようになった柿川が、健康な時よりも生命力を感じさせるのが印象的だ。何事にも熱のない様子の中、芸術だけは強く愛する柿川による、自身の体調不良についての「芸術品の毒に中《あ》てられたにちがいない」という考察は痛切だ。

「葡萄《ぶどう》パン」の退廃的なパーティピープルである若者たちの様子も、まさに自分が読むにはふさわしくないと感じる「文学的」な若者群像なのだが、鎌倉で豚を焼いて鶏を殺してナオンとかルービとか言いながら誰とでもやる、みたいな生活は、主人公のジャックが帰宅する四畳半の侘《わ》びしさへと落下していく。何か食べたくても何もなくて、やっと見つけた葡萄パンから蟻《あり》をつまみ出して食べる場面は味わい深い。そしてそこに性交するために転がり込んでくる男女は道化のようだ。

「雨のなかの噴水」の、別れ話をしたいがために女と付き合い、彼女を泣かせたことに達成感を感じる少年が主人公で、未熟な彼の企図が、いつまでも泣いている彼女によって思わぬ方向へと走り出していく様子がとてもいい。十代が思い通りにならない人生に対して、あの手この手でもがく有様は、実は「離宮の松」の美代のおかしさとも共通していていとおしく思える。泣いていた彼女が、小説の最後に発する言葉も痛快だ。

最終的にはやはり、「真夏の死」の全編にみなぎる緊張感と、朝子の苦しみを細大漏らさず掬《すく》ってゆこうとする作者の態度が強く印象に残る。そこには書き手としての最大限の誠実さがあるように思える。本書は、通念のイメージの中の三島と、誠実な三島の両者があらゆるタイプの小説と格闘してねじ伏せる、三島由紀夫自身のアンソロジーである。

（令和二年九月、作家）

表記について

新潮文庫の文字表記については、原文を尊重するという見地に立ち、次のように方針を定めました。

一、旧仮名づかいで書かれた口語文の作品は、新仮名づかいに改める。
二、文語文の作品は旧仮名づかいのままとする。
三、旧字体で書かれているものは、原則として新字体に改める。
四、難読と思われる語には振仮名をつける。

三島由紀夫著　**仮面の告白**

女を愛することのできない青年が、幼年時代からの自己の宿命を凝視しつつ述べる告白体小説。三島文学の出発点をなす代表的名作。

三島由紀夫著　**花ざかりの森・憂国**

十六歳の時の処女作「花ざかりの森」以来、巧みな手法と完成されたスタイルを駆使して、確固たる世界を築いてきた著者の自選短編集。

三島由紀夫著　**愛の渇き**

郊外の隔絶された屋敷に舅と同居する未亡人悦子。夜ごと舅の愛撫を受けながらも、園丁の若い男に惹かれる彼女が求める幸福とは？

三島由紀夫著　**禁色**

女を愛することの出来ない同性愛者の美青年を操ることによって、かつて自分を拒んだ女達に復讐を試みる老作家の悲惨な最期。

三島由紀夫著　**潮騒**（しおさい）　新潮社文学賞受賞

明るい太陽と磯の香りに満ちた小島を舞台に海神の恩寵あつい若くたくましい漁夫と、美しい乙女が奏でる清純で官能的な恋の牧歌。

三島由紀夫著　**金閣寺**　読売文学賞受賞

どもりの悩み、身も心も奪われた金閣の美しさ——昭和25年の金閣寺焼失に材をとり、放火犯である若い学僧の破滅に至る過程を抉る。

三島由紀夫著

宴《うたげ》のあと

政治と恋愛の葛藤を描いてプライバシー裁判でかずかずの論議を呼びながら、その芸術的価値を海外でのみ正しく評価されていた長編。

三島由紀夫著

手長姫 英霊の声 ―1938―1966―

一九三八年の初の小説から一九六六年の「英霊の声」まで、多彩な短篇が映しだす時代の翳、日本人の顔。新潮文庫初収録の九篇。

三島由紀夫著

春の雪 （豊饒の海・第一巻）

大正の貴族社会を舞台に、侯爵家の若き嫡子と美貌の伯爵家令嬢のついに結ばれることのない悲劇的な恋を、優雅絢爛たる筆に描く。

三島由紀夫著

奔馬 （豊饒の海・第二巻）

昭和の神風連を志した飯沼勲の蹶起計画は密告によって空しく潰える。彼が目指したものは幻に過ぎなかったのか？ 英雄的行動小説。

三島由紀夫著

暁の寺 （豊饒の海・第三巻）

〈悲恋〉と〈自刃〉に立ち会った本多繁邦は、タイで日本人の生れ変りだと訴える幼い姫に出会う。壮麗な猥雑の世界に生の源泉を探る。

三島由紀夫著

天人五衰 （豊饒の海・第四巻）

老残の本多繁邦が出会った少年安永透。彼の脇腹には三つの黒子がはっきりと象嵌されていた。〈輪廻転生〉の本質を劇的に描いた遺作。

三島由紀夫著

午後の曳航《えいこう》

船乗り竜二の逞しい肉体と精神は登の憧れだった。だが母との愛が竜二を平凡な男に変えた。早熟な少年の眼で日常生活の醜悪を描く。

三島由紀夫著

盗賊

死ぬべき理由もないのに、自分たちの結婚式当夜に心中した一組の男女――精緻微妙な心理のアラベスクが描き出された最初の長編。

三島由紀夫著

鏡子の家

名門の令嬢である鏡子の家に集まってくる四人の青年たちが描く生の軌跡を、朝鮮戦争直後の頽廃した時代相のなかに浮彫りにする。

三島由紀夫著

美徳のよろめき

優雅なヒロイン倉越夫人にとって、姦通とは異邦の珍しい宝石のようなものだったが……。魂は無垢で、聖女のごとき人妻の背徳の世界。

三島由紀夫著

近代能楽集

早くから謡曲に親しんできた著者が、古典文学の永遠の主題を、能楽の自由な空間と時間の中に〝近代能〟として作品化した名編8品。

三島由紀夫著

サド侯爵夫人・わが友ヒットラー

獄に繋がれたサド侯爵をかばい続けた妻を突如離婚に駆りたてたものは？　人間の謎を描く「サド侯爵夫人」。三島戯曲の代表作2編。

三島由紀夫著
美しい星
自分たちは他の天体から飛来した宇宙人であるという意識に目覚めた一家を中心に、核時代の人類滅亡の不安をみごとに捉えた異色作。

三島由紀夫著
青の時代
名家に生れ、合理主義に徹し、東大教授への野心を秘めて成長した青年の悲劇的な運命！光クラブ社長をモデルにえがく社会派長編。

三島由紀夫著
女神
さながら女神のように美しく仕立て上げた妻が、顔に醜い火傷を負った時……女性美を追う男の執念を描く表題作等、11編を収録する。

三島由紀夫著
永すぎた春
家柄の違いを乗り越えてようやく婚約にこぎつけた若い男女。一年以上に及ぶ永すぎた婚約期間中に起る二人の危機を洒脱な筆で描く。

三島由紀夫著
沈める滝
鉄や石ばかりを相手に成長した城所昇は、女にも即物的関心しかない。既成の愛を信じない人間に、人工の愛の創造を試みた長編小説。

三島由紀夫著
獣の戯れ
放心の微笑をたたえて妻と青年の情事を見つめる夫。死によって愛の共同体を作り上げるためにその夫を殺す青年――愛と死の相姦劇。

三島由紀夫著

絹と明察

家族主義的な経営によって零細な会社を一躍大紡績会社に成長させた男の夢と挫折を描く。近江絹糸の労働争議に題材を得た長編小説。

三島由紀夫著

音楽

愛する男との性交渉にオルガスムス＝音楽をきくことのできぬ美貌の女性の過去を探る精神分析医——人間心理の奥底を突く長編小説。

三島由紀夫著

岬にての物語

夢想家の早熟な少年が岬の上で出会った若い男と女。夏の岬を舞台に、恋人たちが自ら選んだ恩寵としての死を描く表題作など13編。

三島由紀夫著

鍵のかかる部屋

財務省に勤務するエリート官吏と少女の密室の中での遊戯。敗戦後の混乱期における一青年の内面と行動を描く表題作など短編12編。

三島由紀夫著

ラディゲの死

〈三日のうちに、僕は神の兵隊に銃殺されるんだ〉という言葉を残して夭折したラディゲ。天才の晩年と死を描く表題作等13編を収録。

三島由紀夫著

小説家の休暇

芸術および芸術家に関わる多岐広汎な問題を、日記の自由な形式をかりて縦横に論考、警抜な逆説と示唆に満ちた表題作等評論全10編。

三島由紀夫著
殉教

少年の性へのめざめと倒錯した肉体的嗜虐の世界を鮮やかに描いた表題作など9編を収める。著者の死の直前に編まれた自選短編集。

三島由紀夫著
葉隠入門

〝わたしのただ一冊の本〟として心酔した「葉隠」の濶達な武士道精神を現代に甦らせ、乱世に生きる〈現代の武士〉たちの心得を説く。

三島由紀夫著
鹿鳴館

明治19年の天長節に鹿鳴館で催された大夜会を舞台として、恋と政治の渦の中に乱舞する四人の男女の悲劇の運命を描く表題作等4編。

津村記久子著
とにかくうちに帰ります

うちに帰りたい。切ないぐらいに、恋をするように。豪雨による帰宅困難者の心模様を描く表題作ほか、日々の共感にあふれた全六編。

津村記久子著
この世にたやすい仕事はない
芸術選奨新人賞受賞

前職で燃え尽きたわたしが見た、心震わすニッチでマニアックな仕事たち。すべての働く人の今を励ます、笑えて泣けるお仕事小説。

石井遊佳著
百年泥
新潮新人賞・芥川賞受賞

百年に一度の南インド、チェンナイの洪水で溢れた泥の中から、人生の悲しい記憶が掻き出され……。多くの選考委員が激賞した傑作。

平野啓一郎著

顔のない裸体たち

昼は平凡な女教師、顔のない〈吉田希美子〉の裸体の氾濫は投稿サイトの話題を独占した……ネット社会の罠をリアルに描く衝撃作！

平野啓一郎著

日蝕・一月物語

芥川賞受賞

崩れゆく中世世界を貫く異界の光。著者23歳の衝撃処女作と、青年詩人と運命の女の聖悲劇。文学の新時代を拓いた2編を一冊に！

小池真理子著

欲　望

愛した美しい青年は性的不能者だった。決してかなえられない肉欲、そして究極のエクスタシー。あまりにも切なく、凄絶な恋の物語。

小池真理子著

望みは何と訊かれたら

殺意と愛情がせめぎあう極限状況で生れた男女の根源的な関係。学生運動の時代を背景に愛と性の深淵に迫る、著者最高の恋愛小説。

山田詠美著

放課後の音符《キイノート》

大人でも子供でもないもどかしい時間。まだ、恋の匂いにも揺れる17歳の日々——。放課後にはじまる、甘くせつない8編の恋愛物語。

山田詠美著

ぼくは勉強ができない

勉強よりも、もっと素敵で大切なことがあると思うんだ。退屈な大人になんてなりたくない。17歳の秀美くんが元気溌剌な高校生小説。

真《ま》夏《なつ》の死《し》

—自選短編集—

新潮文庫　み-3-18

昭和四十五年七月十五日　発行
平成三十年九月十日　五十九刷
令和二年十一月一日　新版発行
令和六年十一月三十日　四刷

著者　三《み》島《しま》由《ゆ》紀《き》夫《お》

発行者　佐藤隆信
発行所　株式会社新潮社
郵便番号　一六二―八七一一
東京都新宿区矢来町七一
電話 編集部(〇三)三二六六―五四四〇
読者係(〇三)三二六六―五一一一
https://www.shinchosha.co.jp

印刷・株式会社光邦　製本・株式会社大進堂

ISBN978-4-10-105048-5 C0193